怪屋女孩 2

空城

MISS PEREGRINE'S HOME FOR PECULIAR CHILDREN：HOLLOW CITY

[美] 兰萨姆·里格斯 | 著　刘梓熙 | 译
Ransom Riggs

天地出版社

图书在版编目（CIP）数据

怪屋女孩．2，空城 ／（美）里格斯著；刘梓熙译．—成都：天地出版社，2016.10
ISBN 978-7-5455-1878-8

Ⅰ．①怪… Ⅱ．①里… ②刘… Ⅲ．①长篇小说－美国－现代 Ⅳ．①I712.45

中国版本图书馆 CIP 数据核字 (2016) 第 027937 号

怪屋女孩2：空城

作　　者　[美]兰萨姆·里格斯
译　　者　刘梓熙
责任编辑　李晓娟　杨永龙
版权编辑　郭　淼
封面设计　蒋宏工作室
责任印制　葛红梅

出版发行　天地出版社
（成都市槐树街2号　邮政编码：610014）
网　　址　http: //www.tiandiph.com
http: //www.天地出版社.com
电子邮箱　tiandicbs@vip.163.com
经　　销　新华文轩出版传媒股份有限公司

印　　刷　三河市华业印务有限公司
版　　次　2016年10月第1版
印　　次　2016年10月第1次印刷
成品尺寸　880mm×1230mm 1/32
印　　张　14
字　　数　299千字
定　　价　38.00元
书　　号　ISBN 978-7-5455-1878-8

咨询电话：（028）87734639（总编室）
购书热线：（010）67692522（市场部）

献给塔赫瑞

看！一个老人年逾古稀，须发皆白，

驾着一叶扁舟迎面而来，

他哀叹道：“你们灾难临头了，下贱的灵魂！

你们永远不要希望能见苍天。

我此来便是要把你们渡去对岸；

叫你们去受火烧冰冻之苦；永陷黑暗深渊。

而你，站在那边的人，你是个活的灵魂，

离开那些死去的人！”

但他见我没有离去……

——但丁《地狱》第三篇

异能人

雅各布·波特曼

我们的英雄，能感知并看到“空心鬼”

艾玛·布卢姆

一个能用双手取火的女孩儿，从前与雅各布的爷爷有过一段情

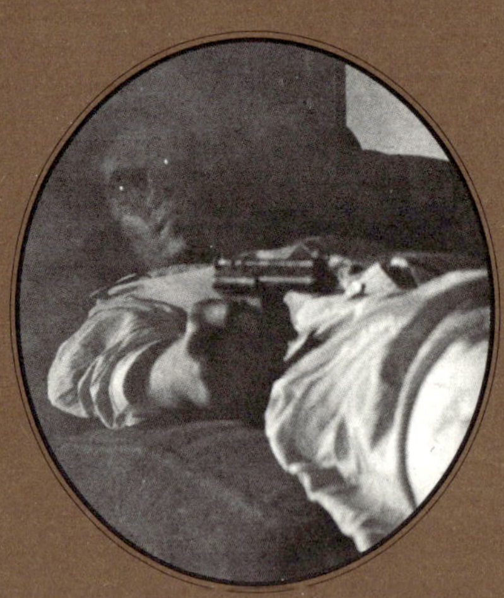

亚伯拉罕·波特曼

（已故）

雅各布的祖父，为“空心鬼”所杀

布朗温·布兰特利

一个力大无穷的女孩儿

异 能 人

米勒德·纳林斯
一个隐形男孩儿，研究异能界诸事的学者

奥莉弗·亚伯贺罗斯·艾利芬塔
一个比空气还轻的女孩儿

贺瑞斯·桑姆纳森
一个受预言性的异象和异梦折磨的男孩儿

伊诺克·欧康纳
一个能让死者短暂复活的男孩儿

异能人

休·阿皮斯顿

一个能控制和保护住在他肚子里的蜜蜂的男孩儿

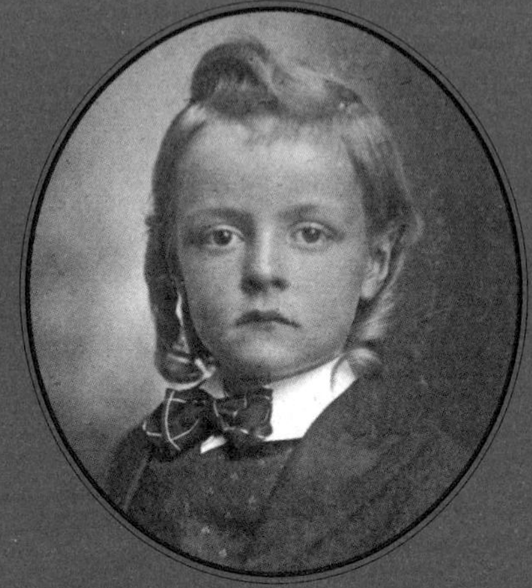

克莱尔·登斯摩尔

一个在后脑勺上长有另外一张嘴的女孩儿，是佩里格林女士的异能孩子中最小的一个

菲奥娜·弗劳恩费尔德

一个沉默的女孩儿，拥有让植物生长的奇特天赋

阿尔玛·勒菲·佩里格林

伊姆布莱恩、变形人，可以操控时间；凯恩霍尔姆时光圈的校长；被困于鸟身

异能人

埃斯梅拉达·埃弗塞特

伊姆布莱恩，她的时光圈在恶势力突袭中损毁；遭到幽灵绑架

非异能人

弗兰克林·波特曼

雅各布的爸爸，鸟类救助中心志愿者，想成为作家

玛丽安·波特曼

雅各布的妈妈，佛罗里达第二大连锁药店继承人

瑞奇·皮克林

雅各布唯一的普通人朋友

戈兰医生

（已故）

一个假冒心理医生来蒙骗雅各布的幽灵，后来被雅各布杀掉

拉尔夫·瓦尔多·爱默生

（已故）

随笔作家，演说家，诗人

PART ONE

Chapter 1

HOLLOW CITY

我们划出港口，划过条条锈迹斑斑的起伏船只，划过成群栖息在码头上的寂静海鸟，下沉的码头上附满藤壶。渔夫们放低渔网，目瞪口呆地望着我们经过，不确定这场景是真是幻，也不知我们是一群列队游行的水鬼，还是很快便要送死的人。我们一行十个孩子一只鸟，分乘三艘摇晃的划艇，平静而有力地划着，直奔大海。方圆几里内唯一安全的海湾在我们身后急速倒退，蓝金色的黎明之光将它映衬得峻峭迷人。我们的目标——威尔士大陆泥泞的海岸在前方某处只依稀可见，遥远的天边铺着一层漆黑的浓烟。

我们划过远看平静的老灯塔，昨夜那里刚刚变得满目疮痍。就是在那里，炸弹在我们四周爆炸，大伙儿差点儿淹死，险些被子弹撕破；我带了把枪，扣动扳机，杀了一个人，到现在还没缓过神儿来；我们失去了佩里格林女士，却又失而复得——从潜艇的钢筋舱口中将她夺了回来——尽管回到我们身边的佩里格林女士受了伤，我们却不知如何施助。她停在我们的船尾，注视着她建立的避难所从视线中溜走，随着船桨的起落，神情越发迷失起来。

终于，我们划过防波堤进入了空旷无垠的大海，玻璃般的海湾表面为划艇两侧激起的小浪让路。我听到一架飞机穿过高高的云层，于是任双桨拖拽，向上伸长脖子，沉浸在从那样的高空俯瞰我们这支小舰队的想象中：我所选择的这个世界，此间我所拥有的一切，我们这些珍稀的异能生命，乘着三根碎木在广阔而不眨动的海眼上漂流。

谢天谢地。

我们的划艇轻松地破浪滑行，三艘并排。一股友好的水流载着我们向海岸漂去。大家轮流划船，交替执桨，以免精力枯竭，但我感觉很有力量，几近一个小时都不肯放下，迷失在划水的节奏中，双臂在空中沿着长长的椭圆形轨道往复，仿佛往身前拉拽着不情愿靠近的东西。休在我对面操纵双桨，他身后是艾玛。她坐在船头，眼睛藏在太阳帽的帽檐下，头弯向铺在膝盖上的地图，偶尔抬头来察看地平线。仅仅是看到阳光下她的脸，就让我拥有了一股莫名的能量。

我感觉自己能永远划下去——直到贺瑞斯在另一艘划艇上大喊，问我们和大陆之间还有多远。艾玛眯起眼睛回头看了看海岛，又低头看向地图，张开手指测量着，有些拿不准地说："7公里？"但紧接着，同在我们划艇上的米勒德对她耳语了几句，她便皱起眉头，把地图侧向一边，又蹙额说："我是说，8.5公里。"随着她话一出口，我感觉自己有点泄气——也看到其他人个个都有点泄气。

8.5公里：乘坐几周以前把我带到凯恩霍尔姆岛的那艘令我肚子翻江倒海的渡轮，只需一小时。这样的距离对任意大小的机动船来说，都是小菜一碟，比我身材走样儿的舅舅们[1]在奇数周末为慈善事业奔跑的距离少1.5公里，也只比我妈在高级健身房上划船机课程时

1　译者注：第一本中译为叔叔——罗比和莱斯两人，根据本书第七章雅各布梦境中两人的对话，这两人是雅各布的舅舅。

夸口的距离长一点点。但即便再过三十年，岛上通往大陆的渡轮也还没开始运营，而且划船机也不用装载乘客和行李，更不用为了保持航线而不断修正方向。更糟的是，我们正在穿越的这片海域变化莫测，是个臭名昭著的轮船吞噬厂：长达8.5公里、喜怒无常的多变之海，海底散落发绿的船骸和水手尸骨，而且，在数英寻深的黑暗的某处，潜伏着我们的敌人。

我们当中怀揣担忧的人认为，幽灵就在附近，遁形于我们下方某处，在那艘德国潜艇里等待。如果他们还不知道我们已经逃离了海岛，也很快就会察觉。他们为绑架佩里格林女士做了这么多，绝不会因为一次尝试失败就轻易放弃。军舰群在远方像蜈蚣一样缓缓前行，英国人的飞机在头顶上方持续监视，如此一来，潜艇在光天化日之下浮出水面太过危险，但当夜幕降临，我们就很容易被猎捕。他们会来找我们，抓走佩里格林女士，将其余人沉海。于是我们不停地划着，唯一的希望就是在傍晚来临前抵达大陆。

我们划到胳膊酸痛、肩膀抽筋；划到晨风静止，太阳好像透过放大镜照射下来，衣领被汗水浸湿。这时我才意识到，没人想过要带上饮用水，而在1940年，“防晒”的意思就是站在阴影里。我们划到手掌磨出水泡，明知连一下也划不动了，依然拉动船桨，一下，又一下。

“你都被汗浸透了，”艾玛说，“让我划一会儿吧，不然你就要化了。”

她的声音把我从昏沉中惊醒。我感激地点点头，让她换到有桨的座位上，但二十分钟后我又要求换了回去。我不喜欢那些思绪趁身体休息时爬进脑中：想象爸爸从我们在凯恩霍尔姆岛的住处醒来后发现我不见的情景、艾玛留在我房间里的令人困惑的信，以及接踵而来的恐慌。最近我所目睹的那些可怕的事像幻灯片一样闪现：一个怪物把我往它嘴里拉扯；我的前精神病医生坠亡；一个被埋在冰棺里的男人从来世穿越来片刻，用半个喉咙对着我的耳朵聒噪。所以我不顾疲惫、感觉再也直不起来的脊柱和磨到红肿的双手划着，试着排除一切杂念，那沉重的双桨既像是无期徒刑又好比救命稻草。

布朗温似乎永远不会疲倦，独自包揽其中一艘划艇。奥莉弗坐在她对面却帮不上忙，这个小小的女孩一拉桨就得把自己推向空中，一阵乱流就可能让飘在空中的她像风筝一样飞走。所以，当布朗温一人担起两人，甚至三四个人的工作量——如果把船上的行李箱与盒子的重量都算在内的话——奥莉弗只能喊着激励的口号。箱子里塞满衣服、食物、地图和书，也有很多并不太实用的东西：比如，伊诺克的帆布袋中晃荡作响的罐子里装的腌爬行动物心脏；又比如被炸飞的孤儿院的前门把手——那是休在草丛里找到的纪念品，当时我们正在赶往上船的路上，他决心不能弃它而活；还有贺瑞斯从被大火包围的孤儿院里解救出的大枕头——他说，那是他的幸运枕，也是唯一能让他摆脱那些令人麻痹的噩梦的东西。

其他物品则珍贵到孩子们即使划桨也带在身上。菲奥娜膝间夹着一只花盆，里面是花园里生虫的泥土；米勒德用一捧炸碎的砖灰在脸上画了条纹，这古怪的举动像是哀悼仪式的一部分。如果说他们保留和依恋的东西看起来奇怪，我倒在一定程度上感同身受：那是他们的家留给他们的全部。只是，他们明白已然失去并不意味着可以即刻释怀。

像桨奴一样划了三个小时后，与海岛间的距离让它看起来如巴掌般大小，一点都不像几周前我第一眼看到它的样子，那时它就像峭壁环绕的不详堡垒；而现在它看似一块脆弱的碎石，随时都有被海浪冲走的危险。

“看哪！”伊诺克站在我们旁边的划艇上大喊，“它就要消失了！”只见幽灵般的雾笼罩在岛上，正将它从视野中隐去，我们停下桨转而注视着它消失。

“和我们的岛告别吧，”艾玛说，她起身摘下大帽子，“我们可能再也见不到它了。”

“别了，海岛。”休说，“你对我们来说太美好了。”

贺瑞斯放下船桨挥手：“再见，孤儿院。我会想念你所有的房间和花园，但最想念的，是我的床。”

“再见了，时光圈，”奥莉弗抽噎着，“谢谢你这些年来保护我们。”

“这些年的美好时光，”布朗温说，“是我所知道最好的。”

我也在心里默念再见，对一个永远改变了我的地方——一个比任何墓园都更能永久封存爷爷的记忆和秘密的地方。他和那座岛有着千丝万缕的联系，如今二者皆逝，我怀疑自己还能否真正明白发生在身上的种种：我变成了什么，又即将变成什么。我为解开爷爷的秘密来到岛上，却在探寻过程中发现了自己的秘密。注视着凯恩霍尔姆岛消失，就像眼看唯一一把能够解开谜题的钥匙在暗波下隐没。

随后那座岛就这么不见了，被一座雾山吞噬。

仿佛它从未存在过。

没过多久，吞噬小岛的雾就追上了我们。雾越来越浓，遮挡住我们的视线，大陆开始变得模糊，太阳逐渐失去光泽，幻化成一朵苍白的花。我们在潮水的漩涡中打转直到完全迷失了方向。最后，停止打转的我们放下船桨在死寂之中等待，期望迷雾能够散去，在那之前再划下去只是徒劳。

“我不喜欢这样，”布朗温说，“如果等得太久就要入夜了，咱们会面对比坏天气更糟的事。”

随后，天气就好像听到了布朗温的话，并决心给我们点颜色看看——它真的变坏了。一阵强风席卷而来，不一会儿，我们的世界就全变了。四周的海水碰撞成白花花的海浪，拍打着船身，灌进甲板，脚下荡漾起冷水。紧接着大雨倾盆而至，雨点像小号子弹般击打在皮肤上，很快我们就如同浴缸里的橡皮玩具一样被抛来抛去。

“把划艇转向浪打来的方向！”布朗温大喊，她用双桨拨着水，“如果浪从侧面撞到咱们，划艇肯定会翻的！”但即使在平静的水里，我们当中大多数人也划不动了，更别说在汹涌的海浪中；

其余人吓得连伸手拿桨都不敢，于是大家只是抓着船舷不放，以求保命。

一道水墙径直朝我们翻来，我们爬上巨大的海浪，划艇在身下翻转，几乎竖了起来。艾玛紧抓住我，而我紧抓着桨架；休在我俩身后用胳膊扒着椅子。我们像坐在过山车上一样冲到浪尖，我的胃里翻江倒海。随着我们向另一边冲下去，所有没被钉死在划艇上的东西——艾玛的地图、休的背包、我那只从佛罗里达就拖着的红色拉杆箱——都从头顶飞了出去，落入水中。

大家没工夫为丢失的东西担心，因为从一开始我们就没看见其他两艘划艇。当划艇重新恢复平衡，我们眯着眼睛望向大漩涡，拼命呼喊伙伴们的名字。在片刻可怕的沉寂过后，我们听到了回应的声音，伊诺克的划艇从雾中出现，四位乘客都在，向我们挥着手臂。

“你们没事吧？”我大喊。

“那边！”他们回喊着，“看那边！”

我才领会到他们并非在挥手打招呼，而是让我们注意水里的什么东西，大概三十码开外，漂着一艘被掀翻的划艇。

“那是布朗温和奥莉弗的划艇！”艾玛说。

它倒扣了过去，生锈的船底朝天，周围看不到任何一个女孩儿的迹象。

“我们得离近一点！”休喊道，于是我们将疲惫抛诸脑后，抓起船桨朝它划去，边划边在风中呼喊她们的名字。

我们划过一团顺水漂流的衣服，它们是从裂开的行李箱里散出来的，每件打转的裙子看上去都像是一个溺水的少女。我的心跳重重地敲击着胸口，尽管全身湿透、战栗发抖，却几乎感觉不到寒冷。我们与伊诺克的划艇在布朗温翻了的船身旁会合，一同在水里搜寻。

"她们在哪儿？"贺瑞斯悲叹道，"啊，如果我们失去了她们……"

"下面！"艾玛指着船身说，"也许她们被困在那下面了！"

我把一支船桨从桨架里抽出，用它猛击倒扣的划艇。"如果你们在里面，游出来！"我大喊，"我们来救你们了！"

起初那糟糕的一刻没人应答，我感觉到找回她们的那一丝希望正在溜走。但接着，从扣着的划艇下面传来一声回应的敲击——然后一个拳头击穿了艇身，木碎横飞，我们被惊得跳了起来。

"是布朗温！"艾玛哭喊着，"她们活着！"

布朗温又击打了几下艇身，敲出个一人大小的洞。我把船桨向她伸去，待她抓住后，休、艾玛和我三个人一起成功地把她从翻腾的水里拖到了我们的划艇上；与此同时，她的划艇沉没，消失在海浪下。她神情恐慌、喘着粗气，歇斯底里地大喊着没跟她在艇身下的奥莉弗。奥莉弗仍不知去向。

"奥莉弗，得找到奥莉弗！"布朗温刚翻进划艇里就咕哝道。她一边发抖一边咳着海水，站在颠簸的船上，指着暴风雨。"那儿！"她哭喊着，"看到了吗？"

我遮住让眼睛刺痛的雨水看过去，但只能看到海浪和迷雾："我什么也没看到！"

“她在那儿！”布朗温坚持说，“那根绳子！”

然后我看到了她所指的：不是一个在水中挣扎的女孩，而是一根从水面向上延伸的粗织麻绳，在混乱中几乎难以察觉。一股绷直的棕色绳子从水面伸向天空，消失在迷雾中。奥莉弗一定是被系在了看不见的另一端。

我们划到绳子跟前，布朗温向下卷绳子，一分钟后奥莉弗从我们头顶上方的迷雾中出现，绳子的一头捆在她的腰上。船翻的时候她的鞋掉了，但布朗温已经把她系在了锚索上，锚索的另一头沉在海底。如果不是那样，现在她无疑已经消失在云层里了。

奥莉弗伸手搂住布朗温的脖子欢呼道：“你救了我，你救了我！”

她们彼此相拥。这一幕让我哽咽了。

“我们还没脱离险境呢，”布朗温说，“我们仍然要在黄昏前靠岸，不然麻烦才刚刚开始。”

暴风雨减弱了一些，剧烈翻滚的海浪也渐渐平息，但即使在完全平静的海里，要想再多划一下，如今也难以想象。我们连到大陆距离的一半都没划完，我就已经无可救药地疲惫了。我双手抽痛，两只胳膊感觉像树干般沉重。不仅如此，划艇没完没了的斜晃对我的胃产生了不可否认的影响——从身边一张张略显病态的脸可以判断，不是我一个人这样。

“我们休息一会儿。”艾玛说，试图让声音听起来鼓舞人心，“我们休息一会儿，等雾散了再起航……”

“这样的雾可不是说散就散的，”伊诺克说，“它能连续几天不间断。再过几个小时天就黑了，我们就只能期待一直坚持到黎明，别被幽灵发现。我们完全没能力抵抗。”

“还没水。”休说。

“也没吃的。”米勒德补充道。

奥莉弗双手举向空中：“我知道它在哪儿！”

“什么在哪儿？”艾玛问。

“陆地。我被系在绳子一端飞起来的时候看到的。”奥莉弗解释说，她升到了迷雾之上，短暂却清晰地看到了大陆。

“那可一点忙都没帮上啊，”伊诺克抱怨道，“你在上面荡悠的时候，我们围着自己绕了半打的圈。”

“那就再让我上去。”

“你确定吗？”艾玛问她，“很危险的。要是风把你刮走或者绳子断了怎么办？”

奥莉弗的脸变得坚毅。“把我捆起来弄上去。”她重复道。

“她一这样就是没得劝了。”艾玛说，“把绳子拿来，布朗温。”

“你是我认识的最勇敢的小女孩儿。”布朗温说，说罢便着手工作。她把锚从水里拉上来，拉进我们的划艇。我们用这段多出来的绳子把剩下的两艘划艇绑在一起，这样它们就不会再分开了，接着又把奥莉弗系起来，让她穿回迷雾飘上天空。

我们都仰头盯着云里的一根绳子，等待来自天上的指示。那是古怪而安静的一刻。

伊诺克打破了沉默。“怎么样？”他不耐烦地喊道。

“我能看见它！”奥莉弗回答，她的声音勉强能盖过海浪的白噪声，“径直前进！”

“交给我吧！”布朗温说，就在我们其他人捂着肚子、没用地跌坐在座位上时，她爬进领头的划艇，拿起双桨划起来，指引她的，只有来自奥莉弗——这个空中的隐形天使——的微弱声音。

“往左……再往左……太往左了！”

我们像这样慢慢地朝陆地前行，迷雾一路追赶着我们，它那长长的灰色卷须像某只幻影之手鬼魅般的手指，总在试图将我们拉回。

仿佛那座岛也不大想放我们走。

Chapter 2

HOLLOW CITY

我们的两艘划艇在布满岩石的浅滩上搁浅停下。大家上岸的时候，太阳正巧在数英亩大的灰云后面变暗，大概再有一个小时天就全黑了。眼前的海滩是一片多石的岬角，淤满了退潮后留下的海草，但对我来说，这里很美，胜过家乡任何一处香槟白色的观光沙滩。它意味着我们成功了。它对其他人的意义更是我难以想象的：他们中的大多数人一辈子也没离开过凯恩霍尔姆岛，现在他们好奇地环顾四周，纳闷自己竟还活着，对此不知究竟该作何反应。

大家拖着发软的双腿步履蹒跚地走下船。菲奥娜抓起一把黏滑的卵石放进嘴里漱起来，似乎需要调动全部五种官能才能说服自己这不是在做梦——初到佩里格林女士的时光圈时，我也正是同样的感觉。一生之中，我从未如此不相信自己的双眼。布朗温呻吟着倒在地上，累到难以言表。大家围着她，为她担心，对她所做事情的感谢铺天盖地而至，但这场面难免有些尴尬。我们欠下的情太大，而“谢谢”二字又那么微不足道。布朗温试图挥手叫我们散开，却累得连手也抬不起来。与此同时，艾玛和男孩们把奥莉弗从云里拉了回来。

“你全都紫了！”奥莉弗从迷雾中出现时艾玛惊呼，她跳起来把小女孩儿拉进怀里。奥莉弗全身湿透而且冻僵了，牙齿打着寒战。我们没有毛毯，甚至连一件干衣服都不能给她，于是艾玛用她“恒热”的双手在奥莉弗身上摩擦，直到最厉害的战栗平息。然后她叫菲奥娜和贺瑞斯去收集一些浮木，好用来生火。大家边等他们边围在划艇旁盘点我们在海里丢了多少东西。统计的结果令人沮丧：我们带上的东西现在几乎都躺在海底了。

剩下的只有穿在身上的衣服、几听生锈的罐头，还有布朗温那只足有油箱那么大的行李箱，坚不可摧的它看起来不会下沉——而且重得离谱：除了布朗温，别人谁都别指望把它提起来。我们扯开箱子的金属锁，迫切想找到有用的东西，如果有吃的就更好了。但箱子里只有两样东西：一部名叫《异能传说》的三卷本故事集，它的书页被海水浸泡得像海绵一样；还有一块高级浴室防滑垫，上面绣着佩里格林女士名字的缩写ALP。

“呃，感谢老天爷！还有人记得拿浴室垫，”伊诺克面无表情地说，“我们得救了。”

其余东西都没了，包括我们仅有的两份地图——其中那份小的曾被艾玛用来指引我们横穿海峡，而另一份大的是米勒德珍视的收藏品《时间地图》，那是一本皮质封面的时光圈地图集。当发现它不见了，米勒德开始喘不过气来。“那可是现世仅存的五本之一啊！”他哀叹道，“它的价值无可估量！更何况上面还有我个人多年的笔记和注释呢！”

“至少我们还有《异能传说》，”克莱尔边说边拧自己金色卷发上的海水，“我晚上不听一个故事就睡不着。”

“连路都找不到了，要童话故事有什么用？”米勒德问。

我心想：*找去哪儿的路*？这才意识到，在我们匆忙逃离海岛的过程中，我只听到孩子们谈论抵达大陆，却从未有人讨论过到了那里该做些什么——仿佛乘着那样小的划艇真要在旅途中活下来遥不可及，乐观得简直可笑，因此为上岸后做打算无异于浪费时间。我像往常一样看向艾玛以求慰藉，而她低头阴郁地凝视着沙滩。夹杂着石子的沙粒堆积成低矮的沙丘，随锯齿草一起摇摆。越过沙滩是片森林：一道看似无法通过的绿色屏障，向两侧无边无际地绵延。艾玛本来用那张现在已经丢了的地图瞄准一个港口城市，但经历过风暴，我们的目标就变成了只要能到达陆地就行。没人知道我们偏航了多远，眼前看不到路、没有路标，甚至连人行小径也没有，只有一片荒芜。

当然，我们需要的并非真的是一张地图、一个路标，或者任何别的东西。我们需要的是佩里格林女士——一个完整的、痊愈了的、知道该去向何处以及如何安全抵达那里的佩里格林女士。此刻停在我们身前砾石上风干羽毛的她，就像受伤而耷拉成闹心的V形的翅膀一样，垮了。看得出，她此时的状况令孩子们很痛苦。她本该作为妈妈，保护他们。曾经的她，是那个海岛小世界的女王，而现在，她不能说话、不能圈住时间，甚至连飞都飞不起来。孩子们看到她后一阵畏缩，又移开了视线。

佩里格林女士的视线则始终对着岩灰色的大海，一双冷酷的黑眼含着难言的悲痛，仿佛在说：*我辜负了你们*。

贺瑞斯和菲奥娜走弧线穿过布满岩石的沙滩向我们走来。一阵疾风嗖地把菲奥娜凌乱的头发吹得像一团暴风云，贺瑞斯边跳边用双手按住他那顶礼帽的檐儿，以免帽子滑落。当我们经历海上那段近乎灾难般的洗礼时，他始终都在想方设法抓住他的礼帽，但现在帽子的一侧穿孔了，就像是弯曲的消声管，他仍然不离不弃，说那是唯一与他那件沾满湿泥却剪裁精良的西装相配的东西了。

两人空手而归。“哪儿都没有木头。”走到我们跟前时贺瑞斯说。

“你们去树林里看了吗？”艾玛指着沙丘后面一排黑暗的树问。

“太吓人了，”贺瑞斯回答，“我们听到猫头鹰的声音。”

“你们什么时候开始怕鸟了？”

贺瑞斯耸耸肩看向沙滩。然后菲奥娜用胳膊肘推了他一下，他好像自己想起了什么，说：“不过，我们找到了点儿别的。”

“栖身之处吗？”艾玛问。

“一条路？”米勒德问。

“一只可以当晚餐的鹅？”克莱尔问。

“不是，”贺瑞斯回答，“是气球。”

一瞬间大家都茫然而不作声了。

“你说的气球是什么？”艾玛说。

“天上的大气球，里面有人的那种。”

艾玛脸沉下来：“带我们去看看。”

我们跟着他们原路返回，在沙滩上拐过一道弯，而后爬上一座小堤坝。我很好奇像热气球这么明显的东西我们怎么会没看到呢，直至到达一座山丘的顶端，它们出现在眼前——不是在挂历上和激励性海报（“前途无量！”）上面看到的那种彩色的、泪滴形的大家伙，而是两艘微型的齐柏林飞艇：两个黑色的卵形气囊，下面各挂一只笼框，每个笼框里有一个飞行员。飞艇很小而且飞得很低，沿锯齿形的轨迹来回慢吞吞地倾斜飞行，海浪拍岸的声音盖住了飞艇螺旋桨细微的呜呜声。艾玛把大家聚集起来，一起躲进高高的锯齿草丛里，脱离了飞艇的视线范围。

“它们是潜艇猎手。”没等有人发问，伊诺克就开口说，米勒德也许是地图和书籍方面的权威，但伊诺克是军事领域的专家。“发现敌军潜艇最好的方法就是从空中俯瞰。”他解释道。

“那它们为什么飞得离地面这么近？”我问，“而且为什么不再飞远一点到海上去呢？”

“这我就不知道了。”

“你觉得他们有可能是在找……我们吗？”贺瑞斯试探地问。

“如果你的意思是他们是幽灵，”休说，“别傻了！幽灵和德国人在一起，他们在那艘德国潜艇里。”

“幽灵想与谁结盟就与谁结盟，”米勒德说，“没理由认为他们不会潜入战争双方的组织。”

我无法让眼睛离开空中那两个奇怪的装置，它们看起来很不自然，像两只被膨胀的虫卵撑大的机械昆虫，体态臃肿。

“我不喜欢它们的飞行方式，”伊诺克说，一双锐利的眼睛算计着，“它们搜索的是海岸线，不是海里。”

“搜什么呢？”布朗温问。答案显而易见，令人生畏，没人愿意大声说出来。

它们在搜寻我们。

我们全都挤在草丛里，我感到艾玛挨着我的身体绷紧了。

“我说跑咱们就跑，”她嘘声说，“我们要把划艇藏好，然后再躲起来。”

等到“气球”飞走，大家翻滚出草丛，祈祷着我们离得够远不至于被敌人发现。当我们撒腿开跑时，我发现自己竟然期盼在海上折磨我们的雾此刻能回来掩护我们。我突然想到它很可能已经救过我们一次了：如果没有雾，几个小时前，当我们在划艇上无处遁形的时候，那些“气球”就已经发现我们了。如此说来，那是海岛为解救它的异能儿童所做的最后一件事。

我们拖着两艘划艇穿过沙滩向一个海蚀洞走去，洞口是石山的一条黑色的狭长裂缝。布朗温已经用光所有的力气，几乎走不动路了，更别说抬划艇了，于是我们剩下的人奋力接替起她的力气活儿。划艇总试图把鼻子埋进湿沙里，大家一边呻吟着一边用力拉。当穿过沙滩一半的距离时，佩里格林女士发出一声警告的啼叫，只见那两艘齐柏林飞艇突然出现在沙丘上方映入我们的眼帘。借着急速分泌的肾上腺素，我们猛地全力冲刺，划艇像挂在轨道上一样飞进洞里，而佩里格林女士在我们旁边一瘸一拐地跳着，受伤的翅膀拖在沙里。

终于脱离了飞艇的视野，我们丢下划艇，重重地跌坐在它们翻转的龙骨上，呼哧呼哧的喘息声在潮湿滴水的黑暗中回荡。“但愿，但愿他们没看到我们。”艾玛大声祈祷着。

“啊，不好！我们留下痕迹了！”米勒德发出短促的尖叫，他脱掉一直穿着的外套爬回外面去掩盖拖拽划艇留下的痕迹——从空中看它们会像直指我们藏身之处的箭头。我们只能看着他的脚印逐渐离去，要是除了米勒德以外的人冒险出去，一定会被发现的。

一分钟以后，他回来了，满身是沙、发着抖，一块红色的污渍令他胸部的轮廓显现出来。“他们正在靠近，”他气喘吁吁地说，“我尽力了。”

“你又在流血了！”布朗温焦急地说。米勒德在前一晚灯塔前的混乱中被子弹擦伤了，尽管他目前恢复得不错，但离彻底康复还差得远，“包扎伤口的敷料呢？”

“我把它扔了。系得实在太复杂了，不能很快弄下来。一个隐形人必须随时能瞬间脱光衣服，不然就英雄无用武之地了！”

“要是死了就更无用武之地了，你这头倔驴！”艾玛说，“现在别动，别咬舌头，会有点疼。”她把两根手指压在另一只手的手掌上，专注片刻，再把手指抽出来时它们就红热发光了。

米勒德畏缩推辞道：“那个，艾玛，我宁愿你没……”

艾玛用手指按住他受伤的肩膀，米勒德倒抽一口气。一股肉皮被烧焦的声音传来，一缕烟雾从皮肤上升起。片刻过后，血止住了。

“我会有疤的！”米勒德哀诉道。

“是吗？那谁能看到呢？”

他闷闷不乐，不再说话。

“气球”引擎的声音被海蚀洞的石墙放得越来越大，我想象着它们在洞顶盘旋，研究我们的脚印，准备发起攻击。艾玛把肩膀倚在我肩上，小个子的孩子们跑向布朗温，把头埋进她腿里，而她搂住他们。尽管身怀异能，我们却完全无能为力：只能蜷缩而坐，在暗淡的昏昧光线中大眼瞪小眼，一边冻得鼻涕直流，一边盼望着敌人可以和我们擦身而过。

终于，引擎的轰鸣声开始变小，当我们又能听到自己的说话声时，克莱尔对着布朗温的腿咕哝道："给我们讲个故事，温。我很害怕，我一点儿也不喜欢这样，我更想听个故事。"

"是的，你能讲一个吗？"奥莉弗恳求道，"讲一个《异能传说》里的故事吧，求你了，我最喜欢那里面的故事了。"

对于年纪小的孩子们来说，异能儿童中最具母性的布朗温甚至比佩里格林女士更像妈妈。夜晚为他们盖被子、哄他们安睡的是布朗温，为他们念故事、亲吻他们额头的也是她。她强壮的手臂似乎是为把他们揽入温暖的怀抱而生，宽阔的肩膀则是为了支撑他们。但现在不是讲故事的时候——她如是说。

"为什么？当然是时候！"伊诺克抑扬顿挫地讽刺道，"不过这次别讲传说了，讲讲佩里格林女士看护的孩子们是如何在没有地图、没有食物，一路上也没被'空心鬼'吃掉的情况下找到通往安全地带的路的！我一直特别强烈地想知道那个故事怎么收尾。"

"但愿佩里格林女士能告诉我们。"克莱尔抽噎着，她挣脱布朗温的怀抱，走向望着我们的佩里格林女士，那只鸟正栖息在其中一艘倒扣的划艇上。"校长，我们该怎么做？"克莱尔说，"请你再变回人形吧，请你醒来吧！"

佩里格林女士咕咕了几声，用翅膀轻抚克莱尔的头发。然后奥莉弗也过去了，她满脸泪痕："我们需要你，佩里格林女士！我们迷路了，身处险境，越来越饿，无家可归，除了彼此再没有别的朋友了，我们需要你！"

佩里格林女士黑眸闪烁，转过身去，看起来"遥不可及"。

布朗温在女孩子们身旁跪下来："她目前不能变回来，甜心儿，但是我们会帮她解决的，我保证。"

"可要怎么办呢？"奥莉弗询问，她的声音从石墙上反射回来，回声连连，反复问着。

艾玛站起来。"我来告诉你怎么办，"她说，于是所有目光聚集在她身上，"我们要走，"她说得如此坚定，令我不禁感到一阵寒意，"一直走，直至抵达城镇。"

"要是走了五十公里还没有城镇呢？"伊诺克问。

"那就走五十一公里。但我知道咱们没偏航那么远。"

"那要是幽灵在空中发现我们呢？"休问。

"不会。我们会小心的。"

"如果他们在镇上等我们呢？"贺瑞斯说。

"我们装成普通人，会躲过去的。"

"我可从不擅长那个。"米勒德大笑道。

"你根本就不会被看到，米勒。你当我们的前方侦查员，帮我们秘密获取必需物品。"

"我是个很有天赋的贼，"他带点骄傲地说，"名副其实的五指艺术大师。"

“然后呢？”伊诺克失望地小声嘀咕，“或许我们可以填饱肚子，有温暖的栖身之处，但还是暴露在光天化日之下，容易受伤，没有时光圈……佩里格林女士也、也还是……”

“我们会设法找到一个时光圈，”艾玛说，“应该有一些界标和指示牌，是为那些知道该寻找什么的人准备的。如果没有，我们也会找到像我们一样的人，一个异能伙伴，他可以指引我们最近的时光圈在哪里。在那个时光圈里，会有一个伊姆布莱恩，能给予佩里格林女士她所需要的帮助。”

我从未遇到过像艾玛这样骄傲的人。她的一点一滴都流露着自信：她挺胸抬头的样子；对某件事下定决心时坚决的态度；结束每句话时只用陈述性句式，从不用问句的方式。这很有感染力，我爱她这一点，而且不得不克制一种想在大家面前亲吻她的冲动。

随着休一声咳嗽，蜜蜂从他嘴里涌出，在空中形成一个颤动的问号。“你凭什么如此确定啊？”

“因为我确定，就这么简单。”她擦擦双手仿佛就应该是那样。

“你做了个很好的鼓舞人心的演讲，”米勒德说，“我讨厌破坏它，但是据我们所知，佩里格林女士是唯一还没被捕的伊姆布莱恩。回想埃弗赛特女士对我们说的：幽灵突袭时光圈、劫持伊姆布莱恩，到现在已经好几周了，也就是说，即便我们能找到一个时光圈，也没办法知道它的伊姆布莱恩还在不在，或者它是不是被我们的敌人占领了。我们不能就这么去敲时光圈的门，还希望那里并未幽灵遍地。”

“它还有可能被饿得半死的‘空心鬼’包围了。”伊诺克说。

“用不着希望，”艾玛说，然后笑着看向我，“雅各布会告诉我们。”

我全身都变冷了：“我？”

“除了能看到它们以外，你在一段距离之外就能感觉到‘空心鬼’，不是吗？”艾玛说。

“当它们靠近时，我有种想吐的感觉。”我承认道。

“离多近？”米勒德问，“如果只有几米的距离，我们还是会被它们生吞，我们需要你离得老远就能感觉得到它们。”

“我还没精确地测试过，”我说，“一切对我来说都太新鲜了。”

我只有过和一只“空心鬼”接触的经历——戈兰医生的“空心鬼”马尔萨斯——那个生物杀了我爷爷，后来又差点儿把我淹死在凯恩霍尔姆岛的沼泽地里。在恩格尔伍德，当我最初感觉到它潜伏在房子外面偷偷接近的时候，它离我有多远？答案不得而知。

“无论如何，你的天赋是可以开发的。”米勒德说，“异能有点像肌肉——你越练，就长得越大。”

“这真是疯了！”伊诺克说，“你们真的都绝望到要把赌注都下在他身上吗？为什么？他就是一个男孩儿——一个对我们的世界几乎一无所知的普通人！”

“他不是普通人，”艾玛说，她脸上痛苦的表情就好像这是赤裸裸的侮辱，“他是我们中的一员！”

“废物！垃圾！”伊诺克吼道，“只不过血管里流着一点带异能基因的血，那并不代表他就成了我的兄弟，当然也不能让他成为保护我的人！我们不知道他有什么能力——他很可能连五十米外的‘空心鬼’和胀气痛都分不清！”

“他杀死了一只‘空心鬼’，难道不是吗？”布朗温说，“用一把羊毛剪刺穿了它的眼睛！你上一次听说这么年轻的异能人做出类似的事情是什么时候？”

“在艾贝之后就没听说过了。”休说，提到他的名字令孩子们肃然起敬。

“我听说他有一次徒手杀死一只。”布朗温说。

“我听说他用一根毛衣针和一段麻线杀死过一只，”贺瑞斯说，“其实是我梦见的，所以我肯定他那么做过。”

“那些传说有一半儿都太夸张了，而且年复一年变得越来越夸张，”伊诺克说，“我认识的亚伯拉罕·波特曼从没做过一件帮助我们的事。”

“他是个伟大的异能人！”布朗温说，“他勇敢地战斗，而且为了我们杀死了许多‘空心鬼’！”

“然后他就跑了，让我们像难民一样躲在那栋房子里，自己却在美国四处闲逛、扮英雄！”

“你都不知道自己在说什么，”艾玛说，她气得涨红了脸，“远远不只那样。”

伊诺克耸耸肩。“不管怎样，这都无关紧要，”他说，“无论你怎么看艾贝，这男孩都不是他。”

那一刻我讨厌伊诺克，但我无法责备他对我有所怀疑。其他人的能力是那样的毋庸置疑，身经百战的他们怎会对我的能力有太多信心？我才刚刚开始了解自己的能力，知道自己有这种能力也只有短短几天的时间。我是谁的孙子看起来并无相干。我实在不知道自己在做什么。

“你是对的，我不是我爷爷。”我说，“我只是一个来自佛罗里达的孩子。杀死那只‘空心鬼’很可能只是我运气好。”

“胡说，”艾玛说，“有一天你会和艾贝一样成为‘空心鬼’屠手的。”

“很快这一天就会到来，让我们期待吧。”休说。

“这是你的宿命，”贺瑞斯说，他说话的方式让我觉得他知道一些我所不知道的事。

“即便不是，”休边说边用手拍拍我的背，“你也是我们的全部指望了，老弟。”

“如果那是真的，鸟啊，帮帮我们大家吧。”伊诺克说。

我的脑袋一阵眩晕，感觉自己就快被他们的期望压垮了。我站起来，摇摇晃晃地向洞口走去。“我需要一点空气。”说着，我从伊诺克身边挤过去。

“雅各布，等等！”艾玛大喊，“‘气球’！”

但它们早就消失了。

“让他走，”伊诺克嘟囔道，“如果我们幸运的话，他会游回美国去的。”

我一直走到水边，试着设想新朋友们如何看待我，或者他们希望我是什么样的人：雅各布，不是那个曾经为了追赶一辆冰淇淋车而摔断脚踝的孩子，也不是那个按照爸爸的吩咐三次不情愿地尝试加入学校的非竞争性田径队却均已失败告终的孩子；雅各布，他能检视到鬼影，能奇迹般地解读出变幻莫测的直觉，能预先感知到真正的恶魔并将它们杀掉——一切关乎我们这群快乐的异能人生死存亡的问题他都能为我们解决。

我如何才能不辜负爷爷的遗赠？

我爬上水边的岩石堆，站在那里，希望和煦的微风可以吹干身上潮湿的衣服。在即将消逝的光芒中，我望向大海，那是一幅流动的灰色油画，变得越来越模糊，越来越暗淡。远方每隔一会儿就有一束光闪现，那是凯恩霍尔姆岛的灯塔，闪烁着问候与最后的道别。

思绪游走，我陷入一个白日梦中。

我看到一个男人。他年届中年，身上全是淤泥，他像螃蟹一样沿着悬崖边慢吞吞地侧身行走，稀疏蓬乱的头发湿乎乎地耷拉在脸上。风把他的外套鼓得像一张船帆。他停下，俯身用双肘支撑身体，滑进自己几周以前做的草皮里，那时候他正在这些山凹中搜寻交配的山雀和海鸥的巢穴。他将 副双筒望远镜举到眼前，向下瞄准鸟巢下方一处狭窄的新月形沙滩。涨潮的海水收集了很多杂物，带着它们起起伏伏：浮木、海草、撞毁船只的碎片，有时候，当地人说，还有尸体。

那个男人是我父亲。他正在寻找自己万万不愿找到的东西。

他正在寻找他儿子的尸体。

感觉鞋子被碰了一下，我睁开眼睛，在半梦半醒中被吓了一跳。天几乎黑了，我坐在岩石上，膝盖抱在胸前，突然之间，艾玛出现了。她站在我下面的沙地上，微风轻轻吹动她的头发。

“你还好吗？”她问。

这是一个不需要具备高数知识也不需要讨论一个来小时就能回答的问题。我感到内心矛盾百出，多到抵消掉了同样多的寒冷和疲惫，此时的我并不太想聊天。于是我说：“我很好，只是在试着把衣服晾干。”说着拍拍胸前湿透的毛衣向她示意。

“我可以帮你。”她吃力地爬上岩石堆坐到我身边，“给我一只胳膊。”

我举起一只胳膊，艾玛把它横放在自己的膝盖上，双手弯成杯状罩在嘴上，把头俯向我的手腕。接着，她深吸一口气，通过手掌缓缓呼出，一股不可思议、令人感到慰藉的热流沿着我的前臂滚滚而来，刚好不会觉得痛。

“力度会太大吗？”她问。

我肌肉紧绷，全身一阵战栗，摇了摇头。

“好。”她把我的胳膊上移一些再次呼气，又一股暖流温柔袭来。呼吸间，她说，“我希望伊诺克的话没烦扰到你，我们其余人相信你，雅各布。伊诺克能变成一只心理扭曲的老山雀，尤其当他觉得嫉妒的时候。”

“我想他是对的。”我说。

“你不是真的这么认为，对吗？”

于是我把心事全盘倾吐而出。“我不知道我在做什么，”我说，“你们当中怎么会有人依赖我呢？如果我真有异能，我想也只是一点罢了。就像我有四分之一的异能血统，而你们其余人都是彻头彻尾的异能人。”

“不是那样算的。”她大笑着说。

“但是我爷爷的异能比我厉害。一定是那样。他那么强……”

“不，雅各布，”她眯起眼睛看着我说，“很令人震惊，在许多方面，你都跟他一模一样。当然，你也有不同——你更温柔，更可爱——但你说的每一句话……听起来都像艾贝，像他初次来，留在我们身边的时候。”

“我像吗？”

“没错。那时候他也很困惑。他从没见过别的异能人，不了解自己的力量，也不知道这当中的运作原理以及自己具备何种能力。说实话，我们也不知道。你们的能力很罕见，非常罕见，但你爷爷学会了。”

“怎么学的？”我问，“在哪儿？”

“在战争中。他隶属于英军中一个秘密的全异能部队单元，同时和‘空心鬼’及德军作战。他们做的那些事是没有奖章可以赢的，但对我们而言，他们是英雄，而你爷爷是英雄中的英雄。他们所做的牺牲令恶势力的军力倒退几十年，救了无数异能人的命。”

然而，我想，他却救不了自己的父母，这真是出奇的不幸。

“我可以这样跟你说，”艾玛继续道，“你和他拥有一模一样的异能——也和他一样勇敢。”

“哈，你现在只是试图让我好过一些罢了。”

“不，”她看着我的眼睛说，“不是这样。你要学，雅各布。有一天你甚至会成为比他更伟大的‘空心鬼’屠手。”

“是啊，大家都一直这样说。你怎么能如此确定呢？”

“我有非常强烈的感觉，”她说，“我认为，你就应该成为那样的人，就像你该来凯恩霍尔姆一样。”

“命中注定、星座、宿命。我不相信那些。”

“我没说宿命。”

“应该，跟那是一样的意思，”我说，“宿命是为魔法宝剑那种书里的人物准备的，有很多胡扯的成分。我在这儿是因为我爷爷在他死前的十秒咕哝了一些和你们的岛有关的事——就这样。这只是一个意外。我很高兴他说了，但他当时精神恍惚，很容易就背出份杂货清单。”

“可他没那么做。”她说。

我叹了口气，被激怒了：“如果我们去寻找时光圈，你们想依靠我远离恶魔的伤害，而我反而害你们被杀，那也是宿命吗？”

她皱起眉头，把我的胳膊放回到我腿上。“我没说宿命，”她再次说道，“我所相信的是，人生中的大事不存在意外。万事皆有因。你在这儿也有它的理由——不是为了失败和送死。”

我没心思继续争论。“好吧，”我说，“我并不认为你是对的，但我的确希望你是对的。”刚才对她的呵斥令我感觉很糟，但我又冷又怕，心有防御。我的感觉时好时坏，时而恐惧，时而又有信心——然而目前在我心里，恐惧与信心的比率，就像三比一那样，恐惧明显更胜一筹。每当被恐惧笼罩，那感觉就像要被迫出演一个我并不想扮演的角色，在一场还没人能看清全局的战争中自愿担当起最前线的职责。“宿命”听起来义不容辞，而我如果被迫卷入这场与一大批噩梦般的鬼魅抗衡的战役中，那也得是我自己的选择才行。

尽管从某种意义上讲，当我同意和这些异能儿童一起进入未知世界航行的时候，我已经作出了选择。如果深究自己的内心，说我不想扮演那样的角色，也并非事实。真的，从小我就一直梦想这样的冒险。回溯过去，我曾相信宿命，我那颗幼小心脏的每个部分、每根纤维都绝对地相信。聆听爷爷那些离奇的故事时，我感觉它就像是我胸中的渴望。总有一天，我也会那样。现在的义不容辞，在当初却是我对自己的承诺——有一天我会逃离我的小镇去过不寻常的生活，像他一样；有一天，像波特曼爷爷一样，我会做些有意义的事。他曾对我说：“你会成为一个伟大的人，雅各布，一个非常伟大的人。”

“像你吗？”我就问他。

“比我更好。”他回答。

我那时候相信他，现在依然想相信。但随着我了解有关他的事越多，他的影子也变得越长，我能和他一样不凡的可能性看起来就越小，甚至也许连尝试一下都是自取灭亡。当我想象自己尝试和爷爷一样，关于爸爸的思绪就会爬进脑海——我可怜的爸爸眼看要被彻底摧毁——在我把那些思绪赶出脑海之前，我想不通一个伟大的人怎么能对爱他的人做出如此可怕的事。

我开始发抖。“你很冷，”艾玛说，“让我把没做完的事做完吧。”她抓起我另一只胳膊用呼出的气息从头到尾亲吻它，这几乎超越了我能应付的范围。当呼到我的肩膀时，她没有把我的胳膊放回我腿上，而是绕在了自己的脖子上。我抬起另一只胳膊，同样揽住她的脖子，她也用双臂环抱住我，我们的额头贴在了一起。

艾玛非常轻地说：“我希望你不后悔自己的选择，真高兴你和我们一起在这里。如果你离开，我不知自己会怎么办。我怕我一点也不会好。”

我想过回去。有一瞬间我真的试图在脑海中想象那样的画面，如果我想办法划着其中一艘船回到岛上，然后回家，会是什么样。

但我不能那么做。无法想象。

我低声说：“我怎么能呢？”

“当佩里格林女士再变回人形，她能把你送回去。如果你想的话。”

我的问题与“物流”无关。我的意思，很简单：我怎么能离开你呢？但那些话不可言表，不知怎么说出口。于是我把它们藏在心里，转而亲吻了她。

这一次是艾玛呼吸急促。她抬手靠近我的脸颊，只因为羞于触碰又停了下来。热浪从她手中发散出来。

“摸摸我。”我说。

“我不想烧伤你。”她说，而我胸中一阵骤然而来的火花却说我不在乎，于是我抓起她的手指摩挲着我的脸颊，我们两人都倒抽一口气。我感觉很烫，但没有离开，是因为害怕她不再触碰我而不敢离开。然后我们的嘴唇再次碰到一起，亲吻着，她散发出的非凡暖流从我身上穿过。

我不禁闭上双眼。世界就这样消失了。

夜雾中，即便身体寒冷，我也感觉不到；即便海浪咆哮，我也听不见；即便我身下的岩石尖锐粗糙，我也没有觉察。任何外物都不能令我分心。

而后黑暗中回荡起一声巨响，但我无暇顾及——无法让自己离开艾玛——直到声音大了一倍，又有金属般尖利的可怕噪音随之而来，一束刺眼的光从我们头顶扫过，终于，我不能再对此视而不见了。

是灯塔，我想，灯塔正倒进海里。但灯塔只是远处的一个小点，不是太阳光般明亮的一束，而且它的光只来自一个方向，也不会前前后后地搜寻。

根本不是灯塔。是探照灯，灯光从水中向岸边靠近。

那是潜艇上的探照灯。

在恐惧感袭来的那个瞬间，双腿完全不受大脑控制。我的眼睛和耳朵告诉我潜艇离岸边不远，金属野兽正从海中升起，海水在它两侧急速流动，人们从敞开的舱口涌上甲板，叫喊着，操控灯光的大炮对准我们。而后双腿终于接收到大脑传来的刺激，我们脚下一滑，掉下岩石拼了命地狂奔。

探照灯把我们上蹿下跳的影子打在沙滩上，被拉长的怪影看起来有十英尺高。子弹射在沙子上，在空气中嗡鸣。

扬声器里回荡着低沉的声音：“站住！不要跑！”

我们冲进洞里——他们来了，他们来这儿了，起来，起来——但孩子们早已听到骚动站了起来，除了布朗温，她在海上太疲倦以至于倚着石壁睡着了，怎么叫也叫不醒。我们摇晃她、对着她大喊，但她只是发出呻吟声，一挥胳膊把我们扫到一边。最后，我们只好从腰间把她托起，像托着一座砖塔，但当她双脚一触地，泛红的眼皮就张开了，继而自己站了起来。

我们拿起行李，幸好现在我们的家当那么小就只有那么一点点。艾玛抓起佩里格林女士放进臂弯，大家蜂拥而出。当我们跑进沙丘时，我看到身后有一群人影踏浪而来，只剩最后几英尺就要到达岸边。他们手里握着枪，为了保持干燥，枪被高高地举过头顶。

我们全速冲刺，穿过一片被风吹斜的树林，进入人迹罕至的森林。黑暗将我们包围。原本穿透云层的那部分月光现在被树遮住了，苍白的月光经过树枝的过滤后什么也不剩了。我们没时间调整眼睛去适应黑暗，没时间仔细摸路，也没时间做除喘着气狂奔以外的事，一堆人张着手臂跌跌撞撞，躲避距我们只有几英寸、似乎突然在半空合起来的树干。

几分钟后我们停下来侧耳细听，胸口上下起伏。那声音仍在我们身后，只是现在又加入了另一种声音：狗吠。

我们继续跑。

Chapter 3

HOLLOW CITY

我们似乎在黑暗的树林里翻滚折腾了几个小时，没有月亮也没有斗转星移可以判断流逝的时间。奔跑中，人喊声和狗吠声围着我们转，无处不在地恐吓着我们。为了摆脱猎犬对气味的追踪，我们蹚进一条结冰的小河，一直沿河跑到双脚失去知觉。当我们从河水里蹚出来时，我感觉自己就像走在扎脚的树桩上，跌跌撞撞。

过了一段时间我们有点跑不动了。有人在黑暗中哀叹。奥莉弗和克莱尔开始掉队，于是布朗温用胳膊把她俩夹起来，但后来她自己也支持不住了。最后，贺瑞斯被树根绊倒，摔在地上，然后他顺势躺在那里恳求歇一会儿，大家便都停了下来。“起来，你这个懒蛋！”伊诺克嘘声说道，可他自己也气喘吁吁，继而靠在一棵树上歇口气，似乎失去了斗志。

我们的耐力到了极限，不得不停下。

“无论如何，在这么黑的地方绕圈子只是徒劳，”艾玛说，“我们很容易最终又回到起点。”

“白天在天光下我们可以更好地了解这片森林。”米勒德说。

“假如我们能活那么久的话。”伊诺克说。

一阵小雨淅淅沥沥落下。菲奥娜为我们做了一间避难所——她劝诱一圈树木将它们低矮的树枝弯到一起，爱抚树皮、对树干轻语，直到树枝紧密配合，形成一个防水的树叶屋顶，高度刚好够我们坐在下面。我们爬进去，躺下听着雨声和远处的狗吠声。森林中的某个地方，那些拿枪的人还在追捕我们。大家默不作声地沉思着，我相信每个人都在好奇同样一件事——如果我们被抓会怎样。

克莱尔哭了起来，起初还算轻柔，但随后声音越来越大，直到她的两张嘴都号啕大哭，几乎喘不过气来。

“控制好你自己！”伊诺克说，“他们会听见的——到那时候我们就都有的哭了！”

“他们要把我们拿去喂狗！”她说，“他们会用枪在我们身上打出洞，再把佩里格林女士带走！”

布朗温急忙挪到她身边，用熊抱把小女孩儿紧紧搂起来：“拜托，克莱尔！你必须得想点别的！”

“我在试、试呢！”她哀号道。

“再努力点儿！”

克莱尔闭紧双眼、深吸一口气，然后憋住气，直到看起来像快要爆裂的气球——然后爆发出一阵夹杂着咳喘的呜咽，声音大过从前任何一次。

伊诺克啪地用手捂住她的嘴：“嘘！！！”

“对、对、对不起！”她啜泣着，“也、也许我听一个故事……那些传、传说中的一个……”

“别又来这套，”米勒德说，“我开始希望我们把那几本该死的书和其他东西一起丢在海里了！”

佩里格林女士表态了——既然她能这么做——她跳上布朗温的行李箱，用喙轻敲着它。箱子里，和我们其他微薄的财产放在一起的，是那部传说。

“我同意佩女士的意思，”伊诺克说，“值得一试——怎么都行，只要能让她别这么号啕大哭！”

“那好吧，小东西，”布朗温说，“但只讲一个，而且你要保证不再哭了！”

“我保、保证。”克莱尔抽噎着说。

布朗温打开行李箱，抽出一本被水浸湿的《异能传说》。艾玛赶忙凑过来，在指尖点燃一束微小的火光用来读书。而后，看起来没耐心安抚克莱尔的佩里格林女士用喙衔起封面的边缘，翻到看似随机的一章，布朗温开始低声朗读起来。

“从前，在异能时代，在一个古老而深邃的森林里，游荡着许许多多的动物。有兔子、鹿和狐狸，就像在其他的森林中一样。但也有一些不太普通的品种，比如长腿怪熊、双头山猫，还有会说话的长颈鸸。这些异能动物是猎人最喜欢攻击的目标。猎人们热衷于射杀它们，把它们挂在墙上，向自己的猎友们炫耀，但更热衷的是把它们卖给动物园管理员。那些人会把它们锁在笼子里，展示它们用以敛财。此刻，你也许认为被困于笼中远比被射杀后挂在墙上好得多，但异能生物必须自在漫游才能幸福，过一阵子，笼中的那些就会精神萎靡，开始羡慕那些挂在墙上的朋友们。”

“这是个悲惨的故事，”克莱尔抱怨道，“讲个不一样的。”

“我喜欢这个，”伊诺克说，“再多讲讲射杀和挂在墙上的事。”

布朗温没有回应他们俩。“目前仍然是巨人在地球上漫步的时代，”她继续读道，“就像很久以前在奥尔丁时代一样，尽管它们数量稀少而且变得越来越少。碰巧，这些巨人中有一个住在森林附近，他温和仁慈，说话柔声细语，而且只吃植物，他的名字叫卡斯伯特。有一天卡斯伯特来到森林里采集浆果，看到一个猎人正在追捕一头长颈鹇。好心的卡斯伯特揪住小长颈鹇长长的颈背把它拿起来，然后完全站直踮起脚尖——他很少那样做，因为那会让他的每块老骨头都噼啪作响。踮着脚尖的卡斯伯特可以够到很高的地方，他把长颈鹇放在山顶上，使它完全脱离了危险。然后，为了斩草除根，他用脚趾夹住猎人把他碾成了肉酱。

“有关卡斯伯特此番善举的消息传遍了整座森林，很快，每天都有异能动物来找他，请求他把它们举上山顶以远离危险。卡斯伯特说：‘我会保护你们，小兄弟姐妹。作为回报，我只要求你们和我说话、与我做伴。这世上所剩的巨人不多了，而我不时感到孤独。’

“动物们回答：‘当然，卡斯伯特，我们会的。’

“于是，卡斯伯特每天都从猎人手中救出更多的异能动物，揪住颈背把它们举到山上，直到山上有了一整座小动物园。动物们在山上很快乐，因为它们终于能平静地生活了。卡斯伯特也很快乐，因为只要他踮起脚尖、把下巴靠在山顶，就可以随心所欲地和他的新朋友们畅谈。后来有一天早上，一个女巫来找卡斯伯特。当时他正在山影下的一座小湖里洗澡。女巫对他说：‘非常抱歉，但我现在必须把你变成石头。’

“‘为什么要那么做？’巨人问，‘我很友好，是乐于助人的巨人。’

“而她说：‘你曾经碾死一个猎人，是他的家人雇我来的。’

“‘啊，’他回答，‘忘了他吧。’

“‘非常抱歉！’女巫又说。随后，她向他挥了挥桦树枝，可怜的卡斯伯特就变成了石头。

“突然之间卡斯伯特变得很重——太重了，以至于他开始向湖底下沉。他沉啊沉啊，水一直没到脖子才停下来。他的动物朋友们目睹了这一切，尽管对此感觉很糟，但它们决定不能帮他。

“‘我知道你们救不了我，’卡斯伯特对山顶上的朋友们高喊，‘但至少过来和我说说话！我在这下面动不了，所以特别孤独！’

“‘但如果我们下去猎人会射杀我们的！’它们回喊道。

“卡斯伯特知道它们是对的，但他仍然恳求它们。

“‘和我说说话！’他哭喊着，‘请过来和我说说话吧！’

“动物们试着在安全的山顶上对可怜的卡斯伯特唱歌、呼喊，但它们离得太远，声音太小了，即使对卡斯伯特和他巨大的耳朵来说，听起来也比树叶在风中的沙沙声还要小。

“‘和我说说话！’他乞求道，‘过来和我说说话！’

“但它们始终没有来。当他的喉咙像身体的其他部分一样变成石头时，他仍在哭喊。故事结束。”

布朗温合上书。

克莱尔看起来吓坏了：“这就完了？”

伊诺克开始大笑。

“完了。”布朗温说。

“这是个可怕的故事，”克莱尔说，“讲个别的！”

“说讲一个故事就讲一个故事，”艾玛说，“现在是上床的时候了。”

克莱尔噘起嘴，但她已经停止哭泣，因此这个传说奏效了。

“明天大概不会比今天好过，”米勒德说，“我们需要尽可能多地休息。”

我们收集有弹性的苔藓用来当枕头，在大家把它们塞到脑袋下面之前，艾玛先把里面的雨水烘干。因为没有毛毯，我们依偎在一起取暖：布朗温搂着小孩子们；菲奥娜和休缠在一起，休打鼾的时候，蜜蜂从他张开的嘴里进进出出，守护着它们熟睡的主人；贺瑞斯和伊诺克背对背发着抖，他们俩自尊心太强，不屑抱在一起；而我则和艾玛依偎着。我平躺着，她躺在我臂弯里，把头靠在我胸前，她的脸如此诱人地贴近我的脸，只要我想，就可以在任何时候亲吻她的额头——除非我累得像个死人，不然我不会停下。她暖得就像电热毯，很快我便会睡着，做起美梦，一些容易被忘记的、无关紧要的梦。

我从来不记得美梦；只有噩梦粘着我不放。

遭遇如此境遇我竟能睡着，这真是个奇迹。即便是在这里，逃命、露宿、面临死亡；即便是在这里，在她的怀里：我还能找到些许安宁。

佩里格林女士看护着我们，一双黑眼在暗夜中闪耀。尽管她受到伤害，能力有所减弱，却仍然保护着我们。

夜晚变得阴冷，克莱尔开始发抖咳嗽。布朗温轻轻推醒艾玛说：“布卢姆小姐，小家伙需要你；我恐怕她是生病了。”艾玛轻声说了句“抱歉”，便滑出我的双臂去照顾克莱尔了。我突然有种强烈的嫉妒感，接着又为嫉妒一个生病的朋友而感到内疚。于是，我带着不理智的被遗弃感独自平躺，凝视着黑暗，前所未有地疲惫，却无法即刻入眠。听着其他人深陷于噩梦，呻吟翻身，我想，怎样的噩梦也比不上我们梦醒后很可能要面对的现实可怕。终于，夜色被层层剥离，在不知不觉中渐变，天空剥落成精致的淡蓝色。

黎明时分，我们爬出避难所。我把头发里的苔藓择出来，试着擦掉裤子上的泥却徒劳无功，反而把它抹得更脏了，这让我看起来像是从地里喷出来的泥塘生物。我从没这么饿过，感觉肚子从里面自己啃噬着自己，全身上下几乎没有不疼的地方——从划船到狂奔再到睡在地上，这些举动无不为我留下伤痛。不过仍然有些事值得庆幸：一夜过后，雨停了，日间升高的气温使天气变得暖和起来，而我们似乎甩掉了幽灵和他们的猎犬，至少暂时是这样。要么是它们停止了吠叫，要么是我们离得太远听不到了。

这样一来，我们无可救药地迷失了方向。要在白天通过这片森林并不比夜晚容易。绿色树枝的冷杉无边无际地延伸，一排排错乱层叠，往每个方向看去都如出一辙。这里的地面像一块落叶铺成的地毯，遮住了前一晚我们可能留下的所有痕迹。我们醒来便置身于一座绿色迷宫的中心，没有地图，也没有指南针，而佩里格林女士受伤的翅膀意味着她不能飞过树顶为我们指引方向。伊诺克提议把奥莉弗升到树的上方，就像我们在雾里做的那样，但我们没有绳子，无法拉住她，假使她滑倒掉进天空里，我们就再没法儿把她找回来了。

克莱尔生病了，而且越发严重，她蜷缩着躺在布朗温的腿上，尽管空气中仍有一丝寒意，她额头上却出现了汗珠。她太瘦了，瘦到我可以透过裙子数清她的肋骨。

“她会有事吗？”我问。

“她发烧了，”布朗温说，一只手贴在女孩儿的脸颊上，“她需要药。”

“我们首先得找到路，走出这座可恶的森林。”米勒德说。

“我们首先应该吃点东西，”伊诺克说，“咱们边吃边讨论都有哪些选择吧。”

“什么选择？”艾玛说，“我们随便挑个方向走就是了，往哪儿走都一样。”

大家在阴沉的寂静中坐下吃起东西。由于没有餐具，我们用手指从生锈的罐头里挖着肥肉凝结成的褐色方块儿——我从没尝过狗粮，但我肯定这比狗粮还难吃。

“我打包了五只盐腌鸡和三罐配酸黄瓜的鹅肝酱，”贺瑞斯苦涩地说道，“经过船难，幸存下来的就是这个。”他捏住鼻子把一块儿肉冻放进喉咙里连嚼都不嚼，“我看我们正在受罚。”

“因为什么啊？”艾玛说，“我们一直是完美的天使。呃，大部分人是。”

“也许是因为上辈子的罪孽，我不知道。”

“异能人没有上辈子，”米勒德说，“我们的前世今生都在这一辈子里。”

我们很快吃完，把空罐头埋掉，准备启程。正当我们要出发时，休从茂密的灌木丛里冲进我们的临时营地，蜂群在他头上绕出一团躁动的云。他激动得喘不过气来。

“去哪儿了你？”伊诺克盘问着。

“我需要私人空间去处理点儿和你无关的晨事，”休说，“而且我发现——”

“谁批准你离开大家的视线范围了？”伊诺克说，“我们差点儿离开把你落下！”

“谁说我需要批准了？不管怎么样，我看见——”

“你不能就那样走开！如果你迷路了怎么办？”

“我们已经迷路了。”

“你这个无知的人！要是你找不到回来的路呢？”

“我沿路留下了蜜蜂，我一直都那么做——”

“你能行行好让他说完吗？！”艾玛大喊。

“谢谢，”休说，然后转过身指向自己刚才来的路，“我看到水了。穿过那边的树林，有好多水。”

艾玛的脸色变得阴沉，她说：“我们在试图远离大海，不是回到海里去。一定是在夜里不小心折返了。”

我们跟着休沿他来时的路往回走，布朗温把佩里格林女士抗在肩上，把可怜的克莱尔抱在怀里。走出几百码之后，一片闪亮的灰色涟漪出现在树林之外：是一大片水。

“噢，这可糟了，”贺瑞斯说，“他们把我们追得自己送上门来了！”

“我听不到任何士兵的声音，”艾玛说，“事实上，我根本什么也听不到，连海的声音也没有。”

伊诺克说：“那是因为这不是海，你这个笨蛋。”他站起来向那片水跑去。当我们追上他，他正站着回头看我们，双脚插在湿沙里，脸上带着一副“我早告诉你了吧”的得意表情，咧着嘴笑。他是对的：这不是海，是一座被雾笼罩的灰湖，宽阔的湖被冷杉包围，平静的湖面如石板般光滑。但它最具辨识度的特征，我却没有马上注意到，直到克莱尔指出附近浅滩上一大块突起的岩层。起初我的双眼对它一扫而过，但接着又回去看了第二眼。它有什么地方怪怪的，而且毫无疑问似曾相识。

“那是故事里的巨人！”克莱尔在布朗温怀里指着它说，“是卡斯伯特！”

布朗温轻抚着她的头：“嘘，宝贝，你发烧了。”

“别胡说八道了，”伊诺克说，“它就是一块石头。”

但它并不是。尽管风雨消磨了它的一些特征，但是它看起来正像一个沉入湖中、湖水没到脖子的巨人。你可以清晰地看到它有头、有脖子、有鼻子，甚至还有喉结，它头顶长着一些低矮的树木，像一头乱发。但真正不可思议的是它脑袋的姿态——嘴巴张开向后仰着，仿佛就像昨夜我们刚刚听过的故事里的巨人，它对着山顶上的朋友们呐喊，喊着喊着变成了石头。

“看哪！”奥莉弗说着指向远处一座崛起的石崖，“那一定是卡斯伯特的山！”

“巨人是真的，”克莱尔嘀咕着，她的声音微弱却充满惊奇，“所以传说也是真的！”

“咱们别妄下荒谬的结论，”伊诺克说，“哪个可能性更高？是昨晚我们所读故事的作者被一个形状恰好像巨人头的石头激发了灵感，还是这个头状的石头真的是个巨人？”

“你把什么事都搞得无趣了，”奥莉弗说，“我相信巨人，即使你不信！”

“那些传说只是传说，仅此而已。”伊诺克抱怨道。

“很好笑，”我说，“在遇到你们以前，我就是那样看你们的。”

奥莉弗大笑起来：“雅各布，你真傻，你真觉得我们是编出来的？”

“当然。即使遇到你们以后，我仍有一段时间那样觉得，就像我也许疯了。”

“不管真假，这是个难以置信的巧合。”米勒德说，“昨晚才刚读过那个故事，然后第二天早上就偶然发现了赋予故事灵感的那一块地形，这种概率有多少？”

“我不认为这是巧合，”艾玛说，“佩里格林女士亲自翻开的书，记得吗？她一定是特意选了那个故事。”

布朗温扭头看停在她肩膀上的鸟：“对吗，佩女士？为什么？”

“因为它意义重大。”艾玛说。

“绝对是，”伊诺克说，“它的意义就是我们应该过去爬上那座悬崖。然后，也许我们就能看到走出这片森林的路了！”

“我是说那个传说意义重大。”艾玛说，“故事里，巨人想要的是什么？他一遍又一遍要求的？”

“可以聊天的人！”奥莉弗像个热切的学生一样回答。

“完全正确，”艾玛说，“所以假如他想说话，让我们听听他要说什么吧。”说着，她蹚进水里。

我们略感困惑地望着她离开。

“她要去哪儿啊？”米勒德说，看起来像在问我。我摇了摇头。

“有幽灵追我们呢！”伊诺克在她后面大喊，“我们彻底迷路了！你他妈的到底在想啥？”

“我在用异能的思路想问题！”艾玛回喊道，她涉水而行，穿过浅滩到达石像底部，然后爬上它的下巴，向它张开的嘴里看去。

“怎么样？”我叫道，“看见什么了？”

“不知道！”她回答，“不过看起来下面很深，我最好离近一点看！”

艾玛爬进巨人的石嘴里。

“在你受伤之前你最好从那儿下来！”贺瑞斯喊道，“你把大家搞得都很焦虑！”

“什么事都会让你焦虑。”休说。

艾玛把一块石头扔进巨人的喉咙，听着返回来的声音。她刚说“我想它可能是一个……”，就滑倒在松散的碎石上，最后一个词没说完又爬了起来，在掉下去之前站稳了。

“小心！”我大喊，心脏剧烈地跳动着，“等等，我也过来！”

我在她之后跳进湖里。

“它可能是个什么？”伊诺克问。

“只有一个办法能知道！”艾玛兴奋地说，然后在巨人嘴里往更远的地方爬去。

“哦，上帝啊，”贺瑞斯说，“她走了……”

“等等！”我再次大喊道——但她已经走了，消失在巨人的喉咙里。

在上面近距离地接触巨人，它比从岸边看上去更大了，沿着它黑暗的喉咙向下望去，我发誓自己几乎能听到老卡斯伯特的呼吸声。我双手围成喇叭状喊着艾玛的名字，听到的却是自己的回声。其他人现在也蹚进湖里，但我不能等他们了——如果她在下面遇到麻烦怎么办？于是我咬紧牙关，双腿下到黑暗中，让自己落了进去。

我下落了很久，整整一秒的时间。然后随着水花飞溅——突然掉进冷水里，冰冷的水令我倒抽一口冷气，全身肌肉立刻收紧。我不得不提醒自己踩水，不然就要沉下去了。我置身于一间幽暗狭窄、灌满水的密室中，这里没有向上的路，回不到巨人又长又光滑的喉咙里；没有绳子，没有梯子，没有立足点。我大喊着艾玛的名字，但她并不在附近。

哦，上帝，我想，她溺水了！

但随后有东西挠了挠我的胳膊，我的四周开始有气泡破裂，片刻过后艾玛冲破水面，急促地喘着粗气。

在暗淡的光线下，她看起来安然无恙。“你等什么呢？”她边说边用手拍打着水，好像希望我跟她一起潜下去，“来吧！”

“你疯了吗？”我说，“我们被困在这儿了！”

“当然不是了！”她说。

布朗温的呼喊声从上面传来：“喂——，我听见你们在下面的声音了！你们找到什么了？”

“我想这是一个时光圈入口！”艾玛喊回去，“告诉大家跳进来，不要怕——我和雅各布会在另一边跟你们会合！”

然后她拉住我的手，尽管没太明白这是什么情况，我深吸一口气，任由她把我拉进水里。我们快速翻身、上下打水，朝下方一个一人高的石洞游去，洞口有一线日光闪现。她把我推进洞里，随后自己也跟了进来，接着我们游过大约十英尺长的竖井，然后进入湖里。我能看到我们头顶是泛起涟漪的湖面，湖面之上是经过折射的蓝色天空，随着我们向上游去，水温戏剧性地变暖了。然后我们冲出水面，喘着气，我即刻就感觉到天气变了：这会儿天气闷热潮湿，光线也变成了午后的金黄色。湖的深度也变了——现在湖水一直涨到了巨人的下巴处。

“看到了吧？”艾玛笑嘻嘻地说，“我们穿越了！”

就这样，我们进入了一个时光圈——抛却了1940年那个温和的早晨，来到更古老的某一年的某个炎热午后，不过由于身处森林之中，远离了可以轻易确定年代的社会文明，很难判断到底有多古老。

其他孩子一个接一个地在我们周围浮出水面，看着眼前的各种变化，他们有着自己的领会。

“你们了解这意味着什么吗？”米勒德尖叫道，他在水里四处扑腾打转儿，激动得喘不过气来，“这意味着传说里埋藏着隐秘的知识。”

“现在它们不是一文不值了，对吗？”奥莉弗说。

“噢，我都等不及分析、作注解了。”米勒德摩拳擦掌地说。

“你敢在我的书上乱写，米勒德·纳林斯！”布朗温说。

“但这是个什么样的时光圈？”休问，“你们觉得谁住在这里？”

奥莉弗说：“当然是卡斯伯特的动物朋友们了！”

伊诺克翻了个白眼差一点儿就说出他八成正在想着的话——*那只是个故事*！——但他停住了，也许因为他的想法也开始发生变化了。

“每个时光圈都有一个伊姆布莱恩，”艾玛说，“即便是那些来自传说故事里的时光圈。所以让我们去找到她吧。”

“好吧，”米勒德说，“去哪儿找？”

“除了这座湖，故事里唯一提到的地方就是那座山，”艾玛说，意指树林之外的悬崖，“谁准备好去爬山了？”

我们每一个人都又累又饿，然而找到时光圈给了我们一股突然而来的新能量。我们离开石头巨人，穿过树林朝悬崖脚下出发，身上的衣服在高温中很快烤干了。当我们接近悬崖时，地面开始向上倾斜，接着出现一条现成的小路，我们沿路一直向上走，穿过冷杉茂密丛生、小道弯弯曲曲的一段，小路有几处变得陡峭起来，我们只好手脚并用，攀住倾斜的路面把自己拉上去。

“这条路的尽头最好有点精彩的东西。”贺瑞斯轻擦着额头上的汗说，“绅士是不流汗的！”

路窄成了羊肠小道，地面在我们右侧陡然升起又在左侧下降，一张由树顶铺成的绿毯在小路外延展。“紧靠着墙走！”艾玛提醒我们，“下面很深。”

只是朝陡坡上瞥了一眼我就头晕目眩。突然间，我似乎对高度有了一种新的恐惧感，这感觉让我胃部收紧，竭尽全力才把一只脚挪到另一只脚前面。

艾玛摸了摸我的胳膊。“你还好吗？”她轻声说，“你看起来脸色苍白。”

我谎称自己没事，并且成功地假装没事，转过三个弯。过了第三个转弯，我的心剧烈地跳，双腿抖得厉害，不得不坐下，正坐在窄小的路的中央，挡住了后面所有的人。

“呃，天哪，”休咕哝道，“雅各布累垮了。”

“我不知道我怎么了。”我自言自语。我以前从不恐高，但现在只要看一眼小路的边缘我的胃就翻腾。

接着我想到了可怕的事：假如我的感觉并不是恐高，而是有“空心鬼”呢？

但那不可能啊：我们在一个时光圈里，“空心鬼”是进不来的。然而我越是深究心里的搅动感，越是确信令我不安的并非高度本身，而是和它无关的别的东西。

我必须弄清楚。

每个人都在我耳边焦急地叽叽喳喳，问我出了什么事、还好吗。我排除他们声音的干扰，身体前倾双手着地，然后朝路边爬去。靠得越近，我胃里就越难受，好像它从里往外被扯成碎片。还有几英寸的距离，我胸口贴在地面上，伸出手用手指扒住悬崖边，再让身体往前探，直到能偷看到它。

过了一会儿，我的眼睛才找到“空心鬼”。起初它只是紧靠陡峭山坡的一道微光，是空气中一个抖动的斑点，就像从发烫的车里腾起的热浪，是一种几乎难以察觉的异常。

它们对普通人来说正是这样，对其他的异能人——对任何没有我这种能力的人来说都是如此。

而后我真实地经历了自身异能的苏醒：霎时间，胃里的搅动感收缩着聚集成单独一个点的疼痛；随后，疼痛以一种难以名状的方式变得有了方向，从一个点延长成一条线，又从一维变成二维。那条线，就像指南针的指针，指向斜对角山腰左下方一百码处那个颤动的斑点，而热浪和微光开始聚集，融合成一个有实心的黑团——一只由触须和阴影组成的人形怪，紧贴着岩石。

然后它发现我看到了它，便将整个可怕的身体拉长了。它紧靠着岩石蹲下，张开锯齿状的嘴，发出一声震耳欲聋的尖叫。

朋友们不需要我去描述看见了什么，单是那声音就足以让他们判断了。

“‘空心鬼’！”有人大叫。

“快跑！”另一个声音多费唇舌地喊道。

我从崖边爬回，被拉了起来，接着大家一窝蜂地跑起来，不是沿山路向下而是往山上跑去，没有跑向身后的平地和时光圈出口，反而跑向了更远的未知空间。然而，掉头为时已晚，我能感到“空心鬼”从巨石跳到了悬崖侧上方的峭壁上——但和我们相隔一段距离，在小路下方切断了我们的去路，以防我们试图沿路下山。它把我们困住了。

这是种全新的体验，以前我从不能用除了眼睛之外的东西追踪“空心鬼”，此刻却感到身体里那根小小的指南针指向我们身后，我几乎可以勾画出那家伙向平地攀爬的画面。就好像是，当看到“空心鬼”时，我就用双眼在它身体里种下了一种归航信标。

我们快速跑进一个角落，我那稍纵即逝的恐高感此刻似乎已经不复存在。在我们对面是一面光滑的石墙，至少有五十英尺高。此处便是小路的尽头，环顾四周，地面以疯狂的角度倾斜。墙上没有梯子，没有把手点。我们发疯般地找寻其他的路——岩石中的秘密通道、一扇门或者一条隧道——但什么也没有，前路已到尽头，只剩头顶尚存一线生机；而我们显然无法腾空而起，除非借助热气球或是神话中巨人的援助之手。

一时间恐慌四起。佩里格林女士开始发出刺耳尖叫，克莱尔哭了起来，而贺瑞斯立地哀号：“结束了，我们要死了！”其他人为自救寻求着最后的方法。菲奥娜双手沿着墙摸，搜寻可能夹杂着泥土的裂缝，她能让一株葡萄树或是别的什么从那里长出来，那样我们就能爬上去。休跑到小路的边缘向下凝视着：“我们可以跳下去，要是有降落伞就好了！”

“我可以当降落伞！”奥莉弗说，“抓住我的腿！”

然而下行的距离很长，而且底部是黑暗危险的森林。布朗温决定，与其把奥莉弗送下山，不如让她沿着岩壁向上。于是她一只手抱着发烧的克莱尔，另一只手牵着奥莉弗的手把奥莉弗领到墙边。“把你的鞋给我！”她对奥莉弗说，“带上克莱尔和佩女士，以最快的速度爬到顶！”

奥莉弗看起来吓坏了。“我不知道我够不够强壮！”她哭着说。

“你必须得试试，小喜鹊！你是唯一能让她们安全的人！”她跪下来把克莱尔的双脚放到地上，生病的小姑娘蹒跚地走进奥莉弗的怀抱。奥莉弗紧紧抱着她，脱掉沉重的鞋子，随后，正当她们开始上升时，布朗温把佩里格林女士从自己肩膀移到奥莉弗的头顶。负重使奥莉弗上升得很慢——佩里格林女士开始拍打她那只完好的翅膀，抓着奥莉弗的头发将她向上拉，奥莉弗边尖叫边踢腿，她们三个这才真正起飞了。

那只“空心鬼”就快到达水平地面了，对此我确定无疑，就像能用眼睛看到一样。同时，我们在地面四处搜寻可以当武器用的东西——但能找到的只有石子。“我可以当武器。”艾玛说完一拍手，再把双手打开，一个令人震撼的火球咆哮着出现在她两手之间。

“别忘了我的蜜蜂！”休说着张开嘴让蜜蜂飞出，“它们被激怒时可是很凶猛的！”

总在最不合时宜的时候找到笑点的伊诺克一阵狂笑。“你要干吗？”他说，“给它授粉授死吗？”

休没理他，而是转向我：“你做我们的眼睛，雅各布。你只需告诉我们野兽在哪儿，我们会把它叮得脑袋开花！”

我的疼痛指南针告诉我，它现在就在小路上；而它的毒液膨胀着填满我的方式，意味着它正快速逼近。“快了，”我指着小路上我们走过的一段弯道说，“准备好。”要不是肾上腺素飙升，疼痛会让我十分虚弱。

我们呈现“或战斗或逃跑”姿态，有些人像拳击手一样屈膝举着拳头，其他人则像发令枪响前的短跑运动员，尽管没人知道要跑向哪里。

“我们的冒险有个多令人沮丧的倒霉结局啊，”贺瑞斯说，“在威尔士的某条死胡同里被‘空心鬼’生吞了！”

“我还以为它们不能进入时光圈，”伊诺克说，“见鬼，它是怎么进来的？”

“看起来它们像是进化了。”米勒德说。

“管它是怎么进来的！”艾玛呵斥道，“反正它在这儿，而且很饿！”

然后我们头顶传来小声的哭泣：“下面小心！”我伸长脖子看，奥莉弗的脸缩了回去，消失在石墙顶端。片刻过后，一根像长绳一样的东西从岩架上抛下来。它先往回卷，啪的一声绷紧，随后末端展开一张网，拍在地上。“快！”奥莉弗的声音再次传来，“上面有个操纵杆——大家抓紧网子，我要拉动杠杆！”

我们向那张网跑去，但它太小了，连两个人都装不下。在绳子齐眼高的位置别着一张照片，照片里有个男人，他待在网子里——正是这张网——他双腿蜷曲在身前，刚好挂在地面上方的位置，身后是陡峭的岩壁——正是这个岩壁。照片背面印着一条信息：

小动物园唯一入口：爬进网子！

限重：一位乘客

严格执行

这个装置是某种原始的升降机——本是为一次一个乘客准备的，不是一次八个。但没时间按设计意图使用它了，所以我们叠罗汉般爬上去，把胳膊和腿插进网洞，紧抓着网子上方的绳子，想尽办法让自己附在网上。

“拉我们上去！”我大喊。此刻“空心鬼”离得非常近了，疼痛非比寻常。

前几秒感觉无比漫长，什么也没发生。“空心鬼”冲过弯道，它把健壮的触须当腿来用，而它的像人类一样的四肢萎缩了，没用地悬在那里。然后，一阵尖锐的金属声响起，绳子拉紧，我们摇晃着腾空了。

“空心鬼”快要追上我们了。它大张着嘴飞驰，仿佛要像鲸鱼吞食浮游生物般把我们收入牙间。当它到达我们下方的地面时，我们还没上升到石墙高度的一半。它蹲在地上，抬头看着我们，像一个即将伸展的弹簧。

“它要跳了！”我大喊，“把你们的腿拉进网里！”

“空心鬼”把触须扎进地面而后向上弹起。我们上升得很快，眼看就要逃过它的魔掌，但当它跳到最高点时，其中一根触须突然伸出来套住了艾玛的脚踝。

艾玛尖叫着用另一只脚踹它，网子晃悠着停了下来，上面滑轮

的力量太薄弱，不足以拉动我们所有人和“空心鬼”一同向上。

“把它从我身上弄掉！”艾玛大喊，“弄掉、弄掉、弄掉！”

我也试着踹它，但“空心鬼”的触须就像编织的钢条一样强壮，末梢还覆盖着几百个扭动的吸盘，所以想要撬开它触须的人只会让自己也被困住。而后“空心鬼”把自己向上拉，它的下巴缓缓地接近，直到我们能闻到它散发着恶臭的沉重呼吸。

艾玛喊人抱住她，我用一只手抓住她裙子的后侧。布朗温彻底松开网子，只用双腿紧依其上，然后迅速伸出双手抱住艾玛的腰。接着艾玛也松开双手——阻止她下落的就只有我和布朗温了。现在艾玛的双手自由了，她把手伸向下方拍在“空心鬼”的触须上。

“空心鬼”发出尖叫，触须上的吸盘萎缩并冒起黑烟，在皮肉上嘘嘘作响。艾玛双手压得更紧了，她闭上眼睛发出哀号——我想那不是疼痛导致的哭喊，而是战斗的呐喊——直到“空心鬼”被迫放开她，受伤的触须从绕着她脚踝的位置滑落。有一个超现实的瞬间不再是“空心鬼”抓着艾玛不放，而是艾玛抓住它不放，那东西在我们下方痛苦地挣扎尖叫，它烧焦的皮肉冒出的刺鼻烟雾充斥着我们的鼻子，到后来我们不得不对艾玛大喊让她放手。艾玛突然睁开眼睛，她似乎记起了自己在哪儿，松开了双手。

它翻滚着离我们而去，一边往下坠一边在半空乱抓。之前向下拽着我们的拉力突然消除，我们在网子里飞速上升，跃到墙口之上，然后猛地落在墙顶上，塌作一堆。奥莉弗、克莱尔和佩里格林女士在那里等着我们，当我们从网中脱身，跌跌撞撞地远离悬崖边时，奥莉弗欢呼起来，佩里格林女士又是尖叫又是连续拍打她那只完好的翅膀，一直躺在地上克莱尔抬起头来送上淡淡的微笑。

我们头晕眼花——这是这么多天里，我第二次惊愕于自己还活着。“这是你第二次救我们的命了，小喜鹊，”布朗温对奥莉弗说，“艾玛小姐，我早知道你很勇敢，但那简直超乎想象！”

艾玛不以为意。“不是它死就是我亡。”她说。

“真不敢相信你摸了它。”贺瑞斯说。

艾玛在裙子上擦擦双手，把手放到鼻子前，做了个鬼脸。“我只希望这股味道快点消失，”她说，“那野兽像垃圾场一样臭！”

“你的脚踝怎么样了？”我问她，“疼吗？”

她跪下来把袜子向下褪，脚踝上露出一圈又红又肿的痕迹。“不算太坏。”她边说边小心翼翼地触摸着脚踝。但当她再次起身时，脚踝吃重，我看到她皱了皱眉。

“你帮了不少忙啊！”伊诺克对我粗鲁地抱怨道，“‘逃跑！’，‘空心鬼’屠手的孙子说！”

“如果我爷爷从杀死他的‘空心鬼’手里逃脱，他也许仍然活着，”我说，“那是个不错的建议。”

我听到砰的一声从我们刚刚攀登上的墙外传来，体内那种感觉又开始搅动起来。我走到崖架俯视，见那“空心鬼”还活着，好端端地待在墙脚，正忙着用触须在岩石上凿洞。

“坏消息，”我说，“它没摔死。”

艾玛瞬间就冲到我身边：“它在干吗？”

我看着它扭动其中一根触须放进凿好的洞里，然后把自己抬高，再开始凿第二个洞。它在创造立足之处——或者更确切地说，立须之处。

“它试图爬墙，”我说，“天哪，它就像那个该死的终结者。”

“像什么？”艾玛问。

我差点儿就想解释，却摇了摇头。那是个愚蠢的比喻，无论如何——“空心鬼”更恐怖，而且很可能比任何电影里的怪物都更致命。

“我们必须制止它！”奥莉弗说。

“或者干脆逃跑！”贺瑞斯说。

“别再跑了！”伊诺克说，“请问我们能不能杀了那个该死的东西？”

“当然！”艾玛说，“但怎么杀？”

“有人能找来一桶沸油吗？”伊诺克问。

“这个能代替吗？”我听到布朗温说，然后转身发现她把一块巨石举过头顶。

“也许可以，”我说，“你的瞄准技术怎么样？能投到我叫你投的地方吗？”

“我一定要试试。”布朗温说着步履蹒跚地向崖架走去，石头在她手上晃晃悠悠地保持着平衡。

我们站着向崖架下俯视。“再往这边一点。”我说，敦促她向左几步。正当我就要对她发出投下巨石的信号时，“空心鬼”从一个支点跳到了另外一个支点，而她此时便站在了错误的位置。

“空心鬼”加快了凿洞的速度；现在它是个移动的目标。让情况变得更糟的是，布朗温手里的巨石是我们能看到的唯一一块。如果她没砸到，我们就没有第二击了。

尽管看向别处的冲动令我难以抵挡，我还是强迫自己盯住“空心鬼”。有几秒钟很是奇怪，我感觉头晕目眩，朋友们的声音渐渐消失，我能听到自己的血液注入双耳，心脏在胸腔里扑通扑通地跳。我脑海里浮现杀死爷爷的那个怪物，在怯懦地逃进树林里之前，它就站在奄奄一息的他那被撕裂的身体上。

脑中的幻象泛起涟漪，我双手颤抖，试图让自己镇定下来。

你是为此而生的，我心里想，*你是为杀死这样的恶魔而生*，呼吸之下，我像念咒语般重复着这句话。

“请快一点，雅各布。”布朗温说。

那家伙假装往左，然后向右边跳去。我不想靠猜测而丢掉杀死它的最好机会，我想要明确知道。而不知怎地，出于某种原因，我感到我能知道。

我膝盖触地。此刻我如此靠近悬崖边，艾玛用两根手指勾住我的皮带后面以防我摔落。我将精力集中在“空心鬼”身上，对自己重复着咒语——*为了杀死你而生*，*为了杀死你*——尽管“空心鬼”此时原地不动，正对着墙上的一个点乱砍，但我感到心里的指南针朝它的右侧非常轻微地刺痛着。

就像是一个预兆。

布朗温在巨石的重压下开始颤抖。“我快要拿不动了！”她说。

我决定相信自己的直觉。尽管我的指南针指着一个空点，我对布朗温大喊让她把巨石投向那里。她调整角度对准那里，伴着一声解脱的呻吟，她放开了石头。

她放手的下一刻，“空心鬼”朝右边跳去——正跳进了我的指南针所指的地方。“空心鬼”抬头见石头朝它飞来，作出再次跳起的姿势——但没时间了。巨石猛地砸在那生物的头上，把它的身体扫下了墙。随着一声雷鸣般的巨响，“空心鬼”和巨石一起撞在地上。它的触须从石头下面伸出来，颤抖几下，失去了生气，黑色的血液在巨石四周蔓延，形成又大又粘稠的扇形血洼。

“正中目标！”我欢呼道。

孩子们开始跳起来喝彩。“它死了，它死了，”奥莉弗哭喊着，“可怕的‘空心鬼’死了！”

布朗温猛地伸出胳膊搂住我，艾玛在我头顶上亲了一口，贺瑞斯握了握我的手，而休拍拍我的后背，甚至连伊诺克也对我表示祝贺。“干得好，”他有点不情愿地说，“不过别因此自以为是。”

我本该欣喜若狂才对，但似乎毫无感觉，随着颤动的疼痛感逐渐远去，只觉得一股麻木感蔓延开来。艾玛看出我体力透支了。她用别人难以察觉的方式非常体贴地拉起我的胳膊，半搀着我从崖架走开。“那不是运气，”她小声在我耳边说，“我对你的判断是对的，雅各布·波特曼。”

在墙脚下已到尽头的小路，从墙顶处又开始延伸，并跟随一道山脊翻山越岭。

“绳子上的指示牌说的小动物园的入口，”贺瑞斯说，“你猜前面是吗？”

“你才是那个能梦到未来的人，”伊诺克说，“应该由你来告诉我们。”

“小动物园是什么？”奥莉弗问。

“一群动物的集合处，”艾玛解释道，“里面有各种各样的动物，可以这么说吧。”

奥莉弗拍手尖叫起来：“是卡斯伯特的朋友们！故事里的！噢，我等不及要见它们了。你猜伊姆布莱恩也住在那里吗？”

“在这个节骨眼儿上，”米勒德说，“最好什么也别乱猜。”

我们开始前行。与“空心鬼”的不期而遇仍然令我心烦意乱。我的能力看起来的确被开发了，就像米勒德说的，如同肌肉一般，我越练它就长得越大。一旦我看到一只“空心鬼”，便可以追踪它，而如果我恰好以正确的方式专注于它，便可以预见它的下一次位移，这是一种“感觉多于知晓”的直觉。在异能天赋上习得新东西令我有了一定程度的满足感，特别是通过亲身经历、无师自通这一点。但这种学习环境却不在安全、可控的范围内，没有可以容我犯错的保险措施，我所犯的任何错误都会即刻对自己和身边的人产生致命的影响。我担心其他人会开始相信关于我的“炒作”——或者更遭的是，我自己会开始相信。而我明白，当我开始自大的那一刻——当我不再对“空心鬼”怕得要尿裤子的那一刻——将会有可怕的事发生。

也许是运气好吧，话说回来，赶上我的“恐惧—信心比”处在历史低点。十有八九就是这么简单。我边走边把双手插在口袋里，恐怕其他人发现它们在抖。

“看哪！”布朗温停在小路中央说，“云里有幢房子！”

我们处在半山腰，抬头望去，远方高处有一幢看起来几乎是在云堤上保持平衡的房子。随着大家行至山顶，云散开，房子的全貌展现出来。它非常小巧，并非栖息在云上，而是在一座很大的塔上。塔完全由堆积起来的铁路枕木建造而成，那一整组建筑不偏不倚地坐落在一片长满青草的高地中央。这是我见过的最奇怪的人造建筑物之一。高地上，在它的周围零星地分布着几处窝棚，而遥远的尽头是一小片树林，但我们没去关注——大家的眼睛都盯着那座塔。

“那是什么？”我小声问。

“一座瞭望塔？”艾玛猜测。

“发射飞机的地方？”休说。

但四处都不见飞机的踪影，也没有跑道的迹象。

“也许是发射齐柏林飞艇的地方。”米勒德说。

我想起老录像里不幸的“兴登堡号”[1]飞艇对接到一座看起来像无线电塔的建筑物顶部——那座建筑物和眼前的这座区别不大——一股恐惧的寒流从我身上穿过。如果在海滩上追捕我们的“气球”就在此安营扎寨，而我们无意中闯进了幽灵的老巢怎么办？

“或许那是伊姆布莱恩的房子，”奥莉弗说，“为什么大家总

1　译者注：“兴登堡号”，第二次世界大战时期德国的一艘齐柏林飞艇，是当时世界上最大的飞行器。1937年5月6日，例行载客飞行的“兴登堡号”在准备着陆时起火，造成三十多人丧生，成为当时航空界最惨重的灾难之一。

是直接跳到最坏的推论呢？”

“我肯定奥莉弗是对的，”休说，“这里没什么好怕的。”

即刻就有一声非人的低吼回复了他，那声音似乎从塔下的阴影中传来。

“那是什么？”艾玛说，“又一只‘空心鬼’？”

“我觉得不是。”我说，体内的感觉仍在逐渐消逝。

“我不知道，也不想知道。”贺瑞斯边后退边说。

但我们没有选择的余地，它想会会我们。低吼声再次响起，令我胳膊上汗毛竖起，片刻过后，一张毛茸茸的脸出现在塔身底部的两根枕木之间。它像只疯狗一样龇着牙冲我们咆哮，成卷的口水从它长满尖牙的嘴里滴下来。

“那老家伙到底是什么？”艾玛咕哝道。

“进来这个时光圈真是好主意，”伊诺克说，“到目前为止真是让我们受益匪浅啊。”

那个“不知是什么”的东西从枕木间缓缓爬出，蹲在光天化日之下，带着精神错乱般的笑容斜视着我们，仿佛在想象我们的大脑吃起来是什么味道。我说不出它是人是兽，它身穿破旧的衣服，有着人的身体，却像猿一样走路，那佝偻的外形就好像是我们某个绝迹已久的祖先，在几百万年前就被阻止了进化。它的双眼和牙齿呈暗黄色，苍白的皮肤上散布着暗斑，一头长发好似蓬乱的鸟窝。

“谁把它弄死吧！”贺瑞斯说，“或者至少让它别再看我了！”

布朗温把克莱尔放下，做出准备战斗的姿态；同时，艾玛伸出双手生火——但她显然惊愕过头，只召唤出一阵噼啪作响的烟雾。

那只人形兽身体绷紧，咆哮起来，然后就像奥林匹克短跑运动员一样起跑——不是冲我们而是绕过我们，朝一堆岩石后俯冲过去，又带着露出尖牙的笑容突然出现。它在耍弄我们，就像猫在杀死猎物前先戏弄一番一样。

它看起来要再次起跑了——这次是朝我们——此时一个声音从后面传来，命令它"坐下，老实点！"。它照做了，放松地坐在地上，咧开嘴露出笨拙的笑容，舌头从嘴里耷拉下来。

我们转过身看到一只狗沉稳地朝我们的方向小跑过来。我的目光掠过它，去看是谁在说话，但没有人——然后那只狗张开嘴说："别怪格伦特，它一点教养也没有！那只是它表达谢意的方式。那只'空心鬼'最让人心烦了。"

那只狗似乎是在对我说话，但我太吃惊以至于无法回应。不光因为它用几乎是人类的声音在说话——而且是优雅的英国口音——还因为它长着双下巴的嘴叼了一根烟斗，脸上戴着一副圆形的绿色眼镜。"哦，亲爱的，我希望你们不会太生气，"狗继续道，它误解了我的沉默，"格伦特是好意，但你们一定要原谅它，它简直可以说是在牲口棚里养大的。而我，身为杰出猎犬排名第七的狗所生的第七个孩子，恰恰相反，是在大庄园里受的教育。"它以一只狗能做到的最好姿态鞠了一躬，鼻子点地，"阿迪森·迈克亨利，竭诚为您效劳。"

"对于一只狗来说，那是个奇特的名字。"伊诺克说，对于遇见会说话的动物，他显然不为所动。

阿迪森从眼镜上面盯着伊诺克说："敢问您怎么称呼？"

“伊诺克·欧康纳，”伊诺克挺了挺胸，骄傲地说。

“对于一个肮脏的胖脸男孩儿来说，那是个奇特的名字。”阿迪森说，然后它抬起前腿，只用两条后腿着地站起来，上升到几乎和伊诺克一样高的高度，“我是一只狗，没错，但我是一只异能狗。那么，为什么我应该被安上个普通的狗名？我以前的主人叫我‘盒盒’，我鄙视那名字——那是对我尊严的侵犯！——所以我咬了他的脸，用了他的名字。阿迪森：对于一个我这样高智商的动物来说，合适多了，我认为。那件事刚过，雷恩女士就发现了我，并且把我带到了这里。”

听到他提起一个伊姆布莱恩的名字，我们的脸都亮了起来，一股希望的脉动从身上燃起。

“雷恩女士带你来的？”奥莉弗说，“但巨人卡斯伯特呢？”

“谁？”阿迪森问，然后他摇摇头，“啊，对了，那个故事。恐怕那只是一个故事，很久以前受启发于山下那块稀奇的石头和雷恩女士的异能小动物园。”

“都跟你说了。”伊诺克咕哝着。

“现在雷恩女士在哪里？”艾玛问，“我们有话和她说！”

阿迪森抬头看着塔顶上的房子说：“那是她的住处，不过她现在不在家。几天前她飞走了，去帮她在伦敦的伊姆布莱恩姐妹。有场战争正在进行，你们是知道的……我猜你们听说了事情的来龙去脉，这也能解释为什么你们沦落到像难民般出走的地步，对吗？”

“我们的时光圈被突袭了，”艾玛说，“后来我们又把行李丢在了海里。”

“差点儿连我们自己也丢了。”米勒德补充道。

米勒德的声音一出，那只狗大吃一惊。“一个隐形人！真是非同寻常的惊喜啊。还有一个美国人。”他说着冲我点点头，“你们是多具异能色彩的一群人啊，即使对异能人来说，也是如此。”他又恢复四脚着地，转向那座塔，“来吧，我把你们介绍给其他人，他们绝对会为遇见你们而着迷的。经过这一路，你们一定饿极了，可怜的家伙们。营养丰富的饲料这就来了！”

“我们还需要药，”布朗温说着跪下，把克莱尔托起来，“这个小家伙病得厉害！”

“我们将竭尽全力帮助她，”那只狗说，“你们帮我们解决了‘空心鬼’的小麻烦，我们欠你们的比那更多。那个最让人心烦了，就像我刚才说的。”

“他说营养丰富的什么？”奥莉弗问。

“食物，能吃的东西，口粮！”那只狗回答，“你们在这儿会吃得像皇室成员一样。”

“但我不喜欢狗粮。”奥莉弗说。

阿迪森大笑，音色与人类出奇地相似。“我也不喜欢，小姐。”

Chapter 4

HOLLOW CITY

阿迪森翘着扁鼻子，趾高气昂地四脚迈着步，那只名叫格伦特的人形兽像发疯的狗仔一样围着我们蹦跳。透过草丛和零星的窝棚，我看到一张张面孔正窥视我们——大小不一、形状各异，大多毛茸茸的。当我们到达高地正中时，阿迪森抬起两条前腿高呼："别怕，伙计们！出来见见帮我们赶走入侵者的孩子们！"

一个接着一个，一队古怪奇异的动物冒险走了出来，阿迪森逐个介绍它们。第一只怪兽像一只小长颈鹿的上半身缝在一头驴子的下半身上，它没有前蹄，用两条后腿笨拙地行走。"这是迪德莉，"阿迪森说，"她是一只长颈鸸，有点像驴子和长颈鹿结合起来的，只是少两条腿，而且脾气不太好。她打牌可一点都输不起。"他低声补充道，"千万别跟长颈鸸打扑克。打声招呼，迪德莉！"

"再见！"迪德莉说，两片厚嘴唇向后咧开，露出大牙笑着，"真是糟糕的一天！见到你们太扫兴了！"接着它大笑起来，声音像驴子高声叫，"只是逗趣的啦！"

"迪德莉自认很风趣。"阿迪森解释道。

"既然你像驴又像长颈鹿，"奥莉弗说，"为什么不叫长颈驴？"

迪德莉皱起眉头："因为，那是个什么烂名字啊？长颈鸸很顺口，不觉得吗？"说着她伸出三英尺长的粉红胖舌头，用舌尖把奥莉弗的花冠推回头顶。奥莉弗尖叫着跑到布朗温身后，咯咯地笑着。

"这儿所有的动物都会讲话吗？"我问。

"只有迪德莉和我。"阿迪森说，"这些鸡说起话来就停不下，幸好它们不会说！”正说着，一群咯咯叫的母鸡从一只烧黑的鸡笼里摇摆着朝我们走来。“啊，”阿迪森说，“小姐们来了。”

“它们的笼子怎么了？”艾玛问。

“每次我们修好鸡笼，它们就又给烧坏。”他说，“真烦心。”阿迪森转身朝反方向扬了一下头，“你们也许想躲远一点，它们一激动——”

嘭！一声好像小型炸弹爆炸的声音吓得我们都跳了起来，接着，鸡笼上仅存的几块完好的木板裂成碎片，飞向空中。

“鸡蛋就爆炸。”响声过后，他才把话说完。

烟雾散去，只见鸡群仍朝我们拥来，毫发无伤，亦不惊慌，一小团羽毛如雪片般在它们周围飘落。

伊诺克张大了嘴。“你不是说这些鸡下会爆炸的蛋吧？！”他说。

“只有在它们激动的时候，”阿迪森说，“大部分蛋都安全又美味！不过，正是那些爆炸的蛋为它们‘赢’得了这个非常冷酷的名字——毁灭鸡。”

“离我们远点儿！”艾玛朝逼近的鸡群大喊，“你们会把我们炸飞的！”

阿迪森笑了。“它们很温柔，并不伤人，我保证，而且只在鸡笼里下蛋。”母鸡在我们脚下愉快地咯咯叫着，“看吧？”他说，“它们喜欢你们！”

“这真是间疯人院！”贺瑞斯说。

迪德莉大笑：“不，小鸽子，这是个小动物园。”

接着阿迪森又向我们介绍了一些异能不易被察觉的动物，包括一只在树枝上静悄悄紧盯我们的猫头鹰，一窝能以难以察觉的方式消失或出现的老鼠，它们仿佛有一半时间活在另一层时空里，还有一只双眸深黑、犄角超长的山羊，它是曾在下面森林游荡的一群异能山羊的遗孤。

当所有动物聚齐，阿迪森高喊：“‘空心鬼’杀手万岁！”

迪德莉发出刺耳欢呼，山羊抬蹄跺地，猫头鹰长鸣，母鸡们咯咯叫，格伦特絮叨着他的感激之情。与此同时，布朗温与艾玛交换眼神，布朗温往下瞥了一眼自己的外衣——佩里格林女士就藏在里面——对艾玛扬起眉毛示意：*现在吗*？艾玛摇头回应：*还不是时候*。

布朗温把克莱尔放在树荫的下一小块草坪上。她颤抖冒汗，意识时有时无。

“我见雷恩女士做过一种治疗发烧的神药，”阿迪森说，“味道怪异，但是很有效。”

“我妈以前老给我做鸡汤。”我提议。

鸡群惊恐尖叫，阿迪森凶狠地瞪了我一眼。“他在开玩笑！”他说，“他只是说笑的，简直荒谬，哈哈！根本没有鸡汤这种东西！”

有格伦特和他的对生拇指帮忙，阿迪森和长颈鹂去准备神药了。不大会儿，他们带回一只像是盛着脏刷锅水的碗。等克莱尔喝得一滴不剩并且睡去，动物们简单设宴款待我们：一篮篮的新鲜面包和炖苹果、熟透的煮鸡蛋——不爆炸的那种——直接送到我们手

上，动物们可没有盘子和餐具。如果不是五分钟内就狼吞虎咽地吃下三个鸡蛋和一整条面包，我还不知道自己已经饿到这种地步。

当我吃完打着饱嗝抹嘴时，抬头见动物们热切地注视着我们，一张张生动又充满智慧的脸令我精神恍惚，难以置信自己竟不是在做梦。

米勒德在我旁边用餐，我转身问他："在这之前，你听说过异能动物吗？"

"只在童话故事里，"他张着塞满面包的嘴说，"太奇怪了，然后，一个童话就把我们带到它们身边了。"

只有奥莉弗对这一切表现淡定，可能因为她还太年轻——或者部分的她还年轻。总之，故事和现实间的差距对她来说似乎还不算太大。"其他的动物在哪儿？"她问阿迪森，"卡斯伯特的故事里还有长腿怪熊和双头山猫。"

就此，动物们雀跃的情绪退潮了。格伦特把脸藏在一双大手后面，迪德莉发出嘶吼般的呻吟。"别问，别问。"她垂下头说，但为时已晚。

"这些孩子救了我们，"阿迪森说，"若他们想，他们理应知道我们的故事。"

"如果你们不介意告诉我们的话。"艾玛说。

"我喜欢悲剧故事，"伊诺克说，"尤其是那种最后公主被龙吃掉、大家都死光光的故事。"

阿迪森清清嗓子。"我们的故事更像是龙被公主吃了。"他说，"我们像这样生活已经有一些年头了，在那之前，还要往回追溯几个世纪。”他前后踱步，声音如传道般恢宏，“很久以前，世上满是异能动物。在奥尔丁时代，地球上的异能动物比异能人还多。任何你可以想到的形态、大小，无所不有：能像鸟一样飞的鲸鱼、跟房子一样大的毛毛虫、智商是我两倍的狗，如果你肯相信的话。有些还建立了王国，由各自的动物领袖统治。”他的眼神中闪过一丝难以察觉的光——仿佛他脑海里曾烙下那个时代的记忆——随着一声长叹，那光熄灭了，讲述继续，“现在我们的数量还不及他们那时的零头。我们快要灭绝了。你们有谁知道在曾经遍及世界的异能动物身上发生了什么吗？”

我们安静地嚼着食物，为不知道答案而羞愧。

“好吧。那么，”他说，“跟我来，我带你们去看看。”说着他朝着太阳的方向跑去，回头等待我们跟上。

“拜托，阿狄，”长颈鹇说，“别着急啊，客人们正用餐呢！”

“他们问了，我现在就告诉他们，”阿迪森说，“过几分钟面包也跑不了！”

我们无奈地放下食物跟上他。菲奥娜留下照看还在睡梦中的克莱尔。大家穿过高地，来到遥远边缘的一小片树林，格伦特和长颈鹇轻跳着跟在我们后面。一条碎石路在树木中蜿蜒向前，我们沿路走向林中的一片空地。眼看快要到达，阿迪森说：“请让我向你们介绍这世界上最好的异能动物！”树木就此分开，一座小墓园出现在眼前，里面整齐地排满了白色的墓碑。

“哦，不！”我听到布朗温说。

“这里埋葬的异能动物大概比现在整个欧洲还活着的都多。”

TO
DEAR LITTLE
JOSIE
IN LOVING GRATITUDE FOR
HIS SWEET AFFECTION
JOCK
A TRUE AND
FAITHFUL FRIEND
NEVER FORGOTTEN
BROWNIE
CYP
BOB
POMPEY
SCOTTIE
TRIX
LULU
WALDMAN

阿迪森边说边在墓碑间穿梭，特地走到其中一个跟前，把前脚靠在上面，“这一个名叫庞培，她是只好狗，她用舌头舔舐伤口几下就能令伤口痊愈。看上去令人称奇！然而，这就是她的待遇。”阿迪森用舌头发出咔哒声，格伦特便手捧一本小书快步走来，把书塞进我手里。那是一本相册，被打开的那一页是一张狗的照片，它像驴跟马一样被套在一辆小货车上。“她被狂欢节上的人奴役，”阿迪森说，“被迫像普通的驮兽一样拉那些被宠坏的胖小孩——甚至被马鞭抽打！”他眼中燃起怒火，“雷恩女士救她的时候，庞培已经快要抑郁而终了。她来后只坚持了几个星期就被葬在这里了。”

我把相册传给大家看，每个人看到照片都或叹气或摇头或苦涩地轻声自言自语。

阿迪森穿到另一座墓碑前。“卡阿伯·玛格达比她还要伟大，”他说，“这是一只游荡在外蒙古时光圈的牛羚，有十八根犄角。她很恐怖！奔跑时蹄下的地面会隆隆作响！有人说在公元前218年，她甚至和汉尼拔[1]的军队一起翻越过阿尔卑斯山。而几年以后，一个猎人把她射杀了。”

格伦特向我们展示了一张照片，一个看起来像刚从非洲游猎回来的老妇人坐在一张用角制成的奇特的椅子上。

“我不明白，”艾玛凝视着照片说，“卡阿伯·玛格达在哪儿？”

1 译者注：汉尼拔·巴卡（公元前247年—前183年或182年），北非古国迦太基名将，被誉为“战略之父”，是欧洲历史上最伟大的四大军事统帅之一。

“人坐在上面呢，”阿迪森说，“猎人把她的角制成了椅子。”

艾玛差点儿没拿住相册：“真是令人作呕！”

“如果那是她，”伊诺克轻敲着照片说，“埋在这里的是什么？”

“那把椅子。”阿迪森说，“多么可悲地浪费了一条异能生命啊！”

“这片墓园充满了类似玛格达的故事，”阿迪森说，“雷恩女士本想把这座小动物园建成避难方舟，但它却渐渐变成了坟墓。”

“就像我们所有的时光圈一样，”伊诺克说，“就像异能界本身，是一个失败的实验。”

“‘这个地方要灭亡了，’雷恩女士常说，”阿迪森提高声音模仿她，“‘而我只不过是它那漫长葬礼的监督者！’”

想起她，阿迪森双眼泛着泪光，但很快又恢复了坚毅：“她曾经很夸张。”

“提到我们的伊姆布莱恩时请别用曾经。”迪德莉说。

“很夸张，”他说，“抱歉，她很夸张。”

“他们追捕你们，”艾玛说，她的声音受情绪影响颤抖着，“把你们做成标本，或者放进动物园。”

“就像卡斯伯特故事里的猎人那样。”奥莉弗说。

“是啊，”阿迪森说，“有些真相以神话的形式得到了最好的表述。”

“但没有卡斯伯特，”奥莉弗说，她开始理解了，“没有巨人。只有一只鸟。”

"一只非常特别的鸟。"迪德莉说。

"你们在为她担心。"我说。

"我们当然担心。"阿迪森说，"据我所知，雷恩女士是唯一还没被捕的伊姆布莱恩。当她听说那些被绑架的姐妹已经被偷偷转移到伦敦，片刻也没考虑自己的安全就飞过去施救了。"

"也没考虑我们的安全。"迪德莉咕哝道。

"伦敦？"艾玛问，"你确定遭到绑架的伊姆布莱恩被带去那里了吗？"

"完全确定，"阿迪森回答，"那座城市里有雷恩女士的间谍——特定的一群异能鸽子，它们监视每件事再向她汇报。最近，有几只在极度窘迫的状态下来找我们，它们带来了好消息：伊姆布莱恩们曾经——而且现在仍然被扣押在惩罚时光圈里。"

几个孩子倒抽冷气，但我不明白他的意思。"什么是惩罚时光圈？"我问。

"它们是用来关押被捕的幽灵、冷酷无情的罪犯和危险的精神病人的，"米勒德解释道，"它们和我们知道的时光圈完全不同。肮脏，肮脏的地方。"

"而现在看守那些时光圈的，是幽灵，毫无疑问还有他们的'空心鬼'。"阿迪森说。

"天哪！天哪！"贺瑞斯惊呼，"那比我们担心的还要糟。"

"你在开玩笑吗？"伊诺克说，"这恰恰是我担心的那种事！"

"无论幽灵们最终在谋求什么，"阿迪森说，"有一点很明确，他们需要所有的伊姆布莱恩才能达到目的。现在只剩下雷恩女士了……勇敢、鲁莽的雷恩女士……谁知道还能维持多久！”然后他就像一些狗在暴风雨里做的那样，耳朵向后抿起低头呜咽。

我们回到那棵遮阳树下吃完饭。当大家撑到一口也吃不下的时候，布朗温转向阿迪森说：“你要知道，狗先生，一切都还没你说的那么糟糕。”然后她看着艾玛扬起眉毛，而这次艾玛点了点头。

“是这样吗？”阿迪森回应道。

“是的，没错。事实上，我这里现在就有能让你打起精神来的东西。”

“我有些怀疑。”他咕哝道，但还是把头从爪间抬起一探究竟。

布朗温掀开她的外套说：“我想请你会一会另一个没被捕的伊姆布莱恩，阿尔玛·佩里格林女士。”那只鸟把头探出来，在阳光下眨了眨眼睛。

现在轮到动物们震惊了。迪德莉倒抽一口气，格伦特拍手尖叫，而母鸡们拍打着它们没用的翅膀。

“但我们听说，你们的时光圈被突袭了！”阿迪森说，“你们的伊姆布莱恩被偷走了！”

“她的确被偷走了，”艾玛骄傲地说，“但我们又把她偷回来了！”

“那样的话，”阿迪森说着向佩里格林女士鞠了一躬，“这真是最不同寻常的荣幸，女士，我是您的仆从。如果您需要找个地方变身，我很高兴领您去雷恩女士的私人区域。”

“她不能变身。”布朗温说。

“为什么？”阿迪森问，“她害羞吗？”

“不是，”布朗温说，“她被困住了。”

烟斗从阿迪森嘴里掉了出来。“呃，不，”他轻声说，“你很确定吗？”

“她像这样已经有两天了，”艾玛说，“我想，如果她能变回来，她现在早已经变回来了。”

阿迪森抖落脸上的眼镜，盯着那只鸟，他的眼睛大睁着，充满关切。“我能检查一下她吗？”他问。

“他是个合格的‘杜立德’[1]医生，”长颈鹇说，“我们生病都是由阿狄诊治。”

布朗温把佩里格林女士从外套里举出来放到地上。“只是要小心她受伤的翅膀。”她说。

“当然。”阿迪森说。起先他慢慢围着那只鸟转圈，从各个角度仔细地检查她，然后用湿乎乎的大鼻子嗅嗅她的头和翅膀。“告诉我在她身上都发生了什么，”最后，他说，“还有什么时候发生的，怎么发生的，告诉我所有的细节。”

1 译者注：美国电影《杜立德医生》，1967年出品，主人公杜立德医生是一位医术高明且能与动物对话的兽医。

艾玛详细叙述了整个故事：佩里格林女士如何被戈兰绑架，笼中的她如何差点儿被淹死在海里，我们如何把她从幽灵驾驶的潜艇中救出。动物们全神贯注地听着。当故事讲完，那只狗花了点时间整理思路，然后发表诊断结果：“我断定，她被下了毒，被人为地下了药使她保持鸟的外形。”

“真的吗？”艾玛问，“你怎么知道的？”

“当伊姆布莱恩是人形时，可以搞静止时间的手法，这时候要绑架和转移她们是个危险活儿。但如果她们是鸟时，力量就非常有限了。这样的话，你们的女主人小巧而容易隐藏……威胁小得多。”他看着佩里格林女士，“那些把你抓走的幽灵有没有往你身上喷什么东西？”他问她，“一种液体或者气体？”

佩里格林女士在空中快速地上下摆动脑袋——看起来像是点头。

布朗温倒抽一口冷气：“呃，女士，真的太抱歉了，我们不知道。”

我突然感到一阵内疚。是我把幽灵引到岛上的，我是令佩里格林女士有此遭遇的罪魁祸首，是我让异能儿童们失去了家，至少有一部分是因为我。那羞愧感就如骨鲠在喉。

我说：“但她会有所好转的，不是吗？她会变回来吧？”

“她的翅膀会康复的，”阿迪森回答，“但如果得不到帮助，她再不会变成人了。”

“她需要什么样的帮助？”艾玛问，“你能帮她吗？”

“只有另一个伊姆布莱恩能帮助她，而且她时间不多了。”

我紧张起来，这是我以前不知道的。

“你是什么意思？”艾玛问。

“我不喜欢传达坏消息，”阿迪森说，“但对于这样被捕的一个伊姆布莱恩来说，两天是很长的时间。她作为鸟的时间越长，她人类的自我流失得就越多。她的记忆、她说的话——一切使她之所以成为她的东西都会流失——直到最终，她根本不再是一个伊姆布莱恩。她将会只是一只鸟，永远地做一只鸟。”

一个画面进入我脑海：佩里格林女士四肢摊开躺在急诊室的桌子上，医生们在她周围忙来忙去，她的呼吸停止了——时钟每嘀嗒走过一秒都给她的大脑带来不可修复的新损伤。

“多久？”米勒德问，“她还有多少时间？”

阿迪森斜着眼睛摇摇头：“两天，如果她很强壮的话。”

“你确定？”艾玛问，“你的的确确、完完全全地确定吗？”

“我以前见过这样的事发生。”阿迪森轻轻走到栖息在附近树枝上的小猫头鹰身边，“奥利维亚曾经是个年轻的伊姆布莱恩，在训练中发生了严重的事故。他们在五天后把她带来，雷恩女士和我竭尽全力试图把她变回来，但已经无济于事。那是十年前的事了，从那以后她一直是这个样子。”

猫头鹰默默地凝视前方。除了那只动物，她体内不再有别的生命，从她呆滞的目光就能看出。

艾玛站起来，她似乎要说点什么——为我们重振士气，用鼓舞人心的演讲让我们即刻开始行动，但愿是这样——然而她似乎开不了口，强忍啜泣的冲动，跌跌撞撞地从我们身边走开。

我在后面叫她，但她没有停下。其他人被这可怕的消息惊呆了，眼睁睁地看她离开；同样也被她流露出的软弱踌躇迹象惊呆了。面对所有这一切，长久以来她一直保持坚强，以至于我们已经视之为理所当然。可她并非百毒不侵，她或许不同寻常，但她也是人。

“你最好把她找回来，雅各布先生，”布朗温对我说，“我们不能在此逗留太久。”

当我追上艾玛时，她正站在高地的边缘，遥望着下面的乡野。绿色的山坡朝远处的平原缓缓落下。她听到我走来，但没回头看。

我拖着双脚走到她跟前，试图说些安慰的话：“我知道你被吓到了，并、并且三天看起来不长，但——”

“两天，”她说，“也许是两天。”她嘴唇颤抖着，“但那甚至还不是最糟的事情。”

我畏缩道：“事情还能怎么更糟呢？”

她一直在和眼泪对抗，但此刻，突然放弃了。她跌坐在地上呜咽起来，一场暴风雨在她身上骤然降临。我跪下来，双臂抱紧她。“对不起，”她重复说了三次，声音粗得像磨破的绳子，“你从来不该留下，我不应该让你留下。但我很自私……太自私了！”

“别那么说，”我说，“我就在这里——我就在这里，我哪儿也不去。”

那似乎只让她哭得更厉害了。我把嘴唇贴紧她的额头亲吻，直到暴风雨在她身上平息，呜咽慢慢变成抽泣。“请跟我说说，”我说，“告诉我怎么了。”

过了一小会儿她站起来，拭去泪水，试图让自己镇静下来。“我本来希望永远不用说这些，”她说，“我以为那无关紧要。还记得吗，你决定留下跟我们在一起的那个晚上，我告诉你，你也许永远都不能再回家了？”

“当然记得。”

“直到刚才我才知道那实际上有多么真实。雅各布，我贴心的朋友，恐怕是因为我，你注定要困在垂死的世界里度过短暂的一生。”她颤抖着深吸一口气，继续说道，“你通过佩里格林女士的时光圈来到我们身边，那意味着只有佩里格林女士或是她的时光圈能把你送回去。但现在她的时光圈已经荡然无存——就算还没，也快了——那就使得佩里格林女士自身成了你回家唯一的出路。但如果她再也不能变回人形……”

我用力咽了口口水，喉咙很干：“那么，我就被困在过去了。”

“是的。要回到属于你自己的那个时代，唯一的方法只有等待它到来——日复一日，年复一年。”

七十年。到那时，我的父母，还有我曾经认识和关心的所有人都死了，而我对他们来说也早就死了。当然，无论我们即将面临何种苦难，假如能活下来，几十年后一旦我的父母出生，我总能找到他们——但意义何在呢？他们那时会是小孩子，对我来说，是陌生人。

我好奇，我现世的父母返乡后会在何时放弃寻找活着的我，他们会以什么样的故事来向自己解释我的失踪。逃跑了？疯了？自己跳下海崖了？

他们会为我举行葬礼吗？会给我买口棺材吗？会在一块墓碑上写上我的名字吗？

我会成为他们永远解不开的谜，永远无法愈合的伤口。

“对不起，”艾玛再次说道，“如果早知道佩里格林女士的情况如此糟糕，我向你发誓，我一定不会要你留下来。‘现世’对我们其他人而言毫无意义，若在那里停留太久我们会丧命！而你——你还有家，有你的生活……”

“不！”我大喊道，用手猛击地面——把那些要让我阴郁自怜的想法从头脑里赶出去，“现在那些全都过去了。我选择了这个世界。”

艾玛把手放在我手上，温柔地说：“如果动物们说的是真的，而我们所有的伊姆布莱恩都被绑架了，很快连这个世界也不存在了。”她用手抓了一把土，撒在微风里，“没有伊姆布莱恩的维护，我们的时光圈会崩溃。幽灵会利用伊姆布莱恩重新创造他们那该死的实验，而那又会从1908年重新开始——要么他们失败，让天地万物化为冒着烟的弹坑；要么他们成功，得以永生，而我们将会被那些恶魔统治。无论如何，不久后我们会比异能动物的灭绝更厉害！而现在我把你拖进了这无望的混乱中——为了什么？”

“每件事的发生都是有原因的。”我说。

我不敢相信那句话是从我嘴里说出来的，但一说出口，我就感觉到了它的真义，就如钟声一般在我体内回响。

我在这儿是有原因的，我不仅命中注定成为怎样的人，还注定要做某些事——而那不是逃跑，不是躲避，也不是放弃那些看起来恐怖和不可能的小事。

“我以为你不相信宿命。”艾玛怀疑地打量我。

我不相信——并非如此——但我也不太确定如何解释我所相信的。我内心充满着好奇和对冒险的渴望，却还有更深层的东西贯穿其中——一种由来已久的感激之情。小时候，我总专注于波特曼爷爷描述的听起来充满魔力的海岛和那些拥有不可思议力量的异能儿童，但本质上，他的故事是关于佩里格林女士的：她如何在爷爷最需要帮助的时候帮了他。当爷爷到达威尔士时，他是一个受惊的年轻男孩，语言不通，被两种恶魔追捕：其中一种最终会杀死他大部分的家人，而另一种，卡通般怪异，除了他没人能看见，看起来一定是从他的噩梦里直接跑出来的。面对这一切，佩里格林女士把他藏了起来，给他一个家，并帮他发现了真正的自己——她救了他的命，于是才可能有爸爸的生命，由此延伸，也才有我的生命。父母生我、养我、爱我，就此而言，我欠他们的。但如果不是佩里格林女士对爷爷做出伟大而无私的善举，我当初压根儿就不会出生。我开始相信，我被送来这里是为还债——为自己，为爸爸，也为爷爷。

我尽力解释。“这与宿命无关，”我说，“但我相信，世间是存在平衡的，而有时我们不理解的外力会出来干预，以正确的方式扭转局势。佩里格林女士救了我爷爷，而现在我在这里帮忙救她。”

艾玛眯起眼睛缓缓点头，我说不出她是同意我的话，还是想用礼貌的方式告诉我我疯了。

然后她抱住我。

我不需要继续解释，她懂了。

她的命也是佩里格林女士所救。

“我们有三天，”我说，“我们会去伦敦，救出一个伊姆布莱恩，治好佩里格林女士。不是没有可能。我们会拯救她的，艾玛，不然我们就以死相拼。”那些话听起来太过勇敢和坚决，以至于有那么一瞬间我好奇说出这话的是否真的是我。

艾玛大笑起来，这让我吃了一惊，我的话似乎令她莫名其妙觉得好笑，然后她把目光转向别处。当她再看向我时，她的下巴绷住，眼睛发着光，从前的信心又回来了。“有时候我没法儿判断你是彻底疯了，还是某种奇迹，”她说，“不过我开始认为是后者了。”

她再次用双臂搂住我，我们拥抱了很长一段时间，她的头靠在我肩膀上，气息温暖地拂过我的脖子，突然间我只想把存在于我俩身体间所有细小的空隙全部填满，与她合而为一。但接着她抽身离去，在我额头上一吻，往回朝其他人走去。恍惚中我无法立即跟上她的脚步，因为一种全新的体验正在冲击着我：心中有一只以前从未注意过的轮子飞快地转动，令我晕眩。艾玛离得越远，它转得越快，仿佛有一根看不见的绳子在我们之间拉紧，如果她走得太远绳子就会绷断——要了我的命。

我想知道，这奇怪又甜蜜的疼痛是否就是爱。

其他人一起簇拥在遮阳树下，孩子们和动物们都在，艾玛和我大步朝他们走去。因着突如其来的冲动，我差一点儿就挽起了艾玛的胳膊，但伊诺克的一个举动让我改变了主意：他转过头看了看我们，带着一贯对我保有的那种疑心，现在，越来越多地变成是对我们俩的疑心——艾玛和我正在变成和其他人分离的单元，变成一个有着自己的秘密和承诺的私人联盟。

我们走到跟前时，布朗温站了起来："你还好吗，艾玛小姐？"

"很好，很好，"艾玛很快回答，"眼睛里进了点东西，仅此而已。现在，大家收拾好自己的行李。我们必须立刻去伦敦，看怎样让佩里格林女士重新变得完整！"

"我们很高兴你们意见一致，"伊诺克说，"几分钟前我们做了同样的决定，就在你们俩在那边窃窃私语的时候。"

艾玛脸红了，不过她没跟伊诺克一般见识。比起不必要的小冲突，有更重要的事情要处理——那就是我们即将在旅途中承受的许许多多的外来风险。"我肯定你们都意识到了，"艾玛说，"以大多数衡量标准来说，这是一个非常糟糕的计划，成功的希望很渺茫。"她罗列出之所以这么说的一些原因。伦敦很远——以"现在"世界的标准来说，也许并非如此，我们可以利用全球定位系统到达最近的火车站，赶上一辆几个小时后就能把我们迅速送至市中心的快车。而在1940年，在因为战争而十分动荡的英国，伦敦是一个遥远的世界：公路和铁路或被难民占满，或被炸弹炸毁，或被军事护航队垄断，无论哪种情况都会让我们花光佩里格林女士救命的时间。更糟的是，既然其他的伊姆布莱恩几乎都被俘了，我们甚至会经历比之前更加激烈的追捕。

“别去想那趟旅程了！”阿迪森说，“那是你们最不必担心的！也许之前我们讨论这个的时候我劝诫得不够，也许你们不完全了解伊姆布莱恩们被监禁的环境。”他字正腔圆地说着每一个音节，仿佛我们听觉不灵敏一样，“难道你们当中没人在异能历史书里读到过惩罚时光圈吗？”

“我们当然读过。”艾玛说。

“那你们就该知道，试图破坏它们等同于自杀。它们是死亡陷阱，每一个都是，包括伦敦历史上最为血腥的片段——1666年的大火灾[1]，842年破坏性极大的北欧海盗围攻[2]，可怕的伦敦大瘟疫[3]的致死巅峰期！他们不发行这些地方的时间地图，原因不言而喻。所以，除非你们当中有人具备关于异能界那些秘密部分的应用知识……”

“我研究鲜为人知以及令人不快的时光圈”，米勒德发言，“很多年来这都是我钟爱的兴趣。”

“你很牛啊！”阿迪森说，“那么，我猜你们也有办法通过把

1　译者注：发生于1666年9月2日—9月5日，是伦敦历史上最严重的一次火灾，烧毁了许多建筑物，包括圣保罗大教堂，但也切断了自1665年以来伦敦的鼠疫问题。

2　译者注：公元842年和851年，丹麦人两次入侵英国，抢劫和烧毁了大多数城镇，占领了包括伦敦在内英国北部和东部的领土。

3　译者注：伦敦大瘟疫，发生在1665年至1666年间的大规模传染病，超过十万人死于这场瘟疫，足占当时伦敦人口的五分之一。

守在入口处的一大群‘空心鬼’了！”

感觉所有人的目光都突然投到了我身上，我使劲咽了下口水，保持下巴高抬：“是啊，事实上，我们的确可以。”

“我们最好可以。”伊诺克发牢骚道。

然后布朗温说：“我信赖你，雅各布。我认识你不算太久，但我感觉我了解你的心，那是一颗坚强而真挚的异能之心——我相信你。”她靠着我，用一只胳膊搂住我的肩膀，我感到喉咙一紧。

“谢谢你。”我说，在她的大情感面前感到自己渺小而站不住脚。

那只狗发出啧啧声：“疯狂之举。你们这些孩子根本没有自我保护的本能，你们当中任何一个还在呼吸都是个奇迹。”

艾玛走到阿迪森前面，试图让他停下来。“是的，太好了，”她说，“谢谢你向我们阐明自己的观点。现在，把末世预言放在一旁，我得问问你们其余人：对我们打算要做的事有任何异议吗？我不想有任何人‘自愿’去做是因为感到有压力。”

贺瑞斯怯生生地慢慢举起了手：“如果伦敦是所有幽灵聚集的地方，到那里去不就成了羊入虎口？这主意好吗？”

“这是个天才的主意，”伊诺克忿忿地说，“幽灵深信我们异能儿童温顺又软弱，我们跟在他们后面是他们怎么也不会料到的。”

“那如果我们失败了呢？”贺瑞斯说，“我们就会把佩里格林女士亲手送至他们的家门口！”

“我们不知道，”休说，“伦敦是不是他们家门口。”

伊诺克用鼻子哼了一声：“别把事情粉饰得太好。如果他们打破了监狱时光圈，正用它们关押我们的伊姆布莱恩，你们可以放心，他们也已经侵占了那座城市的其他地方！那里绝对幽灵遍地，记住我的话。如果不是那样，幽灵绝不会费心到古老的小小凯恩霍尔姆跟踪我们。这是基本的军事策略，在战争中，你不能先瞄准敌人的小脚趾——你要直接刺穿他的心脏！”

“拜托，”贺瑞斯抱怨道，“别再谈论冲破时光圈和刺穿心脏了，你们会吓坏孩子们的！”

“我不怕。”奥莉弗说。

贺瑞斯缩作一团。有人咕哝了句“胆小鬼”。

“不，”艾玛严厉地说，“害怕一点错也没有，那意味着你们非常重视我们的计划，这是件非常严肃的事。因为，没错，那会很危险；没错，成功的可能性极低；甚至连我们是否能到达伦敦也未可知；没人能保证我们能够找到伊姆布莱恩，更别说救出一个了。我们的下场完全有可能会是在幽灵的牢房里日渐消瘦，或是在‘空心鬼’的肚子里被消化。每个人都明白了吗？”

大家严肃地点头表示理解。

“我有粉饰任何事吗，伊诺克？”

伊诺克摇摇头。

“如果我们做这个尝试，”艾玛继续说道，“我们很可能会失去佩里格林女士，这是不具争议的。但如果我们不试，如果我们不去，那么毫无疑问，我们会失去她——而且不管怎样，幽灵都可能会抓到我们。即便如此，任何觉得自己不能胜任的人都可以留下来。”她指的是贺瑞斯，我们都知道，贺瑞斯目不转睛地盯着地面，“你可以留在这里，这里安全，等麻烦解决了，以后我们会来接你。这没什么好羞愧的。”

“我的左心室啊！”贺瑞斯说，“如果我袖手旁观，大家永远都不会忘记这件事。”

甚至连克莱尔也拒绝落后。“我刚刚过了八十年惬意无聊的日子，”一直睡在背阴处的她边说边用一只胳膊肘把身体撑起来，“在你们其余人去冒险的时候留在这里？没门儿！”但当她试图起身，却发现自己站不起来，于是又躺了回去，眩晕地咳嗽着。尽管她喝下的像刷锅水一样的液体让她烧得没那么厉害了，她也不可能一路撑到伦敦——今天不能，明天也不能，当然更不能及时帮助佩里格林女士。必须得有人留下来陪她休养。

艾玛问有谁自愿，奥莉弗举起了手，但布朗温告诉她，休想——她太年轻了。布朗温想要举起自己的手，然后又改变了主意。她说，她在对克莱尔的保护欲和对佩里格林女士的责任感之间左右为难。

伊诺克用胳膊肘戳了一下贺瑞斯。“你怎么了？”他奚落道，“这可是你留下来的大好机会啊！”

“我想去冒险，我确实真的想去，”贺瑞斯坚持说，“但如果可能的话，我也想要看到自己105岁的生日。能保证我们不会试图拯救这该死的整个世界吗？”

“我们只想救佩女士，”艾玛说，“但我不为任何人的生日做担保。”

贺瑞斯似乎对此很满意，他双手垂在身侧，没有举手。

“还有谁吗？”艾玛说着看向四周。

“没事，”克莱尔说，“我一个人能行。”

“这不可能，”艾玛说，“我们异能人相互支持。”

菲奥娜的手缓缓举了起来，她一直太安静了，我差点儿忘了她跟我们坐在一起。

“菲，你不能！”休说。他看起来很受伤，仿佛她在用自愿留下拒绝他。菲奥娜用悲伤的大眼睛看着他，手却留在空中。

“谢谢，菲奥娜，”艾玛说，“如果运气好的话，只要几天以后我们就会再见到你俩。”

“鸟从人愿。”布朗温说。

“鸟从人愿。”其他人随声附和。

午后的时光正不知不觉滑向夜晚，再过一小时，动物时光圈就会暗下来，而找路下山也会危险得多。在我们做出发前的准备工作时，动物们友好地为我们配备了大量的新鲜食物和用异能绵羊的羊毛纺织的毛衣。迪德莉发誓说这些毛衣有些异能属性，尽管确切是什么属性她也记不太清了：“我想是防火，或者也许是防水。是的，它们在水里不会沉，就像蓬松的小救生衣。又或者——呃，我不知道，无论如何，它们很暖和啦！”

我们谢过她，把毛衣叠好放进布朗温的行李箱。而后格伦特拿着一个用纸和麻线包起来的包裹轻跳着向前跑来。“母鸡们送的礼物，”迪德莉解释道，在格伦特把它塞进我手里时，她使了个眼色，“别掉了。”

比我聪明的人也许会对带上爆炸物这件事三思，但我们感觉自己易受攻击，而且阿迪森和长颈鹂都发誓说，如果我们温柔对待这些鸡蛋，它们是不会爆炸的，所以大家小心地把它们放到布朗温箱子里的毛衣之间。现在，至少我们不会在持枪人面前手无寸铁了。

然后我们差不多准备好了，只一件事除外：当我们离开动物时光圈时，正如进来的时候一样，会迷失方向，我们需要向导。

“我可以为你们指引走出森林的路。”阿迪森说，“雷恩女士的塔顶见。”

通往顶部的空间十分狭小，以至于一次只能通过两个人，于是我和艾玛先来，我们像攀爬巨梯上的横档一样沿铁路枕木爬上去。格伦特只用了我们一半的时间便像猴子一样爬了上来，把阿迪森夹在胳膊下带上塔顶。

塔顶上的风景令人吃惊：东边，树木丛生的山坡向远处延伸至一片广阔贫瘠的平原；西边，可以一直望到大海，一艘旧船挂着结构复杂的巨帆沿海岸线滑行。我从没问这里是哪一年——1492？1750？——不过我猜对于动物们来说，那几乎无关紧要。这是一个脱离人类世界的安全地，而只有在人类世界，不同的年份才有所区别。

“你们将向北进发，”阿迪森边说边拿烟斗朝着一条路的方向指去，那条路穿过山下的树林延伸向前，像一条模糊的铅笔线，刚好可见，“顺路而下是一个小镇，小镇里面——在‘你们那个时候’——总之，有一个火车站。你们跨时光圈穿梭的媒介是何时，1940年吗？”

“对。”艾玛回答。

尽管我对他们所谈论的一知半解，却从不怕问愚蠢的问题。“为什么我们不能只管走出去进入这个世界就好？”我问，“不管这是哪一年，从这一年去伦敦不行吗？”

“唯一的方法就是骑马和乘马车，”阿迪森说，“要用几天的时间……根据我的经验，还会有相当多的擦伤发生，恐怕你们没有那么多时间。”他转身用鼻子顶开塔顶上小屋的门，“请进，”他说，“我还要向你们展示一样东西。”

我们跟着他走进去。屋子小而简陋，与佩里格林女士女王般的房间格局相去甚远，全部的家具就只有一张小床、一个衣柜和一张卷盖式书桌。一台望远镜安置在三脚架上，对准窗外：雷恩女士的眺望站。她在这里密切注视着她的间谍鸽子来来往往，提防有麻烦发生。

阿迪森向桌子走去。“如果你们找不到那条路，”他说，“这里面有一张森林的地图。”

艾玛把书桌打开，找到了地图。那是一卷老旧的黄纸，地图下面是一张皱巴巴的快照，照片上有一个穿着镶亮片的黑色披风的女人，斑白的头发引人注目地向上拢起，她站在一只鸡旁边。乍一看这张照片似乎是张废照，拍摄的瞬间女人没看向镜头，而且正闭着眼睛，但也有刚好说得通的地方——女人的头发和衣服与鸡毛上黑白色的斑点相配，她和那只鸡面朝相反的方向，暗示着她们之间一些古怪的联系，仿佛她们在无声地交谈，梦见了彼此。

显然，这是雷恩女士。

阿迪森看到照片似乎有所闪躲，尽管他不想承认，但我能看出他很担心雷恩女士。“请别把这当成是对你们自杀性计划的赞同，”他说，“但如果你们疯狂的远征成功了……路上又碰巧遇到雷恩女士的话……你们可以考虑……我是说，你们可不可以考虑……”

“我们会送她回家的。”艾玛说，然后挠了挠他的头。这举动对一只狗来说再正常不过了，但对一只会说话的狗来说看起来有点怪。

“狗为你祈福。”阿迪森回答。

然后我试着爱抚它，但它用两条后腿站起来说：“介意吗？管好你的手，先生！”

“抱歉。”我嘟哝道，随之而来的尴尬瞬间告诉我们，是时候出发了。

我们爬下高塔与朋友们会合，在遮阳树下同克莱尔和菲奥娜洒泪道别。现在克莱尔已经有了可以躺在上面的垫子和毛毯，在地上临时床的边上，她像公主一样逐个接见我们，当我们在她身旁跪下时，她迫使人人许下承诺。

“答应我你会回来，”轮到我时，她对我说，“答应我你会救出佩里格林女士。”

“我会尽力的。”我说。

“那不够好！”她严厉地说。

“我会回来的，”我说，“我保证。”

“还会救出佩里格林女士！”

“还会救出佩里格林女士。”我重复道，尽管这感觉像句空话。我越是试图让自己听起来有信心，实际上就越没信心。

“好，”她说着点了下头，“认识你真是太好了，雅各布，我很高兴你留下来。”

“我也是。”我说。随后我迅速起身，因为她那张被金发框起来的明亮的脸如此真挚，令我备受折磨。她毫不含糊地相信我们跟她说的每件事：她和菲奥娜跟这群奇怪的动物在一个被它们的伊姆布莱恩遗弃了的时光圈里会好好的；我们会回来找她们。我全心希望，并非只在剧院里上演才能让这件不得不做的难事成为可能。

休和菲奥娜站到一旁，手牵着手，额头抵在一起，用他们自己安静的方式说着再见。终于，我们都和克莱尔道过别，做好了出发的准备。但没人忍心打扰他们，于是大家立足静观。菲奥娜离开休的身边，从她凌乱的鸟窝头里抖落下几粒种子，就在他们站的地方，长出开满红花的玫瑰丛。她这么做似乎正是为了能拥有只属于他们两人的片刻——休的蜜蜂赶忙飞过去采花粉，正当它们忙着的时候，菲奥娜拥抱休，并在他耳边轻语，休点点头轻声回应了几句。当他们最终转身发现我们正看着他们，菲奥娜脸红了，休双手塞在口袋里朝我们走来，蜜蜂嗡嗡地跟在他身后：“咱们走吧，演出结束了。”

正当黄昏降临，我们开始向山下跋涉，动物们一直陪我们走到陡峭的石墙边。

奥莉弗对它们说："你们大家不跟我们一起去吗？"

长颈鸸用鼻子哼了一下："我们在外面活不到五分钟！你们至少还有希望被当作普通人，但是看看我……"她扭了扭没有前蹄的身子，"我马上就会被射杀，做成标本，再挂起来。"

然后那只狗走到艾玛跟前说："我能否对你有个最后的请求……"

"你对我们太好了，"她说，"任何事都行。"

"你介意帮我点烟斗吗？我们这里没有火柴，我有好几年没真正吸过烟了。"

艾玛满足了他的请求，用一根发光的手指触碰他的烟嘴儿。那狗满意地长长喷了一口烟："祝你们好运，异能儿童们。"

Chapter 5

HOLLOW CITY

我们活像一群猴子，紧紧抓着摇摆的网子，笨拙地顺着岩面摇晃下降，滑轮发出尖叫，绳子嘎吱作响，如一团打结的乱麻掉在地上。有点像在喜剧里一样，我们想从死结中脱身，有几次我以为自己自由了，试图站起来，不料又脸朝下摔了个嘴啃泥！那个死去的“空心鬼”就躺在几英尺外，触须就像海星的腕一样从砸在它身上的巨石底下伸出来。我几乎为它感到惭愧：如此可怕的怪物竟败给了我们这样的人。下一次——如果还有下一次——我想我们就没这么幸运了。

我们踮着脚尖绕过“空心鬼”散发着臭气的尸体，以最快的速度冲下山，但变幻莫测的崎岖小路和布朗温身上剧烈颠簸的行李限制了我们的速度。到达平地以后，我们便可以跟随自己来时的足迹，穿过森林里潮湿松软的苔藓地返回。正当太阳落山、蝙蝠拼命尖叫之时，大伙儿又找到了那座湖。这些蝙蝠似乎忍受着来自夜世界令人费解的警告，在我们头顶哭喊盘旋，我们穿过浅滩，蹚起水花向石巨人走去，随后爬上巨人的嘴，顺着他的喉咙溜下，再从他身后游出——迎接我们的是即刻变冷的水和正午更加明亮的阳光，这是1940年9月。

其他人在我周围浮出水面，一边尖叫一边捂住耳朵，大家都感受到了快速的时间转变带来的压力。

“像飞机起飞。”说着，我张大嘴巴释放气压。

“从没坐过飞机。”贺瑞斯边说边从帽檐上擦着水。

“或者像你在公路上行驶时有人摇下窗户。”我说。

“公路是什么？”奥莉弗问。

“算了。”

艾玛嘘了我们一声：“听！”

我能听见远处有狗吠的声音，似乎很远，但听来像在树林深处奇怪地穿梭。距离是会骗人的。“我们一会儿得快点行动，”艾玛说，“在我改口前，谁也别发出声音——也包括你，校长！”

“我会向第一只接近我们的狗扔一只爆炸蛋，”休说，“那会让它们为追赶异能人而接受个教训。”

“你敢，”布朗温说，“对一只蛋处理不当，就容易把它们都弄炸！”

我们蹚出那座湖，开始穿过森林往回走。米勒德用雷恩女士皱巴巴的地图为我们导航，一个半小时后，大家来到了阿迪森在塔顶上指的那条土路。我们站在马车留下的老车辙里。米勒德此时正在研究地图，把它竖了起来，眯着眼看上面微小的标记。我伸手到牛仔裤的兜里掏手机，心想我也调出一张自己的地图来——这是原来的习惯，然后我发现自己轻敲着一块拒绝发亮的长方形空白玻璃。电话死机了。这是当然：电话弄湿了，没充电，距离最近的手机发射塔也要五十年之后才有。经过海上那场灾难，手机是我剩下的唯一财产，但在这儿它毫无用处，是个异物，我把它扔进树林。半分钟后，我忽然感到一阵强烈的悔意，又跑去把它找了回来。原因我也不全明白，我还没做好放它走的准备。

米勒德叠起地图，宣布小镇在我们左侧——大概至少要走五到六个小时：“如果我们想在天黑之前到达，我们最好快点走。”

没走多久布朗温就发现，有一团尘雾在我们身后升起，距离很远。“有人来了，”她说，“我们该怎么办？”

米勒德脱掉他的厚大衣扔进路边的杂草丛，这样他就隐形了。“我建议你们让自己消失，”他说，“尽你们所能。”

我们离开那条路，蜷伏在一丛灌木后面。那团尘雾扩散开来，随之而来的还有木轮的哗啦声和嗒嗒的马蹄声，是一支马车队。当他们叮铃铃、轰隆隆从尘雾中出现并经过我们身边时，我看到贺瑞斯倒抽一口气，而奥莉弗绽放出笑容。那些马车并非我在凯恩霍尔姆岛上常常看到的灰色实用马车，倒像来自马戏团，绚丽的车身上涂满七彩的颜色，雕刻的华丽车顶和车门十分引人注目，长鬃马拉着车，驾车的男男女女身上挂着珠子项链、飘着鲜亮的丝巾。我想起艾玛讲过大家和佩里格林女士在旅行中一起表演杂技的故事，于是转头问她：“他们是异能人吗？”

“他们是吉普赛人。”她回答。

“这是坏消息还是好消息？”

她眯起双眼：“还不知道。”

我能看出艾玛在权衡一个决定，还很肯定那是什么决定。我们要去的小镇很远，而这些马车比我们走得快多了。在幽灵和猎犬的追捕下，有没有这额外的加速，也许意味着两种不同的结果——脱身或者被抓。但我们不知道这些吉普赛人是谁，也不知道我们能否信任他们。

艾玛看着我：“你怎么想，我们该搭顺风车吗？”

我看看那些马车，又回头看着艾玛，想象穿着湿鞋走上六个小时以后双脚是什么感觉。“绝对要搭。”我说。

艾玛指着最后面的马车模仿追赶它的动作，向其他人发出信号。马车就像一幢小型的房子，每面都有一扇小窗，后面伸出一块像门廊一样的平台，如果我们紧紧挤在一起，按平台的宽度和深度大概刚好可以容下。马车移动得很快，但没快过我们冲刺的速度，于是当它驶过，我们摆脱最后一个车夫的视线，大家便跳出灌木丛快步跟在它后面。艾玛第一个爬上去，然后伸出一只手拉下一个人。我们一个接一个把自己拉上去，靠着马车后部门廊的狭窄空间安顿下来，一切都在小心翼翼中悄悄进行，生怕车夫听到我们的声音。

就这样，我们乘着马车走了很久，直到耳朵里回响起车轮的哗啦声，衣服落上了厚厚的尘土；直到正午的太阳转过天空，下沉到树后，而两侧的树就像绿色大峡谷的两道围墙一样升起。我不断审视着森林，唯恐幽灵和他们的猎犬随时可能突然出现，攻击我们。但几小时过去了，我们没看到任何人——没有幽灵，甚至连其他旅人也没有，就好像到了一个被遗弃的国度。

车队偶尔停下，我们都屏住呼吸，感觉自己一定要被发现了，准备要么逃跑要么战斗。我们派米勒德出去侦察，他蹑手蹑脚下了马车，结果发现吉普赛人只不过是伸展伸展腿脚或是重新钉钉马掌，然后我们又开始移动。终于，我不再担心如果我们被发现会怎么样了。吉普赛人看起来赶路赶累了，也不会惹什么麻烦，我们就像普通人一样混过去，博取他们的同情。我们只不过是无家可归的孤儿，我们会说，行行好，能赏口面包吗。运气好的话，他们会给我们一顿晚餐并护送我们到火车站。

我的设想没多久就成真了，马车队突然驶离了道路，在一小块空地上颤抖着停了下来。尘土还没落定，一个大个子男人就阔步来到我们的马车后部附近。他头戴平顶帽，鼻子下面有一撇毛毛虫似的胡子，嘴角下拉，脸上一副严厉的表情。

布朗温把佩里格林女士藏进大衣，此时艾玛从马车上跳下去，竭尽全力表现得像个令人同情的孤儿："先生，我们把自己抛在您面前，请您高抬贵手！我们的房子被炸弹袭击了，要知道，父母死了，我们实在不知如何是好……"

"闭上你的嘴！"那男人吼道，"从那儿下来，你们所有人！"这不是请求，而是命令，他手里那把看来致命的装饰刀在强调这一点。

我们面面相觑，不知如何是好。该与他作战然后逃跑吗？那样很可能会在过程中泄露我们的秘密——还是再多演一会儿普通人，等等看他会怎么做？接着很多吉普赛人出现了，他们从马车里蜂拥而出，在我们四周围成一个大圆圈，很多人还拿上了自己的刀。我们被包围了，选择的余地也戏剧性地变小了。

男人们灰头土脸、目光锐利，穿着为掩藏层层路尘特制的深色重磅针织衣；女人们穿着明艳飘逸的裙子，长发被丝巾束在身后；孩子们有的聚集在他们身后，有的站在他们中间。我试着把对吉普赛人仅有的一点了解和面前的脸孔联系起来，他们会屠杀我们吗——又或者他们只是天生性情粗暴？

我看着艾玛寻找暗示，她站在那双手按在胸前，手并没有像准备生火时那样伸出来。我决定，如果她不打算跟他们战斗，我也不会。

我听从男人的要求下了马车，双手举过头顶。贺瑞斯和休同样如此，接着是其他人——只有米勒德除外，他溜走了，没人看见，想来应该潜伏在附近等待和观望。

戴帽子的男人——我想是他们的首领吧，开始连珠炮般发问："你们是谁？从哪儿来？你们的长辈呢？"

"我们从西边来，"艾玛沉着地说，"一座沿海的岛。我们是孤儿，就像我已经解释过的。我们的房子在一场空袭中被炸弹炸毁了，我们被迫逃亡，一直划到大陆，还差点儿淹死。"她尝试挤出几滴眼泪。"我们一无所有，"她抽噎着，"在树林里迷路很多天了，没有食物，只有穿在身上的一身衣服。我们看到你们的马车经过，但太害怕了，不敢现身，只想搭车到镇上就好……"

那男人仔细端详着她，眉头锁得更深了："为什么房子被炸掉以后你们被迫逃离你们的岛？还有为什么你们不沿着海岸线跑而是跑进了树林？"

伊诺克大声说："没得选，我们被人追捕。"

艾玛用锐利的目光看了他一眼，示意他：*让我来*。

"被谁追捕？"那首领问。

"坏人。"艾玛说。

"有枪的人，"贺瑞斯说，"穿得像军人，但他们不是，真的。"

一个戴着亮黄色丝巾的女人站出来说："如果有军人追他们，他们是咱们不需要的麻烦。把他们打发走，贝克希尔。"

"或者把他们绑到树上再离开！"一个四肢瘦长的男人说。

“不！”奥莉弗哭喊着，“我们必须得赶到伦敦，否则就来不及了！”

那首领挑起一条眉毛。“来不及干什么？”我们没唤起他的同情，反倒激起了他的好奇心，“在查明你们的身份以及你们值几个钱以前，”他说，“我们什么也不会做。”

十个拿着长刀的男人迫使我们朝一辆有平台的马车前进，马车的顶部安着一只大笼子。笼子二十英尺长，十英尺宽，用厚铁条制成。尽管隔着一段距离，我也能看出那是用来关动物的。

“你们不是要把我们锁在那里面吧？”奥莉弗问。

“等我们想清楚怎么对付你们就放你们出来。”那首领说。

“不，不能那样！”奥莉弗哭着说，“我们得去伦敦，而且要快！”

“那是为什么？”

“我们当中有人病了，”艾玛说，意味深长地瞥了休一眼，“我们需要给他找个医生！”

“你们不需要一直跑到伦敦去找医生，”其中一个吉普赛男人说，“耶比亚就是个医生，是吧，耶比亚？”

一个两颊有粗糙损伤的男人站了出来：“你们谁病了？”

“休需要专科医生，”艾玛说，“他的情况很罕见，刺痛的咳嗽。”

休一只手放到喉咙上，好像很疼地咳嗽着，一只蜜蜂突然从他嘴里冒出来。有几个吉普赛人倒抽冷气，还有个小女孩儿把脸藏到她妈妈的短裙里。

“这是一种把戏！”那个所谓的医生说。

“够了，”首领说，“到笼子里去，你们所有人。”

他们把我们推到通向那只笼子的斜坡上，我们一起聚在斜坡底部，谁也不想先进去。

“我们不能让他们这么做！”休小声说。

“你等什么呢？”伊诺克对艾玛低声呵斥道，“烧他们啊！”

艾玛摇摇头轻声说：“他们人太多了。”她带头顺斜坡向上走进笼子里。有铁条的笼顶很低，笼子底部堆着厚厚的干草，散发出恶臭。当我们都进到笼里，那首领砰地关上门，在我们身后上了锁，把钥匙塞进他的口袋。“谁也不许靠近他们！”他向所有听得到的人大喊，“他们有可能是巫师，或者更糟。”

“没错，我们就是！”伊诺克隔着围栏大喊，“现在快放我们走，不然我们就把你们的小孩儿变成疣猪！”

那首领大笑着沿坡道走下去；与此同时，其他吉普赛人撤退至一段安全距离外，搭起帐篷点起炊火开始扎营。我们跌坐进干草堆，感到挫败而沮丧。

“当心，”贺瑞斯警告道，“到处都是动物粪便！”

“哦，那有什么关系呢，贺瑞斯？”艾玛说，“就算你衣服脏了也没人会偷笑的！”

“我会。”贺瑞斯回答。

艾玛双手掩面。我在她旁边坐下，试图想些鼓舞人心的话，脑子却一片空白。

布朗温敞开外衣给佩里格林女士一些新鲜空气，伊诺克跪在她旁边竖起耳朵，好像在听着什么。“听见了吗？”他问。

“什么？”布朗温回应。

“佩里格林女士生命溜走的声音！艾玛，刚才有机会的时候你应该把那些吉普赛人的脸烧掉！”

“我们被包围了！”艾玛说，“我们当中会有人在大战中受伤，也许会被杀死。我不能冒那个险。”

“所以你就转而拿佩里格林女士冒险！”伊诺克说。

“伊诺克，别干扰她了，”布朗温说，“为大家做决定不容易，我们不能每次做选择时都投票。”

“那也许你们应该让我来为大家做决定。”伊诺克回答。

休用鼻子哼了一声：“要是你说了算，我们老早就被杀了。”

“你们瞧，现在这无关紧要，”我说，“我们得从这个笼子里出去，到达那个小镇。比起如果一开始没搭车，我们现在距离小镇要近得多，所以没有必要杞人忧天，我们只需想出一个逃脱的办法。”

于是我们开始思考，也想出不少点子，但没有一个看起来行得通。

“也许艾玛可以烧穿这个底板，”布朗温建议道，“它是木质的。”

艾玛在干草中扫出一块干净的地方，敲了敲。“太厚了。”她痛苦地说。

“温，你能把这些铁条掰弯吗？”我问。

“也许可以，”她回答，“但不能在那些吉普赛人离得这么近的时候。他们会发现的，又会带着刀跑过来。”

“我们需要溜出去，不是闯出去。”艾玛说。

然后我们听到铁栏外有人小声说：“你们把我忘了吗？”

“米勒德！”奥莉弗惊叫道，激动得差点儿从鞋里飘出来，“你去哪儿了？”

“可以说是去了解一下情况，等待事情平静下来。”

“你觉得你能帮我们偷钥匙吗？”艾玛问，让上锁的笼门发出嘎啦嘎啦的响声，“我看到那个领头的把钥匙放进他口袋里了。”

“潜行和盗取是我的专长。”他向我们作过保证便随即溜走了。

时间缓缓流逝。半个小时过去了，一个小时过去了。休沿着笼子踱步，一只不安的蜜蜂绕着他脑袋飞舞。“是什么让他这么久还没动静啊？”他喃喃地说。

“如果他还不赶紧回来，我就要开始扔鸡蛋了。”伊诺克说。

“就那么做吧，你会害我们都被杀的。”艾玛说，“我们在这儿插翅难飞，一旦烟雾散尽，他们会活剥我们的皮。”

于是我们坐着继续等，注视着吉普赛人，他们也注视着我们。

流逝的每一分钟感觉都像在佩里格林女士的棺材上多加了一根钉子。我发现自己盯着她，仿佛在足够近的距离内看她，我便能洞悉在她身上正发生的变化——她胸中残留的人性火花正在慢慢熄灭。但她看似和一直以来一样，只是不知怎的，更显平静。她睡在布朗温旁边的干草上，被羽毛覆盖的小胸膛轻柔地起伏着，似乎没有意识到我们身处麻烦之中以及自己正面临着生命倒计时的威胁。也许，在这种时候还能睡着，足以证明她身上正在发生的变化，若是以前的佩里格林女士，她早就紧张起来了。

接着我的思绪不由自主地飘向了我的父母，就像我不严以控制它们的时候一样。我试着描绘最后一次看到他们时的面容。点点滴滴在脑海中拼凑起来：到岛上几天后，爸爸脸上长出的一圈浅浅的胡碴儿；当爸爸太久地谈论妈妈不关心的事时，她不自知地乱搓着婚戒；爸爸飞镖般的双眼，总是检视着地平线，永无止境地搜寻着鸟类。

现在他们应该在搜寻我吧。

随着夜幕降临，我们周围的营地开始活跃起来。吉普赛人有说有笑，当一帮孩子用破旧的号角和小提琴开始演奏歌曲时，他们跳起舞来。歌曲与歌曲的间歇，其中一个男孩儿手里拿着一个瓶子偷偷绕到我们的笼子后面。“这个给生病的人。”他边说边紧张地察看着身后。

“谁？”我问，他点头示意休。正说着，休就咳得抽搐起来，憔悴地倒在地上。

男孩儿透过围栏把瓶子递进来。我拧开瓶盖闻了一下，差点儿没熏个跟头，闻起来就像混合着肥料的松脂。“这是什么？”我问。

“管用，我就知道这么多。”他又向身后看了看，“好了，我为你们做了事，现在你们欠我的，所以，告诉我——你们犯了什么罪？你们是贼，对不对？”随后他压低声音，“还是你们杀了人？”

“他在说什么呢？”布朗温说。

我们没杀人，我想上前几步跟他说，但紧接着戈兰的身体在空中翻滚着朝一堆岩石摔去的画面在我脑海中闪现，我便没有作声。

反倒是艾玛替我说了：“我们没杀人！”

“嗯，你们肯定干了什么事，”男孩说，“不然他们还能因为什么悬赏捉你们？”

“有人悬赏？”伊诺克问。

“十分确定。他们给一大堆钱呢。”

“谁啊？”

男孩耸耸肩。

“你们打算把我们交出去吗？”奥莉弗问。

男孩抿了下嘴：“不知道我们会不会，几个大人物正在仔细斟酌。虽说他们不太相信那种悬赏的人，不过话说回来，钱毕竟是钱，而他们也不太喜欢你们拒不回答他们的问题。”

“我们从哪儿来，”艾玛傲慢地说，“你们不该盘问来向你们求助的人。”

“也不该把他们关进笼子里！”奥莉弗说。

正在这时，营地中间发出一声巨响。随着从炊火里飞出的一堆锅碗瓢盆在空中划过，吉普赛男孩儿失去平衡，从斜坡上跌落进草丛，我们余下的人躲过了。之前照看炊火的吉普赛女人拼命尖叫着飞奔逃开，她的裙子着了火，如果不是有人拿起饮马的桶把水浇到她身上，她可能就一直跑到海里去了。

过了一会儿，我们听到一个隐身男孩儿的脚步声沿着笼子外面的斜坡咚咚地响起。“那就是试图用异能鸡蛋做煎蛋卷的后果！”米勒德上气不接下气地笑着说。

“是你干的？”贺瑞斯问。

“一切都太安静有序了……不利于行窃！所以我把咱们的一只鸡蛋掺进了他们的鸡蛋里，就是这样啦！”米勒德让一把钥匙凭空出现，“当晚餐在他们眼前爆炸的时候，人们不太可能注意到我的手在他们的口袋里。”

“你用的时间也够长的了，”伊诺克说，“现在快让我们出去吧！”

但还没等米勒德把钥匙插进门里，那个吉普赛男孩儿就站起来大喊：“来人哪！他们想逃跑！”

男孩儿听到了我们的对话——但在爆炸后的混乱中，几乎没人注意到他的叫喊声。

米勒德把钥匙转进锁里，门打不开：“真该死！也许我偷错了钥匙？”

“啊！！！！”男孩指着米勒德声音发出的地方尖叫，“鬼！”

“拜托，能让他闭嘴吗！”伊诺克说。

布朗温满足了伊诺克的请求，她把手伸出笼子，抓住男孩儿的两只胳膊，将他双脚离地拉了起来，紧贴住围栏。

“来、来人啊！”他拼命地喊着，“他们有……嗯嗯……”

布朗温一只手猛地捂住他的嘴，但为时已晚。“盖尔比！”一个女人大喊，“放开他，你们这些野蛮人！”

忽然间，我们无意而为地劫持了一个人质。吉普赛男人们向我们冲过来，刀子在昏暗的天色中闪着光。

“你们在干吗？”米勒德喊道，“在他们对咱们大开杀戒之前，放了那个男孩儿啊！”

“不，别放！”艾玛说，然后她尖叫道，“放我们走，不然他就得死！”

吉普赛人把我们围住，高声威胁着。“你们敢动他一根手指头，”领头的大喊，“我就徒手把你们一个个都杀光！”

“退后！”艾玛说，“只要放我们走，我们不会伤害任何人。”

其中一个男人跑到笼子边。出于本能，艾玛猛地伸出双手，手掌间触发出一团咆哮的火球。拥挤的人群倒抽冷气，那个男人也减速停了下来。

“现在你还是做了！”伊诺克低声呵斥道，“他们会把我们当作巫师绞死的！”

“谁第一个试试，我就烧死谁！”艾玛大喊，她拉宽两只手掌的间距让火球变得更大了，“来吧，让他们看看自己在找谁的麻烦！”

是时候上演好戏了。布朗温首当其冲：她一只手把男孩儿举得更高了，男孩儿的双脚在空中乱踢，另一只手抓住笼顶的一根铁条把它拉弯。休把脸卡在两根铁条之间，从张开的嘴里吐出一串蜜蜂。接着是米勒德，在男孩儿注意到他的那一刻，他已经迅速从笼子边跑开了，此刻在人群后面的某个地方大喊："如果你们觉得自己可以和他们斗，那是你们还没见识过我的厉害！"说着他把一颗鸡蛋投向空中，鸡蛋在他们头顶划过一条弧线，随着一声巨响落在附近一小块空地上，扬起和树梢那么高的尘土。

随着烟雾散去，有一个瞬间毫无声息，没人动也没人说话。起初，我以为是我们的表演让吉普赛人惊呆了——但后来，随着耳朵里的响声退去，我才意识到他们是在仔细听着什么，然后我也跟着听起来。

从越来越暗的路上传来引擎的声音，一对照明灯越过树林，沿路飘进了视野。每一个人，不论吉普赛人还是异能人，都眼看着那对灯过了通向这块空地的岔路口——接着放慢速度，又转了回来。一辆帆布顶的军车隆隆作响地朝我们驶来。车里传来愤怒的喊声，现在，那些叫到喉咙嘶哑却依然停不下来的猎犬就要再次捕捉到我们的气味了。

那是一直在追捕我们的幽灵——而如今我们被困笼中，连跑都跑不了。

艾玛击掌将火焰熄灭，布朗温放下男孩儿——他蹒跚地跑开了。吉普赛人有的逃回他们的马车，有的躲进树林。没过多久就只剩下我们，似乎被遗忘了。

他们的首领大踏步向我们走来。

“打开笼子！”艾玛恳求他。

那人没理她。“藏到干草下面去，别出声！”他说，“别耍那些魔术花样——除非你们宁愿跟他们走！”

没时间问更多问题了。在四周全黑之前，我们最后看到的就是两个吉普赛男人手里拿着一块防水布朝我们跑来，他们将防水布翻转盖在我们的笼子上。

顷刻间漆黑一片。

靴子在笼外沉重地踩来踩去，砰砰作响，仿佛幽灵企图惩罚他们走过的每一寸土地。我们按指令行事，把自己塞进散发着恶臭的干草里。

不远处，我听到一个幽灵正和吉普赛人的首领说话。“今天早上有人在这条路上看到一群孩子，”幽灵说，他的声音快而短，口音模糊不清——不太像英国口音，也不太像德国口音，“抓到他们的人有赏。”

“我们一整天都没撞见任何人，先生。”首领说。

“别被他们无辜的脸愚弄了，他们是战争中的叛徒，德国人的间谍。窝藏他们的刑罚……”

“我们什么也没窝藏，”首领粗声说道，“你们自己看吧。”

“我会的，”幽灵说，“如果我们在这儿找到了他们，我就把你的舌头割下来喂我的狗。”

幽灵说完跺着脚走开了。

“连气，都，别喘。”首领对我们低声喝道，然后他的脚步声也逐渐变弱了。

我好奇他为什么替我们撒谎，这可能会让他的手下受到幽灵的伤害。或许是出于骄傲，或者对当权者根深蒂固的蔑视，又或者，我畏缩地想，也许吉普赛人只是想要亲手杀死我们的满足感。

在我们四周，可以听到幽灵遍布整个营地，他们把东西踢翻，突然打开大篷车的门，猛推着人。一个小孩儿尖叫起来，还有个男人生气地反抗，但被木头打在皮肉上的声音打断了。躺在那儿听着别人受苦令我痛苦不堪，尽管几分钟前这些人还想把我们五马分尸。

透过眼角的余光，我看到休从干草里起身爬到布朗温的行李箱旁，他把手指滑到锁扣上打算打开盖子，而布朗温阻止了他。“你干什么？”她喃喃地说。

“我们得先发制人！”

艾玛用双肘撑地，从干草里抬身移到他们跟前，我也凑上去听。

“别发疯了，”艾玛说，“如果我们现在把鸡蛋扔出去，他们会用枪把我们打成一条一条的。”

“那要怎么办？”休说，“我们就该在这儿躺着，直到被他们发现？”

我们聚集在行李箱周围，小声说着话。

“等他们打开锁，”伊诺克说，“我会把一颗鸡蛋从我们身后的围栏扔出去，那将会分散幽灵的注意力。不管谁最先进到笼子里来，布朗温都有足够的时间打碎他的头盖骨，这就给了其他人逃跑的时间。大家分散到营地的外缘，然后转回身把你们的鸡蛋扔向最中间的篝火。三十米的半径之内，所有的人都会化成回忆。”

“真想不到，”休说，“这招也许真能奏效。”

“但营地里有小孩儿啊！”布朗温说。

伊诺克翻了个白眼：“或者担心伤及旁人，我们可以跑进树林，再让幽灵和他们的狗一个接一个把我们找到。但如果我们计划到达伦敦，或者活过今晚，我不建议这么做。”

休拍了拍布朗温挡在行李箱锁扣上的手。“打开它，”他说，“把鸡蛋发给大家。”

布朗温犹豫道：“我不能。我不能杀害从未伤害过我们的孩子们。”

“但我们没有选择的余地！”休小声说。

“总有选择的余地。”布朗温说。

然后我们听到一只狗在离笼子底部边缘非常近的地方低吼，于是安静下来。片刻过后，一只手电筒紧靠着防水布的外侧发出亮光。“把这块布拆下来！”有人说——我猜是驯犬师。

狗叫着，鼻子抽动着出现在防水布下面，又向上穿过笼子的围栏。“这里！”驯犬师喊道，“我们发现了点东西！”

我们都看向布朗温。“求你了，”休说，“至少让我们自卫吧。”

“这是唯一的出路。”伊诺克说。

布朗温叹了口气，把手从锁扣上拿开。休感激地点点头，打开了行李箱的盖子。我们都把手伸进去，从层层的毛衣间拿出一颗颗蛋来——每个人都拿了，除了布朗温。然后大家面对笼门站着，手里握着鸡蛋，为不可避免的事做准备。

更多的靴子坚定地朝我们走来，我试着让自己准备好面对即将到来的事。*跑*，我对自己说，*头也不回地跑，然后把鸡蛋扔过去*。

但明知无辜的生命会被牵连，我真能忍心如此吗？即便为了救自己的命？要是我就把鸡蛋丢在草地某处，然后跑进树林呢？

有一只手抓住防水布的一边往下拉，防水布开始向一侧滑去。

然后就好像对暴露我们有所顾虑，它停了下来。

“你怎么回事啊？”我听到训犬师说。

“如果我是你，我就离那笼子远远的。”另一个声音说——一个吉普赛人的声音。

我能看到我们头顶一半的天空，星星透过橡树枝闪着光。

“是吗？那是为什么？”训犬师问。

“老血衣几天没吃东西了，”吉普赛人说，“他平时不喜欢人的味道，“但当他饿成这样，就没那么挑了！”

随后有个声音差点儿没把我吓得背过气去——一头巨熊咆哮的声音。不可思议的是，那声音听起来像是从我们中间，从我们的笼子里发出的。我听到训犬师惊得大叫一声，拉着他那只嚎叫的狗慌忙跑下坡道。

我搞不懂怎么会有一头熊进到笼子里，只知道我需要离它远点儿，所以紧靠着围栏。我看到旁边的奥莉弗把她的小拳头塞在嘴里，以免自己叫出声来。

笼子外面，其他士兵在嘲笑训犬师。“白痴！”他尴尬地说，“只有吉普赛人会把那样一头动物放在营地中央！”

我最终鼓起勇气，转身朝身后看去：我们的笼子里没有熊，那可怕的咆哮声是什么东西发出的？

士兵们继续搜索着营地，但不再管我们的笼子了。几分钟以后，我听到他们挤回卡车里，重新发动引擎，然后，终于离开了。

防水布从笼子上滑开，吉普赛人都围在我们四周。我用一只发抖的手握着鸡蛋，不知道会不会用到它。

那首领站在我们前面。“你们还好吗？”他说，“如果吓到你们了，很抱歉。”

“我们活着，”艾玛回答，她小心翼翼地四下张望，“但你们的那头熊在哪儿呢？”

“你们可不是唯一有不寻常天资的人，”站在人群边缘的一个年轻人说，而后他开始发出一连串快速的熊吼猫号，只轻轻转头就把声音丢向不同的方向，听起来好像我们被野兽从四面八方包围了。等我们从震惊中回过神来，人群爆发出一阵热烈的掌声。

“我记得你说他们没有异能。”我小声对艾玛说。

“谁都能做那样的日常把戏。”她说。

“为没能得体地自我介绍致歉，”吉普赛首领说，“我叫贝克希尔·贝克玛纳托夫，而你们是我们尊敬的客人。”他深深鞠了一躬，“为什么你们没告诉我们自己是辛追格斯提？”

我们目瞪口呆地看着他——他用了异能人古老的名字，佩里格林女士教过我们。

“我们在哪儿见过你吗？”布朗温问。

“你是从哪儿听到那个词的？”艾玛说。

贝克希尔微笑道：“若你们接受我们热情的款待，我保证会解释这一切。”随后他又鞠一躬，大步上前打开了我们的笼子。

我们和吉普赛人一起坐在精致的手织地毯上，借着两堆篝火的微光，边聊边吃着炖煮的菜肴。我把他们给我的勺子弄掉了，于是直接从木碗里啜食，油腻又美味的肉汤顺着下巴滴落，餐桌礼仪被我远远地抛诸脑后。贝克希尔穿梭于我们中间，确保每个异能儿童都舒舒服服的，问我们吃的和喝的够不够，反复为弄脏我们的衣服道歉——我们的衣服上现在沾满笼子里那一块块肮脏的甘草。自从目睹我们展现异能，他的态度就一百八十度大转弯——短短几分钟，我们就从囚犯晋升为了尊贵的客人。

“非常抱歉之前那样对你们，”他说着坐到火堆之间的垫子上，“当涉及我手下人的安全时，我必须严格戒备。这些日子有好多陌生人在街上闲逛——防人之心不可无。要是你们跟我说你们是辛追格斯提……”

“有人教我们永远、永远别告诉任何人。”艾玛说。

“永远。”奥莉弗补充道。

“不管是谁教你们的，这是个明智的做法。”贝克希尔说。

“你是怎么知道我们的？”艾玛问，“你说的是古语。”

“只会几个词。”贝克希尔说。他凝视着火焰，火上有一支烤肉叉，上面的肉颜色烤得越来越深，“咱们是老相识了，你们异能人和我们吉普赛人。我们同病相怜，都受到驱逐，都是流浪者——灵魂紧依世界的边缘。”他从烤肉叉上撕下一大块肉若有所思地嚼着，“我们算是同盟吧。多年来，我们吉普赛人甚至会收留和抚养你们的孩子。”

“我们很感激，”艾玛说，“也同样感激你们的款待，但恕我冒昧，我们不能再和你们多待了。我们得赶快到达伦敦，这至关重要。我们要去赶火车。”

“为了你们生病的朋友？”贝克希尔边问边把一根眉毛挑向休，休老早就罢演了，现在正纵情地狼吞虎咽吃着炖菜，蜜蜂开心地围着他的头嗡嗡叫。

“差不多吧。”艾玛说。

贝克希尔知道我们有所隐瞒，但他体贴地不去刨根问底。“今晚没有火车了，”他说，“但我们会在黎明起身，赶在早晨第一班火车离开前把你们送到车站，如何？”

“也只能这样了。”艾玛说，她担心地皱起眉头。尽管我们用搭顺风车代替步行节省了时间，但佩里格林女士还是失去了整整一天，现在她最多还剩下两天的时间。但那是将来的事，眼下我们温暖饱足，也没有即刻到来的危险，很难不去享受当下，只要一会儿就好。

我们很快和吉普赛人成了朋友，大家都迫不及待地想忘记之前发生在彼此间的不快。布朗温想向被她当作人质的男孩儿道歉，但他推辞了，就好像那没什么。吉普赛人不停地喂我们吃东西，一次又一次把我的碗装满——当我试图拒绝他们继续添加食物的时候，我的碗反而被填到满溢。佩里格林女士从布朗温的外套里跳出来，用一声尖叫宣布她很有食欲。吉普赛人开始给她喂食，他们把一块块大片的生肉抛向空中，在她跳起来叼住肉时为她喝彩。“她饿了！”见那只鸟用爪子把一块猪肘撕碎，奥莉弗一边大笑一边鼓起掌来。

“现在你难道不为我们没把他们炸了而高兴吗？”布朗温小声对伊诺克说。

“哦，我想是吧。”他回答。

吉普赛乐队又开始演奏起另一首歌，我们边吃边跳起舞来。我说服艾玛跟我一起围着篝火转了一圈，尽管平时我羞于在公众场合跳舞，这次却放开了手脚。我们双脚飞舞，随着音乐的律动拍着手，有那么几分钟，闪耀的火光令我们迷失，只沉浸于其中。我竟忘了我们身处怎样的危险之中，忘了我们是怎样度过了这特别的一天：在这一天里，我们差点儿被幽灵抓到、被空心鬼生吞，继而被它们啃光肉，骨头吐下山腰。在那一刻我深深感激吉普赛人，也感激我大脑里动物面的简单思维，以至于一顿热饭、一首歌和一个来自于我关心之人的微笑就足以分散我对所有那些黑暗的注意力，哪怕只有一小会儿也好。然后歌曲结束了，我们蹒跚落座。接下来的间歇里，我发现气氛变了。艾玛看着贝克希尔说：“我能问个问题吗？”

“当然。”他说。

“你们为什么要冒着生命危险救我们？”

他摆摆手：“你们也会这么做的。”

“我不确定我们会不会。”艾玛说，“我只想弄明白，是因为我们是异能人吗？”

“是的。”他简单地说。过了一会儿，他看向了环绕在我们这块空地边缘的树、它们被火光照亮的树干，以及越过树干后面的黑暗，然后他说，“你们想见见我儿子吗？”

“当然。”艾玛说。

她站了起来，我也跟着起身，其他几个人也相继站起来。

贝克希尔举起一只手。“恐怕他很害羞，就你，”他指着艾玛说，“还有你，”又指向我——“再加上只闻其声不见其人的那一位。”

“了不起啊，”米勒德说，“亏我还拼命努力不让人察觉！”

伊诺克再次坐了下来：“为什么总是我被剩下，我很臭吗？”

一个身穿松垂的长袍的吉普赛女人昂首挺胸走进篝火圈。“等他们走了，我给你们看手相算命。”她说着转向贺瑞斯，“你也许会去爬乞力马扎罗山！”又转向布朗温，“你可能嫁给一个英俊富有的男人！”

布朗温用鼻子哼了一声：“我最大的梦想。”

“预测未来是我的专长，女士，”贺瑞斯说，“我给你看看是怎么做的吧！”

艾玛、米勒德和我离开他们，随贝克希尔穿过营地。我们来到一辆看起来很普通的大篷马车前，他爬上矮小的梯子敲了敲门。

“拉迪？”他温柔地呼唤着，“请出来一下，有人来看你了。”

门开了一条缝，一个女人向外偷看：“他害怕，不肯离开椅子。”她自己打量我们一番，然后将门打开，招呼我们进去。我们登上台阶，弯腰进入一个狭窄却舒适的房间，它看起来集起居室、卧室、厨房于一身。窄窗下有一张床，房间里还有一张桌子、一把椅子和一个向外通往屋顶烟囱的小火炉；路上所需应有尽有，一次出门几星期或几个月都够了。

房间里唯一的椅子上坐着一个男孩儿，他腿上放着一支小号。我意识到之前看过他演奏，他是那只吉普赛儿童乐队中的一员。这是贝克希尔的儿子，而那个女人，我猜，是他的妻子。

“把你的鞋脱掉，拉迪。”女人说。

男孩儿依然凝视着地面。“必须脱掉吗？”他问。

“对。”贝克希尔说。

男孩儿用力拉掉一只靴子，然后又拉掉另一只。有一秒钟我不太确定自己看到的：他的鞋里什么也没有，他看起来没有脚。但他很费力才脱掉靴子，所以它们一定是穿在什么上的。然后贝克希尔让他站起来，男孩儿不情愿地向前一溜，从椅子上起来。他看起来似乎飘浮在空中，两只裤管口空空地悬在离地几英寸的地方。

“几个月前他开始消失，”女人解释说，“起初只是脚趾不见了，然后脚后跟也消失了，最后剩下的也不见了，两只脚都消失了。给他吃什么也没用——酊剂[1]也好，补药也罢，对治愈他都没有

1　译者注：酊剂，把生药浸在酒精里或是把化学药物溶解在酒精里而制成的药剂。

一丁点儿作用。”

所以，归根结底，他是有脚的——隐形的脚。

“我们不知所措，”贝克希尔说，“但我想，也许你们当中有人能把他治好……”

“他得的这个没治，”米勒德说，他凭空而来的声音令男孩儿猛地抬起头，“我们的情况类似，他跟我。我年轻的时候也是这样的，我不是生来就隐形，而是逐渐变成这样的。”

“谁在说话？”男孩儿问。

米勒德捡起放在床边的一条围巾缠在脸上，让鼻子、额头和嘴巴的形状显现出来。“我在这儿，”他说着向男孩移动过去，“别怕。”

其余人看着男孩儿抬起一只手触摸米勒德的脸颊，再是额头，然后是头发——那发色和发型我从未想象过——甚至轻轻拉了一小束，仿佛在考察它的真实性。

“你在那儿，”男孩儿说，眼中闪耀着惊奇，“你真的在那儿！”

“你也会在的，甚至在你身体的其他部位也消失以后。”米勒德说，“你会明白的，不疼。”

男孩儿微笑起来，而此时女人的膝盖开始颤动，她不得不靠在贝克希尔身上才能稳住。“保佑你，”她对米勒德说，几乎流下泪来，“保佑你。”

米勒德在拉迪消失了的脚边坐下：“没什么好怕的，我的孩子。事实上，一旦你适应了隐形，我想你会发现诸多益处……”

当他开始罗列起那些好处，贝克希尔走向门口对我和艾玛点点头。“我们别管他们了，”他说，“我肯定他们有好多要聊。”

我们把米勒德单独留在男孩儿和他妈妈身边，回到篝火旁，发现几乎所有人——不管异能人还是吉普赛人，都聚集在贺瑞斯身边把他团团围住。面对着一脸惊愕的算命师，贺瑞斯闭着眼睛站在一根树桩上，他一只手放在她头上，看来像在叙述自己梦到的东西：“……你孙子的孙子会驾驶一艘巨大的宇宙飞船，那飞船就像公共巴士一样穿梭于地球与月球之间。他会在月球上拥有一幢很小的房子，而抵押贷款时会出现逾期的问题，于是不得不接受一些房客。其中一个房客是个美丽的女人，他会深陷与这个女人的‘月球恋’之中，‘月球恋’跟‘地球恋’不太一样，因为那里的重力跟地球上不同……”

我们站在人群外边看着。“他是说真的吗？”我问艾玛。

“有可能，”她回答，“也可能只是逗逗她。”

“为什么他不能像那样给我们算命呢？”

艾玛耸耸肩：“贺瑞斯的能力有时候没用得让人抓狂。对于陌生人，他能一口气说出对他们一生的预言；但对我们，他几乎什么也看不到。就仿佛他越是关心一个人，越看不到那个人的未来，情感会模糊他的视线。”

“咱们不都是这样吗？”一个声音从身后传来，我们转身看到伊诺克站在那里，“说到这个，我希望你没太让美国人分神，亲爱的艾玛。当有个年轻女士在耳边窃窃私语，要保持对‘空心鬼’的警戒是很难的。”

“别恶心了！”艾玛说。

“‘空心鬼’接近时那种难受的感觉是我想忽略都忽略不掉的。”我说。不过我倒希望能忽略掉被伊诺克妒忌这种讨厌的感觉。

“那么，跟我说说你们的秘密会面吧。”伊诺克说，“吉普赛人保护我们真是因为我们谁也没听过的那个老掉牙的联盟么？”

“首领和他的妻子有个有异能的儿子，”艾玛说，“他们希望我们能帮他。”

“简直是疯了，”伊诺克说，“他们差点儿被那些士兵活活切成片儿，就为了一个男孩？情感会模糊视线！我推测他们想要奴役我们，以利用我们的能力，或者至少也会把我们拍卖掉——然而我总是高估了别人。”

“呃，去找个死动物玩儿吧。”艾玛说。

“人性的百分之九十九都是我永远也无法理解的。”伊诺克说完摇着头走开了。

“有时候我觉得那个男孩儿有部分是机械的，”艾玛说，“血肉之躯下是一颗金属心。”

我大笑起来，却暗中好奇伊诺克说的是否在理，贝克希尔为儿子冒的险算不算疯狂？因为假如贝克希尔疯了，那毫无疑问，我也疯了。单为了一个女孩儿，我放弃了多少？尽管有好奇心的驱使，尽管这一切和爷爷息息相关，尽管我们对佩里格林女士有所亏欠，最终让我现在身处此境的原因只有一个：从遇到艾玛的那天起，我就知道，不管她属于哪个世界，我都想要成为那个世界的一部分。是那样的想法让我变得疯狂吗，还是我的心太容易被征服了？

也许我可以让内心更金属化一些，我想，如果我内心披甲戴盔，现在我又会身在何处呢？

答案显而易见——我会待在家里，过着单调的生活，用电脑游戏麻痹内心的悲伤，在“巧帮手”轮班，内心因悔恨而一天一天死去。

你这个不中用的懦夫，可悲的孩子，就这样把机会白白扔掉了。

但我没有。为了靠近艾玛，我处处冒险，每天都在重复冒险——而这么做让我抓紧自己并把自己拉进了一个曾经难以想象的世界，在这里，我身在比以往认识的任何人都更有生气的一群人中，做了做梦也想不到会做的事，挺过了做梦也想不到能挺过的难关。一切皆因我任自己为一个异能女孩儿所迷醉。

尽管我们发现自己麻烦不断、危险重重，尽管当我发现这个陌生的新世界时它就已经开始瓦解，我还是为自己身在此处深感高兴。抛开所有，这种异能生活是我一直想要的。*很奇怪*，我想，*你怎么能在同一时间既实现着梦想又经历着噩梦呢*？

“什么情况？”艾玛说，“你在盯着我看。”

“我想谢谢你。”我说。

她皱起鼻子斜着眼睛，好像我的话很好笑。“谢我什么？”她问。

“你给了我连我自己都不知道自己拥有的力量，”我说，“你让我变得更好。”

她涨红了脸：“我不知道说什么。”

艾玛，美丽的灵魂。我需要你的火——你内心的火。

“你什么也不必说。”我说，然后突然被想要亲吻她的冲动俘获，我吻了她。

尽管我们累得半死，吉普赛人却情绪高涨，看似决心要将欢聚继续下去，而随着几杯又热又甜、富含咖啡因的饮料下肚，几首歌过后，我们彻底被他们拿下了。他们是天生的说书人和极好的歌者；他们有着与生俱来的魅力，待我们如同失散多年的表亲。我们交换着故事，直到夜已过半。那个把自己像熊一样的声音扔到四面八方的年轻人做了一场很棒的腹语表演，我简直以为他的那些木偶都活起来了。他似乎对艾玛有点着迷，一直都带着鼓励的微笑对着她表演，艾玛却装作未有察觉，还刻意拉着我的手。

后来他们给我们讲了在第一次世界大战期间，英军如何抢走了他们所有的马匹，以至于有一段时间他们连一匹拉车的马都没有。他们滞留在森林中——就是这片森林，直到有一天一群长角山羊游荡进他们的营地。它们看起来是野生的，却温驯得可以吃你手里的东西，于是有人出主意把一只羊套在马车上，结果这些山羊几乎跟他们失去的那些马一样强壮。吉普赛人因此解困，而一直到战争结束，他们的马车都是由这些异常强壮的山羊来拉，他们因此成了闻名整个威尔士的山羊人。作为证据，他们让我们传看一张照片，照片中贝克希尔的爷爷乘坐一辆山羊拉的马车。不用任何人说我们也知道，这群山羊就是阿迪森说到过的那群消失了的异能山羊。战争结束以后，军队归还了吉普赛人的马，而人们不再需要的山羊又一次消失在森林里。

终于，篝火渐弱，他们为我们铺好铺盖卷儿，用轻快的外语唱了一首摇篮曲，我感觉自己像孩子一样愉快。腹语表演者来跟艾玛道晚安，艾玛把他赶走，但他在走前留下一张名片。名片背面是加的夫[1]的一处地址，每隔几个月吉普赛人便经停那里，他都会去收取信件；正面是他和木偶们的照片，还有一小段写给艾玛的话。她把名片拿给我看，偷偷地笑，但我却为他感到难过：只因为喜欢她，他便感到内心有愧，和我一样。

我和艾玛蜷缩在一个铺盖卷儿里，躺在森林的边缘。正当我们昏昏欲睡时，我听到附近草地上有脚步声，睁眼却看不到半个人影。又是米勒德回来了，他和吉普赛男孩儿聊了一夜。

“他想跟我们走。”米勒德说。

“谁？”艾玛怔怔地咕哝道，“去哪儿？”

“那个男孩儿，跟我们一起。”

“那你怎么说的？”

“我告诉他这不是个好主意，但严格地讲，我没说不行。”

“你知道的，我们不能带其他任何人，”艾玛说，“他会拖延我们的时间。”

“我知道，我知道，”米勒德说，“但他消失得特别快，他很

1　译者注：加的夫，英国西南部的重要港口和工业、服务业中心，威尔士的首府。

怕。马上他就会彻底隐形了，他恐怕有一天自己掉了队吉普赛人也不会发现，而他就会永远迷失在树林里，与狼群和蜘蛛为伴。”

艾玛呻吟着翻身面向米勒德，在这个问题解决以前，他不打算让我们睡觉。“我知道他会很失望，”她说，“但这真的不可能。抱歉，米勒。”

“好吧，”米勒德闷闷不乐地说，“我会把这个消息告诉他的。”

他起身不告而别。

艾玛叹了口气，翻来覆去了一段时间，难以入睡。

“你做得对，”我小声说，“做每个人的依靠不是件容易事。”

她什么也没说，却依偎进我的怀里。我们渐渐昏昏欲睡，微风吹拂树枝的沙沙声和马群的鼻息声轻柔地伴我们入眠。

那一夜睡眠很浅、噩梦连连，几乎过得和头天晚上一样：被一群群可怕的狗追赶。早上醒来时我已疲惫不堪，感觉四肢像木头一样沉，头却像棉花一样轻飘飘，要是根本没睡也许还能感觉好些。

黎明之时贝克希尔将我们唤醒。“起身闪耀吧，辛追格斯提！”他一边大喊一边抛出大块大块跟砖一样硬的面包，“等你们归天以后有的是时间睡！”

伊诺克用他的面包击打一块石头，面包像木头一样噼啪作响：“吃这种早餐，我们不久就会归天了。”

贝克希尔粗暴地搓了搓伊诺克的头发，笑嘻嘻地说："啊，别这样，今天早上你的异能精神到哪儿去了？"

"在洗着呢。"伊诺克说着把铺盖卷儿盖在头上。

贝克希尔给我们十分钟的时间为赶往小镇的旅途做准备，他正在履行诺言，将赶在早上第一班火车离站前把我们送过去。我站起来，跌跌撞撞地走到一桶水前，往脸上撩了些水，用手指刷了牙。哦，我多想念我的牙刷，多渴望我那薄荷味儿的牙线和海风香氛的止汗膏啊。就在这时，我想找到一间"巧帮手"商店却求之不得。

我愿意用一切换一包新内衣！

当我用手指把一根根干草从头发上捋下来，咬下一条不适合食用的面包，吉普赛人和他们的孩子们面带哀伤地注视着我们，就好像他们莫名其妙地知道，前晚的乐事是最后的狂欢，而现在我们就要上绞刑架了。我试图使他们中的一员打起精神来。"不要紧的，"我对一个淡黄色头发的小男孩儿说，他看似快要哭出来了，"我们不会有事的。"

他看着我，就好像我是个会说话的鬼一样，双眼不确定地大睁着。

八匹马被赶在一起，还有八位吉普赛骑手——我们每人一位。比起乘坐马车去镇上，骑马要快得多，但我还是挺怕它们的。

我从未骑过马。在美国勉强称得上是富家子弟的孩子里，我大概是唯一一个没骑过马的。并非因为我不觉得马是既漂亮又威严的生物，是动物界的巅峰之作，等等，等等——只因我不相信任何一种动物会对人爬到自己背上骑着自己走有丝毫兴趣。除此之外，马

生得非常高大，肌肉起伏，大牙时时磨着，它们看我的样子，就好像知道我怕它们，伺机想把我脑袋踢进脖子里一样。更别提骑马没有安全带可系了——没有任何类型的辅助约束系统——而马几乎可以跑得和汽车一样快但是要颠簸得多，所以这整个尝试看起来就不可取。

当然，我什么也没说。我闭嘴咬紧牙关，唯愿自己至少再多活几年，要比坠马而亡死得更有意思点儿。

从第一声“驾！”开始，我们就全速疾驰。我立刻抛弃了尊严，熊抱住坐在我前面马鞍上手拿缰绳的吉普赛人——速度快到我连和聚集过来为我们送行的吉普赛人道别的机会都没有。这倒也无妨：道别从来都不是我的强项，而最近我的生活就像是一出不断上演道别的连续剧。再见，再见，再见。

我们快马加鞭。我大腿两侧因为紧夹马身而变得麻木。贝克希尔的马跑在最前面，他的异能男孩儿坐在马鞍上和他一起驰骋。男孩儿腰背挺直手臂放在两侧，信心满满而无所畏惧，与昨晚形成鲜明对比。他在这里，跟吉普赛人一起，如鱼得水，这些人才是他的同类。

终于，我们减速小跑，而我也鼓起勇气抬起埋在骑手夹克里的脸，看了一眼变化的地形。森林化为田野。我们下到一座山谷，山谷中央是一个小镇，从这里看过去和邮票一般大小，四周都被绿色覆盖。一条由蓬松的白点画成的长长省略号从北面向它追踪而去：那是一列火车呼出的白烟。

眼就看要到达小镇的城门时，贝克希尔勒马停了下来。“就送你们到这儿了，”他说，“我们在镇上不是很受欢迎，你们不会想要我们引起的那种注意的。”

很难想象会有人反感这些善良的人，话说回来，类似的偏见也是异能人之所以隐退江湖的原因之一。而这个可悲的世界就是变成这样了。

孩子们和我都下了马，我站在其他人身后，但愿没人注意到自己两腿发抖。正当我们要动身离开时，贝克希尔的儿子从马上跳下来喊道：“等等！你们带上我！”

“我以为你会跟他谈的。”艾玛对米勒德说。

“我和他说过了啊。”米勒德说。

男孩儿从鞍囊里拉出一个背包挂在肩上，他已经打包行李做好出发的准备了。“我会做饭”，他说，“会砍柴，会骑马，还会打各种各样的绳结！”

“谁来给他发个荣誉徽章吧。”伊诺克说。

“恐怕这是不可能的。”艾玛温柔地对他说。

“但我跟你们一样——而且随时随地变得更像你们！”男孩儿说着开始解裤子的搭扣，“看我都变成什么样了！”

还没人来得及阻止，他已经把裤子脱到脚踝了。女孩儿们倒抽一口冷气看向别处。休大喊：“把裤子穿上，你这个堕落的神经病！”

但没什么可看的——他的下半身隐形了。病态的好奇心迫使我偷偷从他可见的上半身下面看上去，获得了他内脏内部运转的超清晰视图。

“看看从昨天到现在我消失了多少，”拉迪说，声音听起来很恐慌，“很快我就会整个儿不见了！”

吉普赛人看呆了，小声嘀咕着，甚至连他们的马似乎都不安起来，躲避着看起来没有肉身的孩子。

“我的天啊！”伊诺克说，“他只有一半！”

“哦，你这可怜的家伙。”布朗温说，“我们不能带上他吗？”

“我们可不是那些你什么时候心血来潮了就能加入的旅行马戏团，”伊诺克说，“我们肩负着解救我们伊姆布莱恩的危险使命，不能给一个一窍不通的新异能人当保姆！”

男孩儿睁大眼睛流起泪来，任他的背包从肩膀滑落到地上。

艾玛把伊诺克叫到一旁。“你说得太刺耳了，”她说，“现在跟他道歉。”

“我不道歉，这很荒唐！是在浪费我们越来越少的宝贵时间！”

“这些人救了我们的命！”

“如果他们不把我们关进那个该死的笼子里，我们的命根本不需要人来救！”

艾玛放弃劝说伊诺克，转向那个男孩儿：“如果境遇不同，我们会张开手臂拥抱你。但现在的情况是，我们的整个文明和生活方式都处在被扼杀的危险之中，所以时机很不好，你要明白。”

“这不公平，”男孩儿耷拉着脸，“为什么我不能在几年以前就开始消失？为什么它非要现在发生？”

“每个异能人的能力都有它自己显现的时间，”米勒德说，

“有的在幼年时期，也有的要到很老才显现。我曾经听说一个人直到他九十二岁时才意识到自己可以用意念让物体飘浮在空中。”

“自打生下来的那一刻起我就比空气轻。”奥莉弗得意扬扬地说，“我从妈妈身体里冒出来就直接飘到医院的天花板上去了！唯一阻止我翻出窗子飘进云里的是脐带，他们说医生惊得昏了过去！”

“你仍然很令人震惊，亲爱的。”布朗温边说边安慰地拍拍她的后背。

多亏穿了外套和靴子才能被看到的米勒德走到男孩儿跟前。“你爸爸对这一切怎么看呢？”他问。

“我们自然是不想让他走，”贝克希尔说，“但连看都看不见儿子，我们又怎么能照顾好他呢？他想离开，而我也想知道，他和自己的同类在一起是不是会过得更好。”

“你爱他吗？”米勒德直言不讳地问，“他爱你吗？”

贝克希尔皱起眉头，他是个感情传统的男人，这个问题让他有些不自在。而一番支支吾吾过后，他粗声大气地说道：“当然。他是我的孩子。”

“那么你就是他的同类，”米勒德说，“和这个男孩儿一样的是你，不是我们。”

贝克希尔不愿在手下面前表露情感，但我看到米勒德的话令他双眼闪动，收紧了下巴。他点点头，低头看着他的儿子说：“那就来吧，把包捡起来，咱们走。你妈妈会沏好茶等着咱们的。”

“好吧，老爸。”男孩儿说，看起来失望的同时又感到宽慰。

“你会很好的，”米勒德向男孩儿保证，“比很好还要好。等一切结束，我会找你的。外面还有更多和我们一样的人，有一天我们会一起找到他们。”

“你保证？”男孩儿眼中充满希望地说。

“我保证。”米勒德说。

当男孩儿爬回到他爸爸的马上，我们也转身穿过大门走进小镇。

Chapter 6

HOLLOW CITY

小镇名叫煤。不是煤镇，也不是煤城，就叫煤。到处都是这东西，堆积在屋门边被风吹成的沙堆里，作为油烟从烟囱里冒出来，粘到走路上班的人穿的工装裤上。我们一群人紧紧相跟，快速从他们身边经过，向火车站奔去。

“现在要快走，”艾玛说，“别说话，眼睛向下别乱看。”

我们立了个行之有效的规矩：避免跟普通人有不必要的目光接触，因为眼神接触可能会引发对话，对话引发问题，而异能儿童们发现，普通成年人提出的问题很难用一种不引来更多问题的方式回答。当然，如果说有什么会招致疑问，这可是一群看起来满身泥污的孩子，在战争时期独自外出旅行——尤其是，其中一个女孩儿的肩膀上还停着一只大个头儿的利爪猛禽——但镇上的人几乎都没注意我们。他们在晾衣绳间和酒馆门口蜿蜒的煤道上徘徊，像枯萎的花儿一样垂头丧气，目光轻扫向我们继而又移开。他们有其他要担心的事。

火车站太小了，小到令我好奇火车会不会费心停在这儿。唯一带顶的部分就只有售票柜台了，那是露天站台中央的一间小棚屋。小屋里一个男人坐在椅子上睡着了，瓶底一样厚的眼镜片从他鼻子上滑落。

艾玛连续急敲着窗子，把售票员吓醒了。“八张去伦敦的票！”她说，“我们今天下午必须到那儿。”

售票员透过玻璃盯着我们看。他把镜片摘下来擦拭干净又戴回去，只想确认一下自己没看错。我敢肯定我们看起来触目惊心：衣服上布满泥点，油腻的头发乱糟糟地支棱着，身上很可能还散发着恶臭。

“真抱歉，”售票员说，“火车满了。”

我看看四周：除了长凳上有几个人在打盹儿，车站空空的。

“这太荒谬了！”艾玛说，“马上把票卖给我们，不然我就向铁路当局举报你歧视儿童！”

要是我的话，可能会用更温和的方法应付这个售票员，但艾玛对妄自尊大的芝麻小官没耐心。

“就算有那样的法规，”售票员轻蔑地用鼻孔看着人，“也不适用于你们。现在正打仗呢，你们知道的，女王陛下的乡下有很多比小孩儿和动物更重要的东西等着运送呢！”他严厉地看了佩里格林女士一眼，“动物是无论如何也不准上火车的！”

一辆火车嘶嘶地进站，尖叫着停了下来。检票员从其中一扇窗子伸出脑袋喊道：“开往伦敦的八三〇号列车！所有人上车！”睡在车站长凳上的人们振作起精神，开始拖着脚穿过站台。

一个穿灰西装的男人推开我们朝窗口走去。他把钱推到售票员面前，换得了一张票，然后急忙向火车赶去。

“你说火车满了！”艾玛边说边重重连续敲着玻璃，“你不能那么做！”

“那位绅士买了一张头等厢的票，”售票员说，“现在离开吧，危害社会的小乞丐！到别处去找东西偷！”

贺瑞斯大步走到售票窗口。“被定义为乞丐的人，是不会带着大把现金的，”随后他从外套口袋里掏出一叠厚厚的钞票，啪地摔在柜台上，“如果你卖的是头等厢的票，那我们买的就是头等厢！”

售票员直愣愣地坐起来，目瞪口呆地盯着那摞钱。其余人也瞠目结舌，纳闷贺瑞斯是从哪儿弄来那么多钱的。售票员边洗点着钞票边说："呵啃，这都够买下整整一节头等车厢的座位了！"

"那就给我们一整节车厢！"贺瑞斯说，"那样你就能确定我们不会偷任何人的东西了。"

售票员脸红了，变得结巴起来："好、好的先生——对不起，先生——还有我希望刚才的话对您来说只是个玩笑……"

"快把该死的票给我们，好让我们上火车！"

"马上，先生！"

而后售票员把一摞头等厢车票滑到我们跟前。"旅途愉快！"他说，"另外请别告诉别人我这样说过，先生女士们，但如果我是你们，我会把那只鸟藏起来不让别人看见。检票员不会喜欢它的，不管你们买的是不是头等厢车票。"

当我们手握车票大步流星离开柜台时，贺瑞斯像只孔雀一样骄傲地挺起了胸膛。

"你究竟从哪儿弄到那些钱的？"艾玛问。

"房子被烧毁前，我从佩里格林女士梳妆台的抽屉里把那些钱抢救出来的，"贺瑞斯回答，"在我的外套里缝制了一个特别的口袋，把它们安全地保管在里面。"

"贺瑞斯，你是个天才！"布朗温说。

"一个真正的天才会把我们所有的钱就那样给出去吗？"伊诺克问，"我们真的需要一整节头等车厢吗？"

"不，"贺瑞斯说，"但让那个人看起来愚蠢感觉很好，不是吗？”

“我想的确是的。”伊诺克说。

“那是因为钱的真谛就是用来操纵别人，让他们对你自叹不如。”

“对于这点我不是完全确定。”艾玛说。

“开玩笑罢了！”贺瑞斯说，“钱当然是用来买衣服的。”

我们正要上火车时检票员拦住了我们。“让我看看你们的票！”他说，当他伸手去拿贺瑞斯手里的那摞票时注意到布朗温正把什么东西往外套里塞，“你那里拿的那个是什么？”检票员突然满腹狐疑地质问她。

“我哪里拿的哪个？”布朗温回答，她的衣角盖在一个扭动的团块儿上，她一边拉住衣角一边试图看起来漫不经心。

“在你外套里面！”检票员说，“别玩儿我，姑娘。”

“那是，啊……”布朗温试图快速地思考但失败了，“一只鸟？”

艾玛垂下脑袋，伊诺克把一只手捂在嘴上叹息。

“宠物不能上火车！”检票员严厉地说。

“但你不明白，”布朗温说，“我还是个小孩子的时候她就跟在我身边……而且我们必须上这趟火车……还有我们花了那么多钱买票！”

“规定就是规定！”检票员说，他被磨得没耐心了，“不要玩儿我！”

艾玛灵机一动，脸亮了起来。“一个玩具！”她说。

“对不起，什么？”检票员问。

“不是真鸟，检票员先生。我们从来也没想过那样破坏规定。这是我妹妹最喜欢的玩具，你要知道，她以为你要把玩具从她身边拿走。”她可怜地握紧双手恳求道，“你不会拿走一个孩子最爱的玩具，对吗？”

检票员疑惑地端详着布朗温：“你不觉得她早过了玩儿玩具的年龄吗？”

艾玛向前一步小声说：“她发育有点迟缓，你瞧……”

布朗温对此不悦，但也别无选择，只得合作。检票员凑近她说：“那就让我们看看这个玩具吧。”

关键一刻，我们屏住呼吸看布朗温打开外套，伸手进去，慢慢把佩里格林女士取了出来。当看到那只鸟，有可怕的一瞬间我以为她死了：佩里格林女士十分僵硬地躺在布朗温怀里，双眼紧闭，双腿僵直地伸着。然后我才意识到她只是在配合我们。

“看到没？”布朗温说，“鸟鸟不是真的，她是填充玩具。”

“我之前看到它动了！”检票员说。

“它是个——嗯——发条模型，”布朗温说，“瞧。”

布朗温跪下，把佩里格林女士放在她身旁的地面上，然后够到她翅膀下面假装用什么上着发条。片刻过后，佩里格林女士突然睁开双眼，开始摇摇摆摆地走起路来，她的头机械地旋转着，两条腿好像上了弹簧一般向外踢着。最后她猝然停了下来，像块板子一样僵硬倒地。真是场配得上奥斯卡奖的表演。

检票员看起来差不多——但还没完全——被说服。“嗯，”

他哼道，“如果它是个玩具，你们不会介意把它放进你们的玩具箱里。”他对着布朗温摆在月台上的行李箱点点头。

布朗温不情愿地说：“它不是——”

“不介意啊，没事，那不麻烦。”艾玛说着翻开箱子的锁扣，“现在把它放进去，妹妹！”

“但如果那里面没有空气怎么办？”布朗温低声呵斥艾玛。

“那我们就在侧面戳几个幸运孔。”艾玛低声严厉地回答。

布朗温拿起佩里格林女士，温柔地把她放进行李箱里。“非常抱歉，夫人。”她小声说着，将盖子拉过来然后锁上。

检票员终于接过了我们的票。“头等厢！”他惊讶地说，“你们的车厢要一直走到最前面。”他指着月台遥远的尽头，“你们最好快点！”

“他现在才告诉我们！”艾玛说，于是我们立刻沿月台向前跑去。

随着突突的蒸汽声和吱吱嘎嘎的金属声响起，火车开始在我们旁边动了起来。目前它只是缓缓前行，但每当车轮转动一次，它就会稍稍提速。

我们跑到了和头等车厢齐头并进的地方，布朗温第一个从开着的车门跳进去。她把行李箱放在过道上，伸出一只手帮奥莉弗上车。

然后，我们身后有个声音大喊：“停卜！从那儿下来！”

这不是检票员的声音。这声音更低沉，更威严。

“我发誓，”伊诺克说，“如果再有一个人试图阻止我们上这趟火车……”

一声枪响，这突如其来的打击令我乱了阵脚。我蹒跚地走出车门口回到月台上。

“我说了，停下！”那个声音再次吼道。我回头望去，看到一个身穿军装的士兵站在月台上，他双膝弯曲成射击的站姿，用步枪瞄准我们。两声响亮的爆裂声响起，他又往我们头顶上射了两发子弹，只为了让我们彻底明白，他是说真的。“从火车上下来，跪下！”说着他向我们大踏步走来。

我动过逃跑的念头，但随后瞥了一眼那士兵的眼睛，而那对没有瞳孔的凸出眼白说服我没那么做。他是幽灵，我知道他要开枪打我们当中的任何人都不用再三考虑。最好别给他开枪的借口。

布朗温和奥莉弗一定也是按同样的思路考虑的，因为她们下了火车和我们并排跪在了地上。

就差一点儿，我想，我们就只差一点儿。

火车驶出车站，我们不在车上，我们救佩里格林女士最好的希望就这么蒸发了。

而佩里格林女士在车上，意识到这一点，我不安地打了个趔趄。布朗温把她的行李箱落在了火车上！我不由自主地跳起来去追赶火车——但随后，一杆步枪的枪杆就在距离我的脸只有几英寸的地方出现，我感到所有的力量顷刻间从肌肉中流走。

“一步，也别，走了。”那士兵说。

我瘫倒在地上。

我们跪在地上，双手举过头顶，心扑通扑通地跳。士兵绕着我们转圈，他神情紧张，步枪对准我们，手指抵住扳机。自戈兰医生后，这是我距离最近、时间最长地看一个幽灵。他一身标准配置的英国军装——卡其衬衫塞在羊毛裤里，脚蹬黑靴，头戴钢盔——但衣服穿在他身上看起来很别扭，裤子皱皱巴巴的，头盔戴在脑后离头顶很远的地方，就像一身还没穿惯的戏服。他似乎也很紧张，翻来覆去地歪着脑袋打量我们。他势单力薄，而我们尽管是一群手无寸铁的孩子，但在过去三天里，我们毕竟要为一个幽灵和两只“空心鬼”的死负责。他害怕我们，但那正是最让我对他心存忌惮的原因，他的恐惧令他难以捉摸。

他从腰带间拉出一台无线电发报机，对着它唧唧哝哝了几句。里面先是传来一阵静电的爆裂声，又过了片刻，回答的声音传了过来，用的全是代码，我一个字都听不懂。

他命令我们站起来，我们照做了。

“我们去哪儿？”奥莉弗怯生生地问。

“去散步，”他说，“愉快又有序地散个步。”他说话时发音清楚截断，把元音压得很平，这说明他并非来自英国，而是在假装英国口音，尽管装得不算太好。幽灵本该是伪装人师，但这个显然不是明星学员。

“不要掉队。”他说，眼睛轮番紧盯我们，“你们跑不了。我枪里上了十五发子弹——够在你们每人身上射出两个洞了。别以为我看不到你的夹克，隐形男孩。你要是敢跑，我就削下你的两根隐形拇指留作纪念。”

“好的，先生。”米勒德说。

“别说话！”士兵用低沉的声音吼道，“现在前进！”

我们行经票亭，售票员已经不在了，接着我们走下月台，走出火车站，走进街道。尽管之前我们到达小镇的时候，煤的居民都不瞥我们第二眼，现在他们却像猫头鹰一样转动脑袋，看我们在枪口下脚步沉重地鱼贯而行。士兵令我们保持队形紧凑，只要有人离队太远就冲我们叫喊。我走在队尾，他在我身后，当我们走动时，我可以听到他身上的弹链叮当作响。我们正沿来路返回，径直走出小镇。

我设想了十几种逃跑方案。我们各奔东西，不——他至少会打中我们其中的几个。也许有人可以假装昏倒在路上，继而后面的人就会绊倒，而趁乱——不，他可是训练有素，又怎么会上那样的当呢。我们当中必须要有人足够接近他，把他的枪夺走。

我。我是离他最近的。也许我可以走慢一点，让他追上我，然后突然向他扑过去……但我在跟谁开玩笑呢？我不是动作英雄，此刻，我害怕得几乎喘不过气来。无论如何，他在我身后整十码的地方，手中的枪正指着我的后背。我转身的那一秒他就会开枪，我会在道路中央失血致死。我这是蠢主意，不是英雄精神。

一辆吉普车从身后疾驶而来，开到我们旁边，减速配合我们的步调。车里还有两个士兵，尽管他们都戴着镜面太阳镜，我也知道镜片后面是什么。坐在副驾驶位置上的幽灵对俘获我们的那个点点头并且敬了个小小的礼——*干得不错*！——然后转过身来盯着我们。从那一刻起他的视线就没离开过我们，手也没离开过他的步枪。

现在我们有了押送人，一个持枪幽灵变成了三个。我之前对逃跑抱有的一丝希望也破灭了。

我们走啊走，鞋子嘎吱嘎吱地踩在碎石路上，吉普车的引擎像一台廉价剪草机一样在身旁隆隆作响。小镇逐渐离我们远去，林荫路的两旁涌现出一片农场，而农场上的田地未经耕作，光秃秃的。士兵们彼此没讲一句话。他们有点像机器人，仿佛大脑被挖出来换成了电线。幽灵本应非常聪明，但这些人在我看来就像无人机一样。然后我听到一阵嗡嗡声传进耳朵里，抬头看到一只蜜蜂绕过我的头飞走了。

休，我想，他要干什么？我在队列中寻找他，担心他可能在计划会害我们都被打死的事——但我没看到他。

我快速地数了一下人头。一、二、三、四、五、六。我前面是艾玛，然后是伊诺克、贺瑞斯、奥莉弗、米勒德和布朗温。

休在哪儿？

我差点儿跳起来，休不在这儿！那就意味着他没和我们这些人一起被捕。他仍然是自由的！也许他在火车站的混乱中溜进了火车和月台间的缝隙，或是趁士兵没注意跳上了火车。我想知道他是不是跟着我们——真希望能在不让他暴露的前提下回头看看身后的路。

但愿他没跟着我们，因为那也许意味着他和佩里格林女士在一起。否则，我们究竟要如何再找到她？要是她被锁在行李箱里，空气耗尽了怎么办？不管怎样，在1940年他们是如何处理被遗弃的可疑行李的？

我的脸又红又热，喉咙发紧。有太多事令我感到恐惧，上百种恐怖情形在我脑中争先恐后地蹦出来。

“回到队列里！”我身后的士兵喊道，我意识到他是在跟我说话——在躁动不安的状态下，我偏离道路中间太远了。于是我赶快归位，走在艾玛后面，她回头用恳求的目光看了我一眼——*别惹他生气！*——我对自己承诺不再掉队。

我们在心神不宁的沉默中继续前行，紧张感像一股电流嗡嗡地穿过全身。我可以从艾玛握紧又松开的拳头看出她的紧张；从伊诺克边摇头边自言自语的样子看出他的紧张；从奥莉弗不稳的步子看出她的紧张。看起来，我们当中有人铤而走险引起子弹横飞只是时间问题。

然后我听到布朗温倒抽一口气，抬头看去，一个我未曾想象过的恐怖情景出现在眼前：三个庞然大物躺在我们前面，一个在路上，还有两个在旁边的田地里，和道路之间只隔着一道浅沟。起初我想，是几堆黑土，拒绝去看。

随后我们离得更近了，我再也不能假装它们是别的东西：那是三匹死马倒在路上。

奥莉弗尖叫起来，布朗温本能地过去安慰她——“别看，小喜鹊！”——而押送我们的士兵朝天开火。我们急忙卧倒，用手捂住脑袋。

“再那样做的话你们就会躺在它们旁边的沟里！”他大喊。

当我们重新站起身来，艾玛转向我，低声说了“吉普赛”三个字，然后对着最近的一匹马点了一下头。我明白了她的意思：这些是他们的马。我甚至认出了其中一匹马身上的花纹——后腿上有几块白斑——意识到这就是一个小时前我还紧紧抓着的那匹马。

我觉得自己快要吐了。

所有的场景都一起涌进来，在我脑中像场电影一样展开。这是幽灵干的——就是前一天晚上突袭我们营地的那帮幽灵。吉普赛人在小镇边离开我们后，在路上遇到了他们，发生了一场小冲突，然后是追捕。幽灵从他们那里开枪射杀吉普赛人的马。

我知道幽灵杀过人——杀过异能儿童，埃弗塞特女士曾经说过——但射杀这些动物的残暴似乎超越了那样的恶行。一小时以前它们还是我所见过最有生气的生物——眼中闪现着智慧，身上的肌肉如波浪般起伏，散发着热量——而现在，拜几块金属所赐，它们只不过是几堆冷肉。这些骄傲、强壮的动物，被打死并像垃圾一样被丢在路上。

我吓得发抖，强压心中的怒火，也为曾经那么不欣赏它们感到抱歉。我真是个被惯坏的没良心的蠢蛋。

别掉队，我告诉自己，*别让你自己掉队*。

贝克希尔和他的手下如今身在何处？他的儿子又在哪里？我只知道幽灵要枪杀我们，现在我对此十分确定。这些穿着军装的冒牌货只不过是群畜生，甚至比他们支配的“空心鬼”还凶残。幽灵，

至少有可以思考的头脑——但他们却利用这样的创造能力去摧毁世界。把活的变成死的。那又是为了什么？为的是可能会活得长一点，为的是能在周围的世界里拥有多一点权力。而这个世界上的生命，他们毫不在乎。

浪费。如此愚蠢的浪费。

现在他们要把我们浪费掉，带我们到某处刑场，审讯一番，然后弃尸。而如果休愚蠢到跟着我们——如果那只围着我们的队伍飞来飞去的蜜蜂意味着他在附近的话——那么他们也会杀了他。

上帝啊，帮帮我们吧。

当士兵们命令我们离开大路走上一条田间小道时，倒地的马已经在我们身后很远的地方了。那不过是条人行小径，只有几英尺宽，于是本来在我们旁边乘吉普车前行的士兵不得不停车步行，一个走在前面，两个跟在我们后面。在我们两边尽是杂草丛生的荒野，夏末的昆虫嗡嗡地飞在繁茂的野草间。

是个赴死的美地。

过了一会儿，田边有一间茅草顶的小屋映入眼帘。*他们要在那里下手*，我想，*他们是要在那儿杀掉我们*。

我们走近小屋，门开了，一个士兵从屋里走出来。他和我们身边那几个穿戴不一样：戴的不是头盔而是黑檐的军官帽，身上的枪也不是步枪，而是带皮套的左轮手枪。

这个是个军官。

当我们走近，他站在小道上，踮着脚摇晃，露齿而笑，笑容一闪而过。“我们终于见面了！”他大声喊道，“你们没少让我们绕圈子，但我知道我们最后会抓到你们的，只是时间问题！”他又矮又胖，看起来很孩子气，稀疏的头发浅得发白，而且充满邪气、活泼的能量，像打了鸡血的幼童军领袖。但我看着他的时候想到的只有：禽兽。恶魔。凶手。

“进来，进来，”军官说着拉开小屋的门，“你们的朋友们在里面等着呢。”

当士兵推着我从他身边经过时，我瞥见了绣在他衬衫上的名字：白。和白色的白一样。

白先生。或许这是个笑话？他身上看不出半点真诚；他身上最缺的就是真诚。

我们被推进屋里，听着喊叫站到一个角落里。小屋里唯一的房间没有家具，挤满了人。贝克希尔和他的手下背对墙壁坐在地板上。他们遭受了虐待，浑身青肿，流着血，一副挫败的样子，无精打采地坐着。有几个人不见了，包括贝克希尔的儿子。看守的是另外两个士兵——也就是，加上白先生和押送我们的三个，一共六个。

贝克希尔引起了我的注意，他对我沉重地点了点头。他双颊满是紫色的瘀伤。*对不起*，他用口型对我默念道。

白先生看到了我们的互动，直接跑到贝克希尔面前：“啊哈！你认出这些孩子了？”

“没有。”贝克希尔说着低下头。

“没有？”白先生假装很震惊，“但你对那个孩子道歉了。你一定认识他，除非你有对陌生人道歉的习惯？”

“他们不是你要找的人。”贝克希尔说。

“我看他们就是。”白先生说，“我认为这几个正是我们一直在找的孩子。除此之外，我还认为他们昨晚是在你的营地里过夜的。”

“我告诉你了，我以前从没见过他们。”

白先生舌头发出啧啧的响声，好像一个不满的老学究。“吉普赛人，你记不记得我保证过，如果发现你对我撒谎我会怎么做？”他从腰间拔出一把刀抵在贝克希尔脸颊上，“没错！我保证过会把你说谎的舌头割下来喂我的狗，而我总是信守承诺。”

贝克希尔与白先生四目相对，他无所畏惧地瞪着白先生那盯着他的空洞双眼。时间在难以忍受的沉寂中流逝。我的眼睛紧盯着那把刀子。终于，白先生挤出一丝笑容，又得体地直起身来，打破了沉寂。“不过，”他兴高采烈地说，“重要的事先来！”他转身面向押送我们的士兵，“他们的鸟在你们谁身上？”

士兵们面面相觑，一个接一个地摇头。

“我们没看到鸟。”那个在火车站俘虏我们的士兵说。

白先生的笑容迟疑了，他跪到贝克希尔旁边。“你跟我说过他们带着那只鸟。”他说。

贝克希尔耸耸肩：“鸟有翅膀，它们可以飞走。”

白先生冷不防地用刀刺进贝克希尔的大腿，迅速而无情，白刀子进红刀子出。贝克希尔又惊又疼地哀号起来，抱紧他的腿侧翻在地，鲜血直流。

贺瑞斯吓晕了过去，滑倒在地上。奥莉弗倒抽了一口冷气，捂住双眼。

“这是你第二次对我撒谎。”白先生说着用一块手帕把刀片擦拭干净。

我们其余人咬紧牙关保持缄默，但我能看到艾玛在伺机报复，她双手在背后握紧，这样才让它们自在些，热乎起来。

白先生把血淋淋的手帕丢到地上，将刀滑回刀鞘里，然后起身面对我们。他似笑非笑，睁大双眼，一条连心眉挑成了大写字母M。“你们的鸟在哪儿？”他平静地问，他越是假装友好，我就越吓得要死。

“她飞走了，”艾玛痛苦地说，“就像那个人告诉你的那样。”

我宁愿她什么也没说；现在我恐怕他会单独对她用刑。

白先生走向艾玛。“她翅膀受伤了。就在昨天还有人看到你们跟她在一起，她离这儿不会远。”他清了清嗓子，“我再问你一遍。”

“她死了，”我说，“我们把她扔进了一条河里。”

也许如果我比艾玛更令他生厌，他就会忘记她曾经说过什么。

白先生叹了口气。他右手划过手枪皮套，在刀把儿上徘徊，然后在皮带的铜扣上停下来。他放低声音，仿佛即将说出的话是只给我一个人听的。

“我知道问题出在哪儿了。你们认为对我诚实什么好处也得不到，不管你们做什么说什么我们都会杀了你们。我要你们知道，不是这么回事。不过，本着绝对诚实的精神，我要说：你们不该让我们追你们，那是个错误。要知道，事情本来简单得多，但是现在每个人都很生气，因为你们浪费了我们太多时间。”

他向他的士兵们弹了下手指：“这些人？他们非常愿意伤害你们。而我呢，却能从你们的角度考虑问题。很遗憾，我们在潜艇上的第一次会面有些失礼；另外，你们的伊姆布莱恩世世代代用有关我们的不实信息毒害你们的思想，所以你们会逃跑再自然不过了。鉴于所有这些，我愿意为你们开个我认为很公道的条件：现在就带我们去找那只鸟，我们不仅不会伤害你们，还会送你们到一个好地方，你们在那里会得到很好的照顾。每天有吃有喝，每个人都有自己的床……再也不用像这么多年来藏在那个可笑的时光圈里那样受约束了。”

白先生看着他的手下大笑起来。“你们能相信，他们过去——多少年来着，七十年？——都在一个小岛上一遍遍重复同一天的生活吗？比我能想到的任何一个战俘集中营都要糟糕。跟我们合作的话，日子会好过得多！”他耸耸肩，回头看我们，“但是自尊，贪婪的自尊，掌控了你们。想一想，一直以来我们都可以为共同的利益而合作！”

“合作？”艾玛说，“你们追捕我们！派怪物来杀我们！”

该死，我想，*别出声*。

白先生做了个卖萌的鬼脸。“怪物？”他说，“这真伤人。你说的是我啊，你知道的！我和这里我所有的属下，我们进化以前都是。你的侮辱，我会试着不往心里去的，不管是什么物种，青春期阶段很少有讨喜的。”他猛然拍手，吓了我一跳，“得了，言归正传！”

他用冰冷的目光缓慢地盯着我们搜寻，仿佛在对我们的软弱等级做扫描。我们当中谁会最先崩溃？谁会真正告诉他有关佩里格林女士在哪儿的真相？

白先生看准了贺瑞斯。他从昏迷中恢复了神志，但仍然蜷伏在地上发抖。白先生果断地朝他走去。贺瑞斯听到他靴子的喀哒声缩了起来。

“站起来，小伙子。”

贺瑞斯没动。

“来人把他弄起来。”

一个士兵拽住他的胳膊猛地把他拉起来。贺瑞斯畏缩地站在白先生面前，眼睛看着地面。

“你叫什么名字，小伙子？”

“贺、贺、贺瑞斯……”

“好吧，贺、贺瑞斯，你看起来像是个有着丰富常识的人，所以我让你来选。”

贺瑞斯微微抬起头：“选……？”

白先生从腰间拔出刀指着吉普赛人：“这些人要先杀哪一个。当然，除非你愿意告诉我你们的伊姆布莱恩在哪里，那就不用死人了。”

贺瑞斯紧闭着双眼，仿佛靠单纯良好的愿望自己就能远离这里。

“或者，”白先生说，“如果你不愿意从他们当中选，我很乐意从你们当中选一个。你宁可那样吗？”

“不！”

“那就告诉我！”白先生怒喝道，他嘴唇向后咧开，露出闪亮的牙齿。

“什么也别告诉他们，辛追格斯提！”贝克希尔大喊——随后一个士兵在他肚子上踹了一脚，他呻吟着倒下了不再说话。

白先生伸出手捏住贺瑞斯的下巴，试图强迫他不偏不倚地看向自己空洞的双眼：“你会告诉我的，对吗？你告诉我，我不会伤害你。”

“是的。”贺瑞斯说，他仍然紧闭着双眼——仍然祈愿着自己能离开这里，可他仍然在这儿。

“是的，什么？”

贺瑞斯颤抖着深吸一口气：“是的，我会告诉你。”

“别！”艾玛大喊。

哦，上帝啊，我想。*他要放弃她了，他太软弱了。我们应该把他留在小动物园的……*

“嘘，”白先生压低嗓音对着他的耳朵说，“别听他们的。现在，继续说，孩子，告诉我那只鸟在哪儿。”

“她在抽屉里。”贺瑞斯说。

白先生的连心眉紧皱在一起：“抽屉，什么抽屉？”

“就是她一直待的那个抽屉。”贺瑞斯说。

他晃着贺瑞斯的下巴大喊：“什么抽屉？！”

贺瑞斯想说什么，继而又闭上嘴，用力咽了口唾沫，挺起腰杆儿。然后他睁开双眼，死死地盯着白先生说："装你妈内裤的抽屉。"说着一口唾沫正吐在白先生脸上。

白先生用刀把儿猛击贺瑞斯头侧。奥莉弗尖叫起来，当贺瑞斯像个装满土豆的麻袋一样摔倒在地上时，零钱和火车票从他口袋里洒落出来，我们当中有几个人也因感同身受的疼痛而畏缩。

"这是什么？"白先生俯身去看。

"我抓到他们时他们正在赶一趟火车。"抓住我们的士兵说。

"为什么你现在才告诉我？"

士兵支支吾吾地说："我以为……"

"算了，"白先生说，"去拦截那列火车。现在。"

"长官？"

白先生瞥了一眼车票，然后看看手表："到伦敦的八三〇号列车在波斯玛多格经停很长一段时间。如果你快的话，它会在那儿等你。从头到尾搜那趟车——从头等厢开始。"

士兵向他敬了个礼就跑出去了。

白先生转向其他士兵。"搜他们其余人的身，"他说，"让我们看看他们身上是不是还有其他有意思的东西。如果他们反抗，就冲他们开枪。"

两个士兵用步枪对着我们，此时第三个士兵一个接一个地在我们口袋里翻找。我们大多数人的兜里除了面包屑和棉絮什么也没有，但他在布朗温身上找到一把象牙梳。"求求你，这是我妈妈的！"她乞求道，可士兵只是大笑着说："她也许已经教了你怎么用吧，男人婆！"

伊诺克身上有一小袋挤满蠕虫的的坟土，士兵打开袋子闻了闻，厌恶地丢掉了。在我口袋里他找到了我那部死机的手机，艾玛眼看它咔嗒一声掉在地上，然后不可思议地看着我，好奇为什么我还带着它。贺瑞斯躺在地上不动，不是被打晕了就是在装死。然后轮到艾玛了，但她不打算让士兵搜。当士兵朝她走来，她咆哮道："对我动手我就烧了你的手！"

"拜托，别开火！"他说完突然大笑起来，"抱歉，没忍住。"

"我没开玩笑。"艾玛说着把手从身后拿出来，它们发着红光，即便在三英尺外我也能感觉到它们散发出的热量。

士兵跳到艾玛够不到的地方。"火热的触感配上火爆的脾气！"他说，"我喜欢这样的女人。但你要是敢烧我，那边的克拉克就会把你聪明的脑袋打碎刷墙。"

他指示的那个士兵把步枪的枪杆子按在艾玛头上。艾玛紧紧闭起双眼，胸口快速地上下起伏。然后她将双手放低在背后交叠，整个人气愤地颤抖着。

我也是。

"现在小心了，"士兵警告她，"不准妄动。"

我握紧拳头注视着他两只手在艾玛腿上来来回回地滑动，然后把手指伸到她裙子的领口下面，所有这些动作都是在不必要的缓慢和猥琐的笑容中进行的。我一生中从未感到如此无能为力过，甚至连我们被困在那只兽笼中时都没有过这种感觉。

"她什么也没有！"我大喊，"离她远点儿！"

他没理我。

“我喜欢这个，”士兵对白先生说，“我想我们应该留她一会儿。为了……科学。”

白先生做了个鬼脸。“你是个令人作呕的典型，下士。但我同意——她很迷人。我听说过你，你要知道，”他对艾玛说，“我愿意不惜一切去换取你的能力。要是我们能把你那双手放进瓶子里就好了……”

白先生诡异地笑笑，然后转向搜身的士兵。“结束，”他呵斥道，“我们可没有一整天的时间。”

“没问题。”士兵回答，然后他站起来，一边起身一边把手放在艾玛身体上拖移。

接下来发生的事似乎以慢动作显现。我可以看出这个令人作呕的色棍就要靠过去亲艾玛了；我同样可以看到现在艾玛的双手在她身后布满了火焰。我知道事情会如何发展：他嘴唇靠近的那一秒，她就会伸手过去把他的脸熔化，即使那意味着要吃一颗子弹。她已经被逼到了极限。

我也一样。

我全身紧张起来，准备战斗。我确信，这是我们最后的时刻。但我们要在这最后的时刻按自己的主张而活——如果即将死去，上帝作证，我们要带上几个幽灵一起上路。

士兵双手滑过艾玛腰间，另一个士兵的步枪杆子戳着她的额头，她似乎在用力抵住枪口，无畏于步枪开火。我看到她双手在背后开始张开，每一根手指上都冒出白热的火焰。

来吧——

然后爆裂声响起！——一声尖锐的枪响传来，令人目瞪口呆。

我一下懵了，有片刻的工夫眼前漆黑一片。

当我视力恢复时，艾玛依然站着，她的脑袋依然完好无损。原来抵在她头上的步枪现在指向地面，而刚才就要亲她的士兵离开她身边翻转到了面对窗户的位置。

枪声从外面传来。

我体内之前变得麻木的每一根神经，在肾上腺素的作用下刺痛着。

“那是什么？”白先生说着冲向窗边。

越过他的肩膀我可以看到窗外。刚才离开要去拦截火车的士兵站在外面，周围是齐腰深的野花。他背对我们，步枪对准野地。

白先生伸手穿过窗前的围栏推开窗子。“你他妈的在打什么呢？”他大喊，“为什么你还在这儿？”

士兵没动，也没说话。野地因虫鸣声显得生机盎然，而我们暂时也只能听到虫鸣声。

“布朗下士！”白先生吼道。

那人缓缓转身，脚下不稳，步枪从他手中滑落，掉进高高的草里。他蹒跚地向前走了几步。

白先生从枪套中拔出左轮手枪，对准窗外的布朗：“说话啊，该死的！”

布朗张开嘴试图说话，但原本该他发声的地方，却有个嗡嗡的怪声从他内脏里回响着传上来，模仿着周围野地里无处不在的声音。

那是蜜蜂的声音，成百上千只蜜蜂。接下来蜜蜂登场了：起初只有几只，穿过他分开的嘴唇浮现出来。接着他似乎被一股超越自身的力量控制住了：肩膀后拉，挺胸向前，嘴巴哗啦啦张大，一连串密集的蜂流从他张开的嘴里倾泻而出，密集得如同一块固体；一根又粗又长的昆虫软管从他嗓子里没完没了地涌出来。

白先生从窗边跌跌撞撞地退回来，既惊恐又不解。

外面的野地里，布朗在一大群螫人的昆虫中突然倒下。随着他身体摔倒，另一个身影在他身后显现出来。

是一个男孩。

休。

他挑衅地站在那，盯着窗户里面。蜜蜂绕着他飞成一个大大的涡流球。野地里挤满了蜂类——蜜蜂和马蜂、胡蜂以及小黄蜂，还有我不认识或者叫不出名字的螫人的东西——而它们中的每一个似乎都听从他的指挥。

白先生举起他的枪开火，把弹仓打空。

休身体向下，消失在草丛里。我不知他是被打倒在地还是自己躲了下去。然后其他三个士兵跑到窗子前，正当布朗温喊着“拜托，别杀他！”时，他们用子弹向野地里扫射，隆隆的枪响充斥着我们的耳朵。

然后蜜蜂飞进屋子里，大概有十几只，它们愤怒地朝士兵们猛冲过去。

“关上窗户！”白先生尖叫道，挥拍着周围的空气。

一个士兵砰地把窗户关上，他们都跑去拍打飞进来的蜜蜂。正当他们忙的时候，一张沸腾的巨大蜂毯抵着玻璃窗的另一面有节奏地震动，越来越多的蜜蜂聚积在窗外，多到等白先生和他的部下把屋子里面的蜜蜂杀光，外面的那些几乎已经把太阳遮住了。

士兵们聚集到地板中央，背靠在一起，步枪像豪猪的刺一样向外竖着。屋里又黑又热，上百万只狂躁蜜蜂可怕的轰鸣声在屋子里回响，好像噩梦中的景象。

“让它们走开！”白先生用变了调的声音绝望地大喊。

似乎除了休没人能做到——如果他还活着的话。

“我给你个新的提议，”贝克希尔说，他拉着窗前的围栏站起来，蹒跚的身影映衬在黑暗的玻璃窗上，“把你们的枪放下，不然我就打开窗户。”

白先生嗖地转过身面向他：“即使是吉普赛人也不会蠢到那样做。”

“你太高估我们了。”贝克希尔说着手指向窗户把手滑去。

士兵们举起手中的步枪。

“来吧，”贝克希尔说，“开枪。”

“别，你们会把玻璃打破的！”白先生大喊，“抓住他！”

两个士兵扔下步枪向贝克希尔扑去，但在那之前他已经用拳头打穿了玻璃。

整扇窗户碎裂开来，蜜蜂冲进屋内。混乱爆发了——尖叫，枪响，乱挤猛推——但在蜜蜂的轰鸣之下我几乎听不到其他声音，轰鸣声似乎不仅填满了我的耳朵还填满了我身体的每一个毛孔。

为了逃出去，大家爬到彼此身上。在我右侧，我看到布朗温把奥莉弗推到地上，用自己的身体遮住她。艾玛大喊："卧倒！"于是我们急速弯腰闪躲，而蜜蜂在我们的皮肤、头发上翻来覆去。我唯有等死了——等蜜蜂把我暴露的每一寸皮肤都螫伤，我的神经系统就会停工。

有人把门踹开，光猛地射进来。一打靴子轰隆着疾速穿过地板。

屋子里静了下来，我慢慢放开遮在头上的手。

蜜蜂不见了，士兵们也是。

然后，从外面传来恐慌的齐声尖叫。我跳起来冲到打碎的窗子前，一小群吉普赛人和异能人已经聚集在那里向外看了。

起初我根本没看到士兵们——只有巨大一团打着转的蜜蜂，厚到不透光，大约在人行小径距此五十英尺的地方。

尖叫声是从那团蜜蜂里传出的。

然后，一个接着一个，尖叫的人安静下来。当一切平息，那群蜜蜂开始分散蔓延开，继而白先生和他手下的身体显露出来。他们集中躺在矮草丛中，不是已经咽气就是奄奄一息了。

二十秒过后，送他们上路的杀手们不见了，随着它们回到野地里，巨大的嗡嗡声也逐渐消失，留下一片古怪的田园般的宁静，就仿佛这是另一个夏日，没有任何不同寻常的事发生一样。

艾玛屈指数着士兵的尸体。"六个，全都在这儿了。"她说，"结束了。"

我搂住她，感激又难以置信地颤抖着。

"你们有谁受伤了？"布朗温边问边发狂地东张西望。那最后的时刻太疯狂了——数不清的蜜蜂，黑暗中响起枪声。我们检查自

己身上有没有枪眼。贺瑞斯头晕目眩但神志清醒，一股鲜血从他的太阳穴流下来。贝克希尔的刀伤很深但会痊愈的。其余人都受到了惊吓却毫发无伤——惊奇的是，我们当中没有任何一个人被蜜蜂蛰到。

“当你打破窗户时，”我问贝克希尔，“你怎么知道蜜蜂不会袭击我们？”

“我不知道，”他说，“幸亏你们的朋友能力很强。”

我们的朋友……

艾玛突然离开我。“我的天哪！”她倒抽一口冷气，“休！”

在一片混乱中，我们竟把休忘了。他现在八成快流血致死了，躺在高高草丛里的某个地方。但就在我们准备冲出去找他时，他在门口出现了——浑身沾满杂草，脏兮兮的，却面带微笑。

“休！”奥莉弗呼喊着奔向他，“你活着！”

“是呀！”他坚定地说，“你们都活着吗？”

“多亏了你，我们都活着！”布朗温说，“休万岁！”

“你是我们的及时雨，休！”贺瑞斯喊道。

“没有什么地方比长满野花的野地更令我致命的了。”休边享受着大家的关注边说。

“很抱歉我曾经多次取笑你的异能，”伊诺克说，“我想它并非那么没用。”

“此外，”米勒德说，“我想为休对时机的拿捏点赞。真的，如果你只是晚到几秒钟……”

休解释了他如何溜进火车和月台间的缝隙里而幸免于被捕——

就和我想的一样。他派一只蜜蜂追踪我们，这样他就能在安全距离外跟着我们。“然后就是找到完美攻击时间的问题了。”他骄傲地说，仿佛从他决定救我们的那一刻起，就已经确信必胜无疑。

“如果你没有偶然发现一块满是蜜蜂的野地呢？”

休从他口袋里掏出什么举了起来：一只异能鸡蛋。“B计划。”他说。

贝克希尔蹒跚地走到休跟前握了握他的手。“年轻人，”他说，“你救了我们的命。”

“你的异能儿子怎么样了？”米勒德问贝克希尔。

“他和我的两个手下设法逃跑了，谢天谢地。我们今天失去了三匹好马，但人都在。”贝克希尔向休鞠了一躬，有一瞬间我在想他甚至可能会拉起休的手亲上去，“你必须允许我们报答你！”

休脸红了：“没必要，我向你保证——”

“也没有时间了，”艾玛说着把休推向门外，“我们要赶火车！”

我们当中那些还没意识到佩里格林女士不在了的人脸色变得煞白。

“我们开他们的吉普车去，”米勒德说，“如果走运——加上那个幽灵说得没错的话——我们也许刚好能在火车经停波斯玛多格的时候赶上它。”

“我知道一条捷径。”贝克希尔说，他用自己的鞋在泥土上画了一幅简单的地图。

我们谢过吉普赛人。我告诉贝克希尔我们很抱歉给他们带来诸多麻烦，而他发出一阵隆隆大笑，挥手把我们送上小路。“我们会再见的，辛追格斯提，”他说，“我确定！”

我们挤进幽灵的吉普车，八个孩子像沙丁鱼一样塞在一辆限乘三人的车里。因为我是唯一一个以前开过车的人，所以车子由我驾驶。我花了好长时间才弄明白怎么启动这该死的东西：原来不是用钥匙，而是要按下脚边的一个按钮。然后是换档的问题：手动挡的车我只开过几次，每一次都有爸爸坐在副驾驶的位置指导。尽管如此，一两分钟后我们摇摇晃晃、走走停停，还有点犹犹豫豫地上路了。

我重重踩着油门，以这辆超载的吉普车能带我们跑到的最快速度驾驶着它，此时米勒德大声喊着该走的方向，而其余人则为了保命紧抓着车子不放。二十分钟后我们到达了波斯玛多格镇，当我们在主路上朝着火车站的方向减速时，火车正鸣笛。我们的车打着滑在车站附近停了下来，大家翻下车，我甚至没顾上熄火。我们像追赶羚羊的猎豹一样沿着车站赛跑，在火车最后一节车厢刚好驶出车站时跳了上去。

大家弯腰站在过道上喘着气，诧异的乘客们假装没盯着我们看。汗流浃背，蓬头垢面，再加上衣冠不整——我们一定很惹眼。

“我们成功了，”艾玛喘着气说，“不敢相信我们成功了。”

“不敢相信我开了手动挡的车。”我说。

检票员出现了。“你们回来了，”他困扰地叹了口气说，“我相信你们的票还在吧？”

贺瑞斯从口袋里把一叠车票掏出来。

“你们的车厢往这边走。”检票员说。

“我们的行李箱！”布朗温抓住检票员的胳膊肘说，“还在那儿吗？”

检票员把胳膊挣脱出来：“我试图把它拿到失物招领处，但那个该死的东西我一寸也挪不动。”

我们跑过一节又一节车厢，直到到达了头等车厢，大家发现布朗温的行李箱就放在她之前放的地方。她冲过去猛地打开锁扣然后掀开盖子。

佩里格林女士不在里面。

我的心微微一颤。

“我的鸟！”布朗温大喊，“我的鸟在哪儿？”

“冷静点，它就在这儿呢。”检票员说完指了指我们头顶上方。佩里格林女士栖息在行李架上，睡得正沉。

布朗温向后趺靠在墙上，长出一口气，差点儿晕过去：“它怎么上到那儿去的？”

检票员挑起一条眉毛。“它是个非常逼真的玩具。”他转身走到门边，然后停下脚步，“顺便问一句，我从哪儿能弄到一只？我女儿一定爱死了。”

“我恐怕她独一无二。”布朗温说完把佩里格林女士拿下来抱在胸前。

毕竟经过了过去几天的遭遇——更不用说过去的几个小时了——头等厢的奢华让我们都惊呆了。我们的车厢里有豪华皮沙发、一张餐桌、视野宽阔的窗户，看起来就像是富翁的起居室，而这一切都为我们所专享。

我们轮流在木质板材装饰的浴室里洗漱，然后好好地将菜单利用一番。“喜欢什么点什么，”伊诺克说着从一张活动靠背椅的扶手里拿起电话，“喂，你们有鹅肝酱吗？我全部都要了。对，有多少要多少。还有三角吐司。”

没人谈论之前发生的事——事情太多、太糟了，现在我们只想恢复和忘却。还有太多其他事要做，太多危险等着我们去面对。

我们在旅途中安顿下来。窗外，波斯玛多格矮胖的房子向后退去，而雷恩女士的山脉映入眼帘，灰色的山脉从小山的顶上露出来。当其他人不知不觉聊起天来，我的鼻子一直紧贴车窗，紧贴着窗外1940年不断变化的真实画面——根据我的经验，直到最近，1940年都是一个只有口袋般大小，宽不过一座弹丸之岛的地方，一个只要我想，就可以穿过凯恩霍尔姆岛上黑暗的石墓隧道离开的地方。然而，自从离开那座岛，它就变成了一整个世界：有湿软的森林、烟雾环绕的城镇，浮光跃金的河流纵横交错于山谷间；那些似老非老的人和事，就像是某部精心筹划却没有情节的某一时代电影里的道具和临时演员——所有这些仿佛一场没有尽头的梦，在车窗外一一闪过。

我睡着又醒来、睡着又醒来，火车行进的节奏将我催眠至一种意识模糊的状态，在此状态下很容易忘了自己并非只是一个被动的观众，车窗也并非只是电影银幕。窗外和车内同样真实。然后，慢慢地，我记起了自己如何融入其中：我爷爷，那座岛，孩子们。我身边那个目光锐利的漂亮女孩，她的手搭在我手上。

“我真的在这里吗？”我问她。

“回去睡觉。”她回答。

“你觉得我们会没事吗？”

她亲亲我的鼻尖。

“回去睡觉。”

Chapter 7

HOLLOW CITY

越来越多可怕的梦，全都交织在一起，一个变得模糊，另一个又逐渐显现出来。最近几天经历的恐怖片段一一上演：枪管的钢眼近距离地盯着我；路上到处散布着倒下的马；“空心鬼”的触须穿过裂缝向我伸过来；双眼空洞的可怕幽灵笑嘻嘻的。

接着又梦到这些：我又回家了，可我是个鬼。我飘过街道，穿过前门，进入房子里，发现爸爸在厨房的桌子旁睡着了，一只无绳电话被他紧紧握在胸前。

我没死，我说，却发不出声音。

我发现妈妈坐在她的床边，仍然穿着睡衣，凝视着窗外暗淡的午后。她憔悴不堪，眼泪哭干了。我伸出手去触碰她的肩膀，但手却直接从她肩膀穿过。

然后我置身于自己的葬礼，从坟墓里看着头上长方形的灰色天空。

我的三个舅舅低头盯着我看，他们的胖脖子从僵硬的白领里凸出来。

莱斯舅舅：*真是遗憾，对吧？*

杰克舅舅：*你们此刻真的应该同情弗兰克和玛丽安。*

莱斯舅舅：*人们会怎么想？*

罗比舅舅：*他们会认为那孩子脑筋有问题，他也的确如此。*

杰克舅舅：*不过我早知道，有一天他会干出点像这样的事。他看着就像那样的人，你知道吗？有一点……*

罗比舅舅：*疯疯癫癫的。*

莱斯舅舅：*那是从他爸爸家那边来的，不是从我们这边。*

杰克舅舅：*仍然很可怕。*

罗比舅舅：*是啊。*

杰克舅舅：……

莱斯舅舅：……

罗比舅舅：*去吃自助餐?*

舅舅们拖着脚走开了。瑞奇出现了，为了今天的场合他的绿头发竖得比平时更高。

兄弟，既然你死了，我能要你的自行车吗?

我试图大喊：*我没死!*

我只是离得很远

对不起

但那几句话的回声又传回来，困在我脑袋里。

牧师低头凝视。是戈兰，他手拿圣经，穿着袍子。他咧嘴笑了。

我们在等你，雅各布。

一铲土如雨一般落在我身上。

我们在等。

我挺直身体，突然惊醒，嘴巴干得像纸一样。艾玛在我旁边，双手放在我肩膀上："雅各布！感谢上帝——你吓到我们了！"

"是吗？"

"你刚才在做噩梦，"米勒德说，他坐在我们对面，看起来像一套空衣服硬挺挺地摆在那里，“还说梦话了。”

“是吗？”

艾玛用一张头等厢餐巾轻擦着我额头上的汗。（真正的布巾！）“是啊，”她说，“但听起来很费解，我一个字也听不懂。”

我难为情地看看周围，但似乎没别人注意到。其他的孩子们分散在整个车厢里，要么打着瞌睡，要么看着窗外做白日梦，要么在打扑克。

我真心希望我还没开始失去这样的生活。

“你经常做噩梦吗？”米勒德问，“你应该跟贺瑞斯描述一下那些梦，他很擅长解梦。”

艾玛摩挲着我的胳膊：“你确定你没事？”

“我很好。”我说，由于我不喜欢大惊小怪，便岔开了话题。看到米勒德腿上放着翻开的《异能传说》，我说，“在做休闲阅读？”

“在研究。”他回答，“想想我曾经把这些故事仅仅当作童话而置之不理，实际上，它们极其复杂、巧妙——甚至连它们隐藏有关于异能界秘密信息的方式都是。我很可能要花上几年的时间才能将它们全部破解。”

“但现在它对我们有什么用呢？”艾玛说，“如果时光圈可以被‘空心鬼’攻破，它们对我们来说又有什么用？即便是那本书里那些隐秘的时光圈，最终也会被发现的。”

“也许就只有那一个时光圈被攻破了，”我还抱有希望，“也许在雷恩女士时光圈里的那只‘空心鬼’刚巧是个怪胎。”

“一只异能‘空心鬼’！”米勒德说，“这真有趣——但我不这么想。它绝非偶然。我确定这些‘加强版空心鬼’是攻击我们各个时光圈的重要组成部分。”

“但怎么回事呢？”艾玛问，“‘空心鬼’做了什么改变让它们现在可以进入时光圈？”

“这也是我一直在反复思考的，”米勒德说，“关于‘空心鬼’，我们了解得不多，从来没机会在可控的环境下对一只‘空心鬼’做过研究。一般认为，像普通人一样，它们缺少一些你和我，还有这节车厢里每个人都拥有的东西——某种非常重要的异能——而那能让我们跟时光圈互动，和它们紧密相连，并融入其中。”

“像一把钥匙。”我说。

“差不多。”米勒德说，“有些人相信，就像血液或者脊髓液一样，我们的异能也有实体。其他人则认为，它在我们体内，但并无实体，是第二个灵魂。”

“哈！”我说。我喜欢这个想法：异能不是缺乏，而是丰富；不是我们缺少常人拥有的东西，而是他们缺少异能。我们是多了点什么，而非少了点什么。

“我讨厌所有不切实际的东西。”艾玛说，“你是说能把第二灵魂捉进罐子里？容器给我。”

“然而，多年来，有一些尝试正是为了这个而做的。”米勒德说，“那个幽灵士兵怎么对你说的，艾玛？‘我希望能把你拥有的装进瓶子’，或是什么跟这意思差不多的话？”

艾玛耸耸肩：“别让我想起来。”

“理论上，如果我们的异能精华能够被提取和捕获——装进瓶子里，就像他说的，或者更可能是装进一只培养皿里——那么也许那个精华能从一个人身上被转移到另一个人身上。如果有这个可能性，想象一下，异能灵魂的黑市可能就会在富人和不择手段的人中迅速发展起来。诸如你的生火能力或是布朗温的大力这样的异能就会卖给出价最高的人！”

“真恶心。”我说。

“大多数异能人和你观点一致，”米勒德说，“这就是为什么很多年以前这样的研究受到法律禁止。”

“说得就好像幽灵在乎我们的法律一样。”艾玛说。

“但整个想法似乎很疯狂，”我说，“不会真的行得通吧？”

“我不认为行得通，”米勒德说，“至少，直到昨天都那样认为。现在，我不太确定。”

“因为小动物园时光圈里的那只‘空心鬼’？”

“没错。昨天以前，我甚至不确定自己相不相信‘第二灵魂’。依我看，它的存在只有一个有说服力的论点：就是当一个‘空心鬼’吃掉足够多的我们，它就会变成一种不同的生物——可以在时光圈中穿行的生物。”

“它会变成幽灵。”我说。

“是。”他说，“但前提是它吃掉异能人才行，不管它吃掉多少普通人，都永远不会变成幽灵。因此，我们一定有什么普通人缺少的东西。”

“但在小动物园的那只‘空心鬼’没变成幽灵，”艾玛说，

“它变成了一只可以进入时光圈的‘空心鬼’。”

“这让我好奇幽灵是否一直在修补天性，”米勒德说，“关于异能灵魂的转移。”

“我连想都不愿想，”艾玛说，“拜托，拜托我们能不能聊点别的？”

“但他们究竟要去哪儿获取那些灵魂呢？”我问，“还有如何获取？”

“够了，我要坐到别处去了。”艾玛说完起身去找别的座位了。

米勒德和我静默地坐了一会儿。我无法停止想象自己被捆在桌子上，这时候一群邪恶的医生取走我的灵魂。他们会怎么取？用针？用刀子？

为了斩断这条思路，我再次试图转移话题。“我们最初都是怎么成为异能人的？”我问。

“没有人确切知道，”米勒德回答，“不过有一些传说。”

“比如呢？”

“有些人认为我们是生活在很久很久以前的为数不多的异能人的后代，”他说，“他们非常强大，而且体型庞大，就像我们找到的石巨人那样。”

我说：“如果我们曾是巨人，那为什么现在这么小呢？”

“据说是年复一年，随着我们繁衍，我们的能力有所削弱，而随着能力减弱，我们的体型也变小了。”

“这一切都难以置信，”我说，“我觉得自己跟蚂蚁差不多强大。”

“实际上蚂蚁相当强大，和它们的大小比起来的话。”

“你知道我的意思，”我说，“我真正搞不明白的是，为什么是我？我从没要求过变成这样。是谁决定的？”

那是一句反问，我并不真的期待一个答案，但无论如何米勒德还是回答了我：“引用一位著名异能人的话，‘在一个天机的中心往往隐藏着另一个天机。’”

“是谁说的？”

“他以佩莱克斯·阿诺梅勒斯的名字为我们所知。很可能是虚构的名字，他是一位伟大的思想家和哲学家。佩莱克斯还是一位地图绘制师，他绘制了“时间地图”的最初版本，大约在一千多年以前。”

我轻声笑起来：“有时候你说话像个老师。有人曾经告诉过你这点吗？”

“一直都有啊，”米勒德说，“如果不是天生如此，我很想试试教书呢。”

“你一定教得很棒。”

“谢谢。”他说。然后他便安静下来，沉默中我能感觉到他在梦想那样的生活该有怎样的场景。过了一会儿，他说，“我不想让你觉得我不喜欢做隐形人。我喜欢。我热爱做异能人，雅各布——这正是‘我之成为我’的核心所在。但也有些日子我希望我能关掉它。”

“我懂你的意思。”我说。但我当然不懂。我的异能面临挑战，但至少我能参与到社会中去。

我们这个隔间的门滑开了，米勒德赶快把夹克的帽子翻转上去遮住自己的脸，不然的话，他看起来就像没有脸。

一个年轻女人站在门口，她身穿制服，拿着一盒待售的商品。“香烟？”她问，“巧克力？”

“不用，谢谢。”我回答。

她看着我：“你是美国人？”

“恐怕是的。”

她给了我一个同情的微笑：“希望你旅途愉快，你选了一个尴尬的时间来英国游览。”

我大笑：“有人这样告诉过我了。”

她走了出去，米勒德脱下帽子注视着她离去。“漂亮。”他远远地说。

我突然想到，除了那些住在凯恩霍尔姆岛上的女孩儿，米勒德很可能有好多年没见过别的女孩儿了。但无论如何，像他这样的人有什么机会和一个普通女孩儿在一起呢？

“别那样看着我。”他说。

我没察觉到自己用任何特殊的方式看他：“哪样？”

“一副你为我感到难过的样子。”

“我没有。”我说。

但我的确有。

然后米勒德从座位上站起来，脱掉外套，消失了。我有一阵子没再看到他。

时间继续流逝，孩子们用讲故事打发时间。他们讲述了一些关于著名异能人的故事，还有早年间佩里格林女士在她那陌生而令人兴奋的时光圈里的故事，最后又开始讲自己的故事。有些我以前听过——比如伊诺克如何在他父亲的殡仪馆里让死人站了起来，或是布朗温在年仅十岁的时候如何不小心扭断了她暴虐的继父的脖子——但其他故事对我来说是新的。它们太久远了，孩子们并非常常陷于阵阵怀旧情绪中。

贺瑞斯的梦开始时他才六岁，还没意识到自己的梦是重要事情的前兆，直到两年前，有一晚他梦到了卢西塔尼亚号[1]的沉没，而第二天从广播里听到了同样的消息。休从很小的时候就爱蜂蜜胜过其他任何食物，五岁时他开始连蜂巢一起吃——吃得狼吞虎咽以至于第一次意外地吞下了一只蜜蜂，直到他感觉到蜜蜂在胃里嗡嗡乱飞才发现。“那只蜜蜂似乎一点也不在意，”休说，“于是我耸耸肩继续吃，很快就把整个蜂巢都吃下去了。”当蜜蜂需要授粉时，他去找了一块开满鲜花的田地，就是在那儿他遇到了躺在花丛中睡觉的菲奥娜。

休也讲了她的故事。菲奥娜是来自爱尔兰的难民，他说，在19

1　译者注：皇家邮轮卢西塔尼亚号，一艘英国豪华客船，1915年5月7日在爱尔兰外海被德国潜艇击沉，造成共1198人死亡。由于伤亡者中包括大量美国人，卢西塔尼亚号的沉默同齐默曼电报事件一道成为美国参加“一战”的导火索。

世纪40年代的饥荒中，她本来一直在村子里给村民们种粮食，直到因为有人指控她是女巫而被赶了出来。这是休通过非语言的巧妙方式跟菲奥娜沟通了几年以后才收集到的信息。她不说话不是因为她不能，休说，而是“因为她在饥荒中目睹的一切令人发指，夺走了她的声音”。

然后轮到了艾玛，但她对讲自己的故事不感兴趣。

“为什么不？”奥莉弗哀诉道，“快点，讲讲你是什么时候发现自己有异能的。”

“陈芝麻烂谷子，”艾玛小声抱怨道，“与任何事都无关。再说我们是不是最好想想未来而非过去的事？”

“有人在耍赖了。”奥莉弗说。

艾玛起身离去，朝没人会打扰她的车厢后部走去。我等了一两分钟，免得她觉得我是紧追过去，然后走过去坐在她旁边。她看到我过来便藏到一张报纸后面，假装读报。

“因为我不喜欢谈论那个，”她从报纸后面说，“这就是原因！”

“我什么也没问。”

“是，但你本打算问的，所以我帮你省去麻烦。”

“只是公平起见，”我说，“我先跟你说点我的事。”

她从报纸上面盯着我，有点好奇：“但难道我不是已经了解了你的全部吗？”

“哈，”我说，“不完全是吧。”

“好吧，那么说三件我不知道的有关你的事，只能说惊人的秘密，拜托。快，现在就说！”

我绞尽脑汁想虚构一些关于我的趣事，却只能想到一些囧事：“好的。第一件，我小时候对电视上的暴力镜头实在很敏感，我不了解那不是真的，即使只是一只卡通老鼠殴打一只卡通猫，也会把我吓得哭起来。”

她把报纸放低了一些。“愿上帝保佑你幼小的灵魂！”她说，“现在再看看你啊——直接刺穿怪物渗着黑液的眼球。”

“第二件，”我说，“我在万圣节出生，父母告诉我，当我敲别人门时他们给我的糖果是我的生日礼物，八岁前我都信以为真。”

“嗯，”她说，又把报纸放低了一些，“这个只算中等惊人，不过你可以继续。”

“第三件，当我们初见时，我坚信你会割断我的喉咙。可即便怕得要命，头脑里还是有一个微弱的声音在说‘如果这是你见到的最后一张脸，至少这是一张美丽的脸孔’。”

报纸滑到她腿上。“雅各布，这……”她看着地面，然后看向窗外，随后目光回到我身上，“说得真贴心。”

“是实话。”说完我把手滑过座椅放在她手上，“好了，该你了。”

“我不是在试图隐瞒什么，你要知道，只是那些发霉的故事让我感觉自己又回到十岁那年，而且很多余。不管间隔多少个美妙的夏日，那种感觉从未离去。”

那个伤害仍然跟着她，即使过了这么多年仍然会疼。

“我想了解你，”我说，“你是谁，从哪里来。就是这样。”

她不自在地挪动了一下："我从没跟你说过我的父母吗？"

"我知道的全是从戈兰那里听说的，在冰屋的那个晚上。他说他们把你送给了旅行马戏团？"

"不，不完全是。"她滑坐到她的座位上，声音变得很轻，"我认为让你知道真相好过任你听信谣言和猜测。所以，事情是这样的。"

我才刚刚十岁的时候异能就开始显现了。在我睡觉的时候床不断着火，直到父母撤走了我所有的被单，让我躺在一张光秃秃的金属小床上，小床放在一间空荡荡没有任何可燃物的屋子里。他们认为我是个爱说谎的纵火狂，我似乎从未被烧伤的事实恰好证明了这一点。但是我不可能被烧伤，起初甚至连我自己也不知道。那时我十岁：对任何事都一无所知！那是非常可怕的事，异能显现的时候你不明白自己身上正在发生什么，不过这也是几乎所有异能儿童都要经历的恐怖体验，因为我们当中很少有人的父母是异能人。"

"我能想象。"我说。

"头一天，所有人都知道，我跟大米布丁一样普通，而后一天我两只手掌就感到奇怪的瘙痒。它们渐渐变得红肿，然后变热——太热了于是我跑到杂货店把手埋进一箱冷冻鳕鱼里。当鱼开始解冻发臭时，杂货商又把我赶回了家，要求我母亲赔偿所有被我破坏的东西。到这时我双手烧了起来，冰只让情况更糟了！最后，它们着火了，而我确定自己完全疯掉了。"

"你父母怎么想的？"我问。

"我妈妈是个极其迷信的人，她从房子里跑出去再没回来。她觉得我是个恶魔，通过她的子宫直接从地狱里生出来。那个老男人采取了不一样的方式，他打我，还把我锁在房间里，当我试图烧穿房门时，他用石棉床单把我捆了起来。像那样把我捆住好几天，偶尔用手喂我吃东西，因为他不够相信我，不敢给我松绑。那对他来说是好事，因为他给我松绑的那一刻我就会把他烧焦。”

“我希望你那么做了。”我说。

“你真贴心。但那不会有任何益处。我父母是很差劲的人，可假如他们不是，或者假如我跟他们在一起更长时间，毫无疑问，‘空心鬼’早就找到我了。多亏了两个人我才能活下来：我妹妹，茱丽亚，她在一个深夜为我松绑，因此我才能最终逃跑；还有佩里格林女士，一个月后她发现了我，那时我正在一个旅行马戏团做吞火表演。”艾玛惆怅地笑笑，“遇到她的那天，我称之为生日。那一天我遇到了自己真正的妈妈。”

我的心有些被触动了。“谢谢你告诉我。”我说。听了艾玛的故事让我感觉离她更近，也让我在自己的困惑中没那么孤单了。每一个异能人都挣扎着度过了一段痛苦不安的时期，每一个异能人都努力过。我们之间明显的不同是，我的父母仍然爱我，尽管和他们之间有过一些问题，但我也用自己安静的方式爱着他们。想到我现在正在伤害他们，心就持续地痛。

我亏欠他们什么？对他们的亏欠与我所欠佩里格林女士的相比，或者与我对爷爷应尽的义务、与我对艾玛甜蜜又沉重的感觉——每当我看着她，这感觉就变得更加强烈——相比，孰轻孰重呢？

天平总是向后者倾斜。但最终，假设我熬过这一劫，我将不得不正视自己所做的决定以及造成的痛苦。

假设。

设想总是把我的思索推回此刻，因为设想很大程度上仰赖于保持清醒。如果我分神，就不能有所察觉。设想要求我全心在场并参与到当下中来。

设想，令我害怕，却也同样使我神志清醒。

伦敦靠近了，村庄被城镇取代，城镇又被大片不间断的郊区取代。我想知道在那里等待我们的会是什么，又有什么新的恐怖就要到来。

我瞥了一眼艾玛腿上仍然摊开的报纸，头版大标题是：《空袭令首都躁动，多人身亡》

我闭上眼睛，试着什么也不去想。

PART TWO

如果有人注视着八三〇号列车嘶嘶地驶入车站，冒着蒸汽减速停下，他们不会注意到它有任何反常：不会注意检票员和列车员们费劲地打开门闩，又把车门摔回去；不会注意一大堆男男女女拥出车厢，消失在涌动的人群中，他们当中有人穿着军装；甚至不会注意八个疲倦的孩子从其中一节头等车厢迈着沉重的步伐鱼贯而出，他们站在月台朦胧的光线中眨着眼睛，背靠着背形成一个保护圈，发现自己置身于噪音和烟雾的“殿堂”而感到茫然。

平日里，任何一群像这样看起来孤立无援又不知所措的孩子都早已招致某个好心的成年人上前询问，问他们怎么了，或者是否需要帮助，又或者他们的父母在哪儿。但今天，月台上站满了数以百计的孩子，所有人看起来都不知所措、孤立无援，因此没人太去留心那个顶着一头歪斜棕发、穿着系扣鞋的小女孩儿，或是她的鞋子没有完全触地的事实。没人注意那个戴着平顶帽的圆脸男孩儿，或是从他嘴里浮现出的那只蜜蜂——蜜蜂测试了一下满是烟尘的空气，接着俯冲回它来的地方。

没人把目光停留在那个眼圈发黑的男孩儿身上，也不会有人看到那只从他衬衫口袋里向外偷看，结果被他用手指推回去的泥人。同样，没人留意那个打扮讲究的男孩儿，他身穿沾满烂泥却剪裁精良的西装，头戴穿孔的礼帽，面容由于缺乏睡眠而憔悴枯槁，因为太怕自己的梦，他已经好几天没让自己睡觉了。

没人朝那个穿着外套和简单连衣裙的大个子女孩儿多瞧一眼，她就像是由一堆砖块垒成的，背上绑着一只几乎和自己一般大小的扁皮箱。看见她的人谁也猜不到那只皮箱重得多么惊人、里面装着什么、箱子的一侧又为何打了一排小孔。有个年轻人在她身边完全被忽略，他被围巾和帽衫裹得如此严实，没有人能看见一寸裸露的皮肤，尽管此时正值九月初，天气仍然很暖和。

然后是那个美国男孩儿，他的样子如此普通，几乎不值得注意。太过平常的外表令人们的眼睛从他身上一掠而过，即使他踮着脚尖、转动脖子打量他们，目光像哨兵一样扫过月台。站在他身旁的女孩儿双手紧握在一起，掩藏着一股火苗，火苗顽强地舔着小指指甲，当她沮丧时，这种情况时有发生。她像要熄灭火柴那样晃动手指，然后吹口气。火苗没被熄灭，于是她把手指悄悄塞进了嘴里，一阵烟从鼻子里缭绕而出。也没人看到她的举动。

事实上，没人仔细看那些来自八三〇号列车头等车厢的孩子，所以根本没人注意到他们身上的任何异能。幸好如此。

Chapter 8

HOLLOW CITY

艾玛轻轻推我。

“如何？”

“我还需要一会儿。”我说。

布朗温把行李箱放了下来，而我现在正站在上面，头高出人群，把目光投向不断变化着的面孔之海。长长的月台上站满了孩子，他们像显微镜下的阿米巴变形虫一样蠕动，一排排逐渐消失在迷蒙的烟雾中。嘶嘶作响的黑色火车在月台两边隐约可见，急于将他们吞下。

当我扫视人群时，能感觉到朋友们的眼睛注视着自己的背影。我理应知道在这沸腾的人山人海中，是否潜伏着打算杀死我们的恶魔，而且理应仅靠眼睛看、靠对心中某种模糊感觉的评估就能知道。通常，当一只“空心鬼”在附近时，感觉会很痛苦和明显，但置身于如此巨大的空间——在数以百计的人当中——我的警报也许只是一声低语、一阵最微弱的刺痛，很容易错过。

“幽灵知道我们来吗？”布朗温问，她压低声音恐怕被普通人，或者更糟的是，被幽灵听到。这座城市中到处都有幽灵的耳目，我们有理由相信这一点。

“那些可能知道我们要去哪儿的幽灵已经被我们杀光了。”休骄傲地说，“更确切地说，是被我杀光了。”

“这意味着他们会更努力地寻找我们，”米勒德说，“而且现在他们不光想要那只鸟，还想要报仇。”

“这就是为什么我们不能在这里再站太久，”艾玛边说边轻敲着我的腿，“你差不多好了吗？”

我眼前一花，在人海中迷失了刚才的位置，只好重新开始。

“再一分钟。”我说。

就个人而言，最令我担忧的并非幽灵，而是“空心鬼”。到目前为止，我已经杀死两只，每一次不期而遇都差点儿让我的人生落幕。如果我是靠着运气活了这么久，它早晚有消耗殆尽的时候，所以我决心再也不要被另一只“空心鬼”惊到了。当然，从一场战斗中逃跑难免有失荣耀，但我不在乎荣耀，我只想活下来。

话说回来，真正的危险，并非月台上的身影，而是隐藏在那些身影之间和之外的影子里，隐藏在黑暗的边边角角。我把注意力集中在那些地方，如此便有了一种出窍的感觉，通过这种方式将我的识别力投射到人群中，在远处的角落里寻找危险的迹象。几天以前我还不能这么做，这种像探照灯一样指向危险的能力对我来说是全新的。

我想知道，自己身上还有什么等待发现？

“我们没事，”我说着从行李箱上走下来，“没有‘空心鬼’。”

“我都能告诉你了，”伊诺克抱怨道，“如果有的话它们早把我们吃了！”

艾玛把我叫到一边：“如果要为我们赢得一线生机，你得再快点儿。”

这就像是要求某个刚学会游泳的人去参加奥运会。“我尽力而为。”我说。

艾玛点点头。“我知道。”她转向其他人打了个响指以引起注意，“我们去那个电话亭吧。”她边说边指向月台对面一个高高的红色电话亭，透过汹涌的人群刚好可以看见。

“我们打给谁？”休问。

“那只异能狗说伦敦所有的时光圈都被突袭了，所有伊姆布莱恩都被绑架了，”艾玛说，“但我们不能就这么完全相信他的话，对吗？”

“你可以打给一个时光圈？”我惊愕地问，“用电话？”

米勒德解释说，伊姆布莱恩委员会有一个电话局，不过它只能在城市界内使用。“考虑到所有的时间差，它的工作原理相当巧妙，”他说，“住在时光圈里并不意味着我们滞留在石器时代！”

艾玛拉起我的手，让其他人也一起把手拉起来。“我们待在一起至关重要，”她说，“伦敦很大，这里没有异能儿童的失物招领处。”

我们手拉着手走进人群中，蜿蜒的队伍中间轻微显现出抛物线形，那里正是奥莉弗浮起来的地方，她就像在月球上行走的宇航员。

“你又轻了？”布朗温问她，“你需要更沉的鞋子了，小喜鹊。”

“我没有好好吃饭时就会变得轻软起来。”奥莉弗说。

“好好吃饭？我们刚刚吃得像国王一样！”

“我可没，”奥莉弗说，“他们一点肉饼也没有。”

“作为难民你简直太挑剔了，”伊诺克说，“再说，自从贺瑞斯把我们所有的钱都浪费掉，我们想要得到更多食物就唯有偷了，或者找到一个没被绑架的伊姆布莱恩，她会给我们做一点。”

“我们还有钱，”贺瑞斯辩护道，说着把口袋里的硬币拨弄得叮当作响，“尽管不够买肉饼，也许能买得起一个烤土豆。”

“如果再吃烤土豆，我就要变成烤土豆了。”奥莉弗抱怨道。

“那是不可能的，亲爱的。”布朗温说。

“为什么？佩里格林女士能变成鸟！”

一个正从我们旁边经过的男孩儿转过身来盯着我们看，布朗温生气地对奥莉弗嘘了一声。在普通人面前说出我们的秘密是被严格禁止的，即使它们听起来如此美妙也没人会相信。

我们用肩膀挤过最后一群孩子到达了电话亭，它的大小只够容纳三个人，于是艾玛、米勒德和贺瑞斯挤了进去，而我们其余人聚集在门的周围。艾玛操作电话，贺瑞斯从他口袋里掏出最后几枚硬币，而米勒德翻着一本挂在绳子上的厚重的电话簿。

“你们是在开玩笑吗？”我将身子探进电话亭里问，“电话簿里有伊姆布莱恩？”

“列出的地址是假的，”米勒德说，“而且除非你用口哨吹出正确的密码，不然电话不会接通。”他撕下一张列表递给给艾玛，“试试这个，米莉森特·瑟拉施。”

贺瑞斯把一枚硬币放进投币口，艾玛拨了号码，然后米勒德拿起电话，对着话筒里吹了一声召唤鸟的口哨又递回给艾玛，她听了片刻，继而皱起眉头。“只是响铃声，”她说，“没人接。”

“没事！”米勒德说，“还有很多，让我找个别的……”

电话亭外面，一直在我们周围流动的人潮在某个看不见的地方遇到了瓶颈，减速停了下来，火车月台快要到容纳极限了。我们四周全是普通的孩子，彼此唠叨、叫喊、推撞着——一个恰好站在奥莉弗旁边的孩子正在痛苦地哭泣。她梳着两根麻花辫，双眼红肿，一只手拿着一条毛毯，另一只手拎着一只纸板手提箱，穿的女士衬衫上别着一个印有大号文字和数字的标签：

115—201

伦敦→谢菲尔德

奥莉弗注视着女孩儿哭泣，直到自己的双眼也泛起泪光。终于，她再也忍受不了了，询问出了什么事。女孩儿目光看向别处，假装没听见。

奥莉弗并未领会她的意思。“出什么事了？”她又问，“你哭是因为自己被卖了吗？”她指着女孩儿衬衫上的标签，“那是你的价格吗？”

女孩儿试图迅速逃开，却被一面人墙堵住了。

“我愿意把你买下来再给你自由。”奥莉弗继续说道，“但恐怕我们把所有钱都花在火车票上了，甚至连买肉饼的钱都不够，更别说买奴隶了。我真的很抱歉。”

女孩儿快速转身面对奥莉弗。“我不出售！”她边说边跺着脚。

“你确定？”

“确定！”女孩儿大喊，一气之下，她把标签从衬衫上撕下来扔了，“我只是不想去一个愚蠢的国家，不想在那里生活，就是这样。”

“我也不想离开家，但是我们不得不离开，”奥莉弗说，“它被炸弹炸毁了。”

女孩儿的脸变得柔和了。“我的家也是。”她放下手提箱伸出手来，“对不起，我发脾气了。我的名字叫杰西卡。”

“我是奥莉弗。”

两个小女孩儿像绅士一样握手。

“我喜欢你的衬衫。”奥莉弗说。

“谢谢，”杰西卡说，“我喜欢你的、你的——你头上的那个。”

“我的花冠！”奥莉弗伸手上去摸它，“不过它不是真银的。”

“没关系，它很漂亮。”

奥莉弗微笑起来，那是我见过的她最大的微笑。然后，一阵响亮的哨声响起，一个低沉有力的声音噼噼啪啪地从扬声器里传来。“所有孩子上火车！”它说，“现在排好队，有序地上车！”

人群又开始围着我们流动起来，成年人零星地分散在各处，把孩子们赶在一起，往前走。我听到有个人说：“别担心，你们很快就会再见到妈妈和爸爸了。”

这时我才了解为什么这里有这么多孩子，他们正在撤离。在火车站里所有几百个孩子中，唯有我和朋友们是到达的几个，其他都是要离开的，为了他们自身的安全被运送出城——从有些孩子拿着冬天的外套和塞得过满的箱子来看，也许要去很长一段时间。

“我得走了。”杰西卡说。奥莉弗几乎还没开始说再见，她的

新朋友就被人群朝一列等待着的火车推去了。就那么快，奥莉弗交到又失去了她有过的唯一一个普通人朋友。

杰西卡上火车时回头看了一眼，她沮丧的表情似乎在说：*我会遭遇什么呢?*

注视着她离去，我们同样想知道自己会遭遇什么。

电话亭里，艾玛对着听筒皱眉头。“没人接听，”她说，“所有的号码只是一直响。”

“最后一个，”米勒德说着把撕下来的另一页纸递给她，“但愿好运。”

我全神贯注地看着拨号的艾玛，但身后随即爆发一阵骚动，我回过头看到一个面色通红的男人朝我们挥着一把伞。“你们在浪费时间干吗呢？”他说，“从电话亭里出来，马上上火车！”

“我们刚下火车，”休说，“不会再上另一列！”

“你们的号码牌呢？”那人大喊，唾沫从嘴里飞溅出来，“马上把号码牌拿出来，不然上帝作证我会把你们运送到比威尔士糟糕得多的地方！”

“赶紧滚蛋！”伊诺克说，“不然我们直接送你去地狱！”

男人的脸变紫了，紫到让我以为他脖子上有根血管爆裂了。显然，他并不习惯孩子们这样跟他说话。

“我说从那个电话亭里出来！”他咆哮着，把雨伞像刽子手的斧头一样举过头顶，朝着在电话亭顶和墙壁之间牵着的一根电缆砍下去，随着一声响亮的撞击声，电缆断成两半。

电话报废了。艾玛从听筒向上看去，怒火中烧却表现平静。“如果他这么想用这个电话，”她说，“那我们就给他吧。”

当她、米勒德，还有贺瑞斯挤出电话亭时，布朗温抓住那人的双手反扣在他背后。“住手！”他尖叫道，“放开我！”

“哦，我会放开你的。”布朗温说，然后把他拽起来，头朝前塞进电话亭，接着关上门，用他的伞把门闩了起来。男人一边尖叫一边猛击玻璃，像一只被困在瓶子里的苍蝇一样上蹿下跳。尽管留在附近嘲笑他会很好玩，但他吸引了太多注意力，现在遍布于整个车站的成年人都向我们拥过来。是该离开的时候了。

我们手拉手朝着十字转门快速跑去，身后留下一阵普通人相继绊倒、手臂胡乱挥舞的余波。一声刺耳的火车哨声响起，声音在布朗温的行李箱里回荡，佩里格林女士像洗衣房里正在洗的衣服一样被抛来抛去。由于体重过轻，奥莉弗双脚无法着地，她只好紧紧搂住布朗温的脖子，像一只系着绳子半泄气的气球，拖曳在她身后。

有一些成年人离出口比我们更近，我们没有绕开，而是试图直接快速穿过去。

但没能成功。

最先拦截我们的是一个大个子女人，她用小提包打在伊诺克头部侧面，然后擒住了他。当艾玛试图把那女人拉开时，两个男人抓住她的胳膊把她摁倒在地上。我刚要插手帮她，就被第三个男人抓住了双臂。

“快做点什么呀！”布朗温哭喊着，大家都知道她是什么意思，但我们当中谁有施展异能的自由尚不明确。随后，一只蜜蜂嗖地飞过伊诺克的鼻子，把刺埋进骑坐在他身上那个女人的胯间，她尖叫着跳了起来。

“耶！”伊诺克大喊，“多来点蜜蜂！”

“它们累了！”休回喊道，“上次救你们以后它们才睡了一会儿。”可是他能看出来没其他办法了——艾玛的胳膊被压着，布朗温忙着保护她的行李箱和奥莉弗，以免三个愤怒的火车检票员伤到他们，更多的成年人正朝我们跑来——于是休开始连续猛击着胸口，好像要把一块卡住的食物吐出来一样。片刻过后他打了一个大大的嗝，十来只蜜蜂从他嘴里飞出来，它们在空中盘旋几圈，确定了方位，便开始蛰起那些成年人来，视线所及的每个人都没放过。

抓着艾玛的男人扔下她逃走了，抓着我的人正被蛰在鼻尖上，他一边呼救一边拍胳膊，仿佛被恶魔缠住了一样。很快所有的成年人便都奔跑起来，为了抵抗这些渺小而凌厉的袭击者，痉挛般舞动，这场面令仍然站在月台上的孩子们欣喜不已，他们大笑、欢呼，把胳膊抛向空中模仿着那些可笑的长辈。

趁着所有人都因此分神，我们爬起来朝十字转门冲去，冲出车站，跑进伦敦熙熙攘攘的午后。

我们在混乱的街巷中迷失了方向，感觉像被扔进了一罐搅动的液体，和里面的粒子赛跑：男男女女、工人士兵、街童乞丐，所有人都目标明确地向着四面八方匆匆而行，在噼啪作响的小汽车、推车叫卖的小商贩、吹奏号角的街头艺人和按着喇叭的公交巴士间川流不息，随着公交巴士颤动着逐站停车，更多的人涌向热闹的人行道。容纳这一切的，是一座正面有圆形大柱子的建筑物围成的"峡谷"，而建筑就在被阴影笼罩了一半的街道上延伸，直至消失不见。午后的太阳很低而且柔和，被伦敦的烟雾弱化成了朦胧的光芒，像一盏透过迷雾闪烁的灯笼。

这让我有点眩晕，半闭着眼睛让艾玛拉着走，边走边把另一只手伸进口袋去摸手机冰冷的玻璃屏，我发现这个举动能令自己不可思议地平静下来。我的手机是来自未来的遗物，它毫无用处，不过却保有某种能量——像一根细长的丝线连接在这个令人困惑的世界和我曾属于的那个理智可辨的世界之间。当我触碰它时，它对我说：*你在这里，这是真的，不是梦，你还是你*，而这个举动莫名其妙地使我头晕得没那么厉害了。

伊诺克早年是在伦敦度过的，他声称自己仍然对这里的街巷了然于胸，于是由他带路。我们主要沿着胡同和小巷走，这让伦敦初看起来像一座由灰墙和排水管道组成的迷宫，当大家急速穿过宽阔的林荫道回到安全的阴影里，它的宏伟只能在一瞥间闪现。我们把这当作游戏，大笑着在胡同间你追我赶。贺瑞斯假装被马路牙子绊倒，然后敏捷地弹了起来，像舞蹈演员一样弓着身子，脱帽致意。我们疯了似的大笑，一反常态地忘乎所以，有点不敢相信自己已经走了这么远——蹚过水，穿过树林，躲过咆哮的"空心鬼"，杀死成队的幽灵，一路到了伦敦。

我们跑到离火车站足够远的地方，然后在一条胡同里被几个垃圾桶挡住了，于是停下来喘口气。布朗温放下她的行李箱，把佩里格林女士取出来，她醉酒般摇摇晃晃地穿过鹅卵石路面，贺瑞斯和米勒德突然大笑起来。

“有什么好笑的？”布朗温说，“不是佩里格林女士的错，她头晕。”

贺瑞斯装模作样地伸开双臂。“欢迎来到美丽的伦敦！”他说，“它真是比你描述得要宏伟得多，伊诺克。呃，你成天描述它！整整七十五年：伦敦、伦敦、伦敦！地球上最伟大的城市！”

米勒德捡起一个垃圾桶盖。“伦敦！任何地方都能找到最好的垃圾！”

贺瑞斯脱下帽子。“伦敦！连老鼠都戴礼帽的地方！”

“呃，我才没有那么喋喋不休呢。”伊诺克说。

“你有！”奥莉弗说，“你会说，‘嗯，在伦敦他们可不这么做’，或者‘在伦敦，食物要好得多！’”

“很明显，我们现在没有好好参观这座城市！”伊诺克辩解道，“你们是宁愿穿胡同还是被幽灵发现？”

贺瑞斯只当没听见。“伦敦：每一天都是有假期的地方……对垃圾清理工来说！”

他突然大笑起来，笑声很有感染力，很快几乎所有人都咯咯笑起来——甚至连伊诺克也是。“我猜我确实对它稍加粉饰了。”他承认道。

“我看不出伦敦有什么地方那么有趣，”奥莉弗皱着眉说，“它又脏又臭，到处都是残酷惹人厌的人，他们让孩子们哭，我恨伦敦！”她板起脸补充道，“而且我变得很饿！”——这让我们笑得更厉害了。

“那些在车站里的人的确惹人厌，”米勒德说，“但他们也得到了应有的惩罚！我永远也忘不了布朗温把那个男人塞进电话亭时他的那张脸。”

“还有那个可怕的女人被蜜蜂蛰屁股的样子！”伊诺克说，“我愿意付钱再看一遍！”

我瞥了休一眼，希望他能插话，但他背对着我们，肩膀颤抖着。

“休？”我问，“你还好吗？”

他避开了。“没人在乎，”他说，“别费心查看老休了，他在这儿只不过是为了救大家的屁股，得不到任何人的一句感谢！”

我们感到羞愧，向他表示感谢和歉意。

“对不起，休。”

“再次感谢你，休。”

“你是我们的及时雨，休。”

他转过身面对我们：“它们曾是我的朋友，你们知道的。”

“我们仍然是啊！”奥莉弗说。

“不是你们——是我的蜜蜂们！它们只能蛰一次，然后生命就结束了。现在我只剩下亨利了，它因为少了一只翅膀飞不起来。”他伸出手，慢慢张开手指，亨利在他手心里，向我们挥着唯一的翅膀。

“来吧，伙计，”休小声对它说，“该回家了。”他伸出舌头，把蜜蜂放上去，闭上了嘴。

伊诺克拍拍他的肩膀：“为了你我会让它们复活的，但我不确定在这么小的生物上会不会起作用。”

“无论如何都谢了。”休说完清了清嗓子粗鲁地擦擦脸颊，仿佛被暴露他的眼泪烦扰到了。

“一把佩女士治好，我们就帮你找到更多的蜜蜂。”布朗温说。

“说到这个，”伊诺克对艾玛说，“你用那个电话有没有成功连线到哪个伊姆布莱恩？”

“一个都没，”艾玛回答，然后她坐到一个翻倒的垃圾桶上，肩膀沉重地塌下来，“我当时真的希望我们这次能抓住一点好运，但没有。”

“那么，看起来那只狗是对的，”贺瑞斯说，“伦敦伟大的时光圈都落到我们的敌人手里了。”他严肃地低下头，“最糟的情况已经发生，我们所有的伊姆布莱恩都被绑架了。”

我们都垂下了头，忘乎所以的情绪消失了。

“那样的话，”伊诺克说，“米勒德，你最好把你对惩罚时光圈所知的一切都告诉我们。如果伊姆布莱恩们在那里，我们将不得不筹划一场营救了。”

“不，”米勒德说，“不，不，不。”

“你什么意思？不？”艾玛问。

米勒德从嗓子里发出哽咽的声音，呼吸开始变得古怪：“我的意思是……我们不能……”

他似乎有话说不出来。

“他怎么了？”布朗温问，“米勒，什么情况啊？”

“你最好立刻解释一下你说‘不’是什么意思。”艾玛威胁道。

“因为我们会死，这就是原因！”米勒德说，他声音嘶哑。

“但在小动物园时，你把它说得如此容易！”我说，“好像我们跳着华尔兹就能进入一个惩罚时光圈……”

米勒德换气过度，情绪异常激动——这吓到我了。布朗温找到一个皱巴巴的纸袋子，告诉他对着袋子里呼吸。当他恢复了一些，便开始作答。

“要进入一个惩罚时光圈很容易，”他讲得很慢，控制着呼吸，“要再出来就难了，要活着出来，应该说。惩罚时光圈正如那只狗所说，而且更糟，火河……嗜血的维京人……密集到令人无法呼吸的瘟疫……这一切就像恶魔般的混合浓鱼汤，鸟知道有多少幽灵和‘空心鬼’混迹其中！”

“好吧，太荒诞了！”贺瑞斯说着双手一摊，“你可以早点告诉我们的，你知道——比如之前在小动物园，当我们正在计划这一切的时候！”

“那会有什么不同吗，贺瑞斯？”他又从袋子里吸了几口气，“如果我把它说得听起来更可怕，你们会选择干脆让佩里格林女士的人性泯灭吗？”

“当然不会，”贺瑞斯说，“但你应该告诉我们实情。”

米勒德任袋子掉落。他的力气在恢复，说服力也随之回归：“我承认我多少淡化了惩罚时光圈的危险。但我从没想过我们居然不得不进去！尽管那只气人的狗对伦敦的状况说出那样的末日论，但我确信我们至少能在这里找到一个没被突袭的时光圈，它的伊姆布莱恩仍然随时可以效劳。就我们所知的一切而言，我们仍然可能找到！我们怎么就那么肯定她们全都被绑架了？亲眼看到她们遭受突袭的时光圈了吗？要是伊姆布莱恩的电话仅仅是……断线了呢？”

“所有的电话都断线了？”伊诺克嘲弄道。

甚至连奥莉弗，永远的乐天派奥莉弗，也对此摇了摇头。

“那么你有什么建议呢，米勒？”艾玛问，“我们游历伦敦的时光圈，寄希望于找到某个仍然在家的人？正在搜寻我们的恶势力让那些时光圈不设防，你觉得几率有多大？”

“我觉得如果把时间花在玩俄式轮盘赌上，我们活过今晚的机会还大一些。”伊诺克说。

“我的意思是，”米勒德说，“我们没有证据……”

“你还想要什么证据？”艾玛问，“成滩的血？一堆被拔掉的伊姆布莱恩的羽毛？埃弗塞特女士告诉过我们，毁坏性的攻击几周以前就在这里开始了。雷恩女士无疑相信伦敦所有的伊姆布莱恩都被绑架了，你比雷恩女士，一个伊姆布莱恩本人还了解吗？现在我们身在此处，没有一个时光圈接听电话。所以拜托，告诉我——到那些时光圈去，除了冒着自杀的危险浪费时间还有别的什么意义？”

“等一下——对了！”米勒德惊呼，“雷恩女士怎么样？”

“她怎么了？”艾玛问。

“你们不记得那只狗跟我们说过什么吗？当听说她的伊姆布莱恩姐妹们被绑架了，雷恩女士几天以前来了伦敦。”

“所以呢？”

“要是她仍然在这里呢？”

“那么她现在很可能已经被捕了！”伊诺克说。

“但要是她没被捕呢？”米勒德的声音充满希望，“她能帮佩里格林女士——这样一来我们就不用去任何靠近惩罚时光圈的地方了！”

“那你建议我们怎么找到她？”伊诺克尖声道，“在屋顶喊她的名字？这不是凯恩霍尔姆，这是一座有几百万人口的城市！”

“她的鸽子。”米勒德说。

“再说一遍？”

“是雷恩女士的异能鸽子告诉她伊姆布莱恩被带去哪里的，如果它们知道所有其他的伊姆布莱恩去了哪儿，那么它们也应该知道雷恩女士在哪儿，毕竟它们是属于她的。”

“哈！”伊诺克说，“在这里唯一比长相平平的中年妇女还要常见的，就是成群的鸽子了，你要搜遍整个伦敦找特定的一群？”

“这似乎的确有点疯狂，”艾玛说，“对不起，米勒，我实在看不出这如何行得通。”

“算你们走运，我乘火车时没有闲扯八卦而是在做研究。快把《传说》递给我！”

布朗温从她的行李箱里掏出书来递给他，米勒德马上投入工作，翻动书页。“书中有很多待发现的答案，”他说，“只要你知道要找什么。”他在某一页停了下来，用手指戳着那页的上方，“啊哈！”边说边把书翻转过来让我们看他找到了什么。

故事的标题是“圣保罗的鸽子”。

“上帝保佑，”布朗温说，“那跟我们说的能是同一群鸽子吗？”

“如果传说里写到它们，它们毫无疑问是异能鸽子。”米勒德说，“而又有多少群异能鸽子可能在那里呢？”

奥莉弗拍手叫道：“米勒德，你太棒了！”

“谢谢你，是的，我明白了。”

“等等，我被搞糊涂了，”我说，“圣保罗是什么？”

“连我都知道，”奥莉弗说，“那个大教堂！”她走到小巷尽头，向上指了指远处一个隆起的巨大半球形屋顶。

“它是伦敦最大、最壮丽的教堂，”米勒德说，“如果我的直觉是对的，它也是雷恩女士的鸽子们筑巢的地方。”

“但愿它们在家，”艾玛说，“而且有好消息给我们。我们最近太缺好消息了。”

当我们穿过狭窄街道组成的迷宫向大教堂进发时，一股压抑的寂静笼罩着我们。很长一段时间没人说话，周围只剩下鞋子轻点人行道的声音和城市之声：飞机声、始终存在的交通杂音，还有颤鸣变调的汽笛声。

我们离火车站越远，就越多地看到伦敦弹如雨落的迹象。建筑物的正面被弹片打得坑坑洼洼，窗户破碎不堪，街道上是一层细如粉末的玻璃之霜，闪闪发光。天空中点缀着胀鼓鼓的银色飞艇，长长的钢缆网把它们拴在地面上。“防空气球，”看到我朝其中一个伸长脖子，艾玛说，“在夜间，德国轰炸机会陷入它们的钢缆继而撞毁。”

然后我们偶然发现了满目疮痍的一幕，这情景太异乎寻常，以至于我不得不停下来目瞪口呆地凝视——并非出于某种病态的偷窥癖，而是因为如果不驻足细看，我的大脑就无法作出反应。一个弹坑裂开整个街道那么宽的口子，就像一张畸形的大嘴，破碎的人行道如同牙齿一般。街道一边，一栋楼的正面墙体在爆炸中被切了去，而楼里的物件却大多完好无损地保留了下来。它看上去像一幢玩具小屋，屋内所有的房间都向街道暴露开来：餐厅里的餐桌仍然摆好餐具等待开餐；走廊里的家庭照片被撞得歪歪扭扭却仍挂在墙上；一卷卫生纸从卷筒上脱落，被微风吹起，像一面长长的白旗在空中飘扬。

“他们忘了把它盖完吗？”奥莉弗问。

“不是的，笨蛋，”伊诺克说，“它被炸弹击中了。”

霎时间奥莉弗看起来要哭了，但接着她的脸变得冷酷，她向天空挥着拳头大声叫道：“可恶的希特勒！停止这场可怕的战争，马上，彻底，滚蛋！”

布朗温轻轻拍了拍她的胳膊：“嘘，他听不见的，宝贝。”

“这不公平，”奥莉弗说，“我受够了飞机、炸弹，还有战争！”

“我们都一样，”伊诺克说，“就连我也是。”

然后我听到贺瑞斯尖叫起来，转身看到他正指着路上的什么东西，我跑过去一看究竟。看清那是什么，我停住脚步，吓得一动也动不了。我的大脑喊着“*快跑!*”，双腿却不听使唤。

那是一个人头堆成的金字塔。它们已经发黑塌陷，嘴巴大张，眼睛闭着，在排水沟里溶化堆积在一起，就像可怕的多头怪。然后艾玛过来看，倒抽一口冷气转过身去；布朗温过来，开始悲叹；休一阵作呕，用双手啪地捂住眼睛；而最后，看起来没有丝毫不安的伊诺克冷静地用鞋子推了推其中一个人头，然后指出它们不过是蜡制的人体模特，是从炸毁的假发商店的橱窗里滚落出来的。大家都感到有点荒谬，恐惧感却莫名地丝毫未减，因为即使人头不是真的，它们也代表着某些真实的东西，就隐藏在我们周围的废墟之下。

“我们走，”艾玛说，“这地方只不过是片墓地。”

我们继续走。我试着保持双眼只看地面，但所到之处还是有可怕的事物闯入眼帘。一片伤痕累累的废墟冒着黑烟，唯一被派去灭火的消防员失败了，他身上生出水疱，没精打采，疲惫不堪，手中胶皮管里的水也流干了。但无论如何，他仍然站在那里看着，仿佛因为缺水，如今他的工作就成了见证火势。

有个婴儿在婴儿车里，被孤零零丢在街上，哇哇大哭。

布朗温放慢脚步，再也承受不住了：“我们不能想办法帮帮他

VOG

们吗？”

“不会起任何作用的，”米勒德说，“这些人属于过去，过去不能被改变。”

布朗温悲伤地点点头。她早知事实如此，可还是要听别人说出来才心甘。我们好不容易来这里，却像鬼魂一样无能为力。

一团灰烬扬起，将消防员和孩子遮住。我们继续前行，在一阵被风卷起的残灰漩涡中喘不过气来，混凝土灰把我们的衣服和脸变成了骨白色。

我们尽可能快地匆匆走过被毁坏的街区，而后便惊奇地发现，周围的街道又恢复了活力。这里离“地狱”并不遥远，人们照常忙着自己的事：在人行道上大步走着，住在仍然有电、有窗、有墙的楼里。随后我们拐过街角，大教堂的穹顶自己显露了出来。尽管被火烧黑的石块斑驳，几处拱门颓圮，但是它看起来仍然高贵而壮观。就像这座城市本身的灵魂，圣保罗不是几颗炸弹就能打倒的。

我们的搜寻从大教堂附近的广场开始，老人们正坐在广场的长凳上喂鸽子。起初情况混乱：我们跳进广场对着起飞的鸽子一通乱抓，引起了老人们的牢骚，于是只好撤退等它们回来。终于，它们回来了，毕竟鸽子不是这个星球上最聪明的动物。这时我们轮流故作随意地涉入鸽群，试图抓它们个出其不意，俯身抓住它们。我以为娇小敏捷的奥莉弗或跟另一种长翅膀的生物有着异能关联的休也许会运气不错，结果两人都出糗。米勒德也没好到哪儿去，鸽子甚至都看不到他。等轮到我时，鸽子一定已经被我们打扰烦了，因为我刚一晃进广场，它们就都突然飞起来，还不约而同地丢下集束炸弹般的粪便，于是我手忙脚乱地冲喷泉跑去，把脑袋整个儿冲洗了一遍。

最后是贺瑞斯捉到一只。他坐在老人们旁边，丢下粮食，直到鸽子们把他围住，然后，缓缓向前探身，伸直胳膊，尽量从容不迫，抓住了一只鸽子的脚。

“上当了吧！”他大喊。

鸽子振翅想要逃脱，但贺瑞斯握得很紧。

他把鸽子带到我们跟前：“我们怎么能知道它是不是异能鸽子？”说着把鸽子翻转过来检查腹部，就好像期待着在那里找到标签一样。

“把它给佩里格林女士看看，”艾玛说，“她会知道的。”

于是我们打开布朗温的行李箱，把鸽子塞进去跟佩里格林女士放在一起，砰地关上箱盖。鸽子尖叫起来，似乎在遭受蹂躏。

我皱起眉头大喊：“放轻松，佩女士！”

当布朗温再次打开行李箱时，一团鸽子羽毛噗地一声飘进空中，那只鸽子却遍寻不见。

“呃，不——她把它吃了！”布朗温大叫。

“没，她没，”艾玛说，“看她下面！”

佩里格林女士起身走到一旁，而鸽子就在她身下，活着但神情恍惚。

“怎么样？”伊诺克问，“它是不是雷恩女士的鸽子？”

佩里格林女士用喙轻推了鸽子一下，它便飞走了。然后她跳出行李箱，一瘸一拐地走进广场，用一声粗厉的惊叫把剩下的鸽子驱散。她的信息很明确：*不光贺瑞斯抓的不是异能鸽子，这些鸽子没有一个是*。我们不得不继续寻找。

佩里格林女士朝大教堂跳去，焦急地拍动着翅膀，我们在教堂的台阶上追上了她。这座建筑在我们头顶赫然耸现，高耸的钟楼将教堂巨大的穹顶框了起来，一群沾染了煤烟灰的天使从大理石浮雕上往下瞪着我们。

“我们到底要怎么搜这整座教堂啊？”我大声惊叹地说。

“一间一间地搜。”艾玛说。

一个奇怪的声音让我们在门口停了下来，听起来像是远处响起的汽车警报器声，这声音呈长缓的弧线形，音调忽高忽低。但1940年当然没有汽车警报器。是防空警报。

贺瑞斯畏缩了。“德国人来了！”他叫喊道，“死从天降了！”

“我们不知道这是什么意思，”艾玛说，“可能是错误警报，或者测试。”

但街道和广场很快便空空如也，老人们叠起他们的报纸从长凳上撤走了。

“他们似乎不认为这是测试。”贺瑞斯说。

“我们从什么时候开始怕几颗炸弹了？”伊诺克说，“别再像个娘们儿唧唧的普通人一样说话了！”

“我需要提醒你，”米勒德说，“这些可不是我们习以为常的那种炸弹，跟落在凯恩霍尔姆岛上的那些不一样，我们不知道它们会在哪里落下！”

“所以我们更要达到目的，快！”艾玛说着引导我们进去。

教堂内部很大——它看起来甚至不可思议地比外面还要大——而即便遭到损毁，还是有几个极度忠诚的信徒零星地跪在各处静默祷告。祭坛被埋在一堆废墟下。顶部被炸弹洞穿的地方，洒下很宽一束阳光。一个孤单的士兵站在一根倒塌的柱子上，透过破碎的穹顶凝望着天空。

我们伸长脖子漫步，混凝土碎块和破损的瓷砖在脚下发出嘎吱嘎吱的声响。

“我什么也没看到，”贺瑞斯抱怨道，“这里足够藏下一万只鸽子！”

“别用看啊，”休说，“听。”

我们停下来，尽全力去听鸽子特有的咕咕声，却只听到防空警报无休止的哀鸣和在那之下一系列滚雷般沉闷的爆裂声。我告诉自己要冷静，但我的心就像鼓机一样跳着。

炸弹正在掉落。

“我们得离开，”我说，恐慌令我窒息，“附近一定有避难所，有某个安全的地方能让我们躲避。”

“但我们如此接近！”布朗温说，“不能现在就放弃！”

又一阵爆裂声，这次更近了，其他人也开始紧张起来。

“也许雅各布是对的，”贺瑞斯说，“让我们找个安全的地方躲起来，等轰炸结束以后我们可以进一步搜索。”

“没有真正安全的地方，”伊诺克说，“即使是很深的避难所，那些炸弹也能穿透。”

“它们无法穿透时光圈，”艾玛说，“倘若有关于这座大教堂的传说，这里很可能也有个时光圈入口。”

“或许，”米勒德说，“或许，也许。把书递给我，我来查一下。”

布朗温打开她的行李箱，把书递给米勒德。

“现在让我看看。”他边说边翻着书，直至翻到“圣保罗的鸽子”。

炸弹正在掉落而我们在读故事，我想，*我进入了疯人区*。

“听仔细了！”米勒德说，“如果附近有时光圈入口，这个传说可以告诉我们如何找到它，幸好故事很短。”

一颗炸弹落在外面，地面晃动着，泥灰如雨点般从穹顶上落下。我咬紧牙关试图专注在自己的呼吸上。

米勒德不受打扰地清了清嗓子。“圣保罗的鸽子！”他开始用低沉的声音大声读起来。

“我们已经知道标题了！”伊诺克说。

“读快一点，拜托！”布朗温说。

“如果你们不停止打断我，我们一整个晚上都会在这儿。”米勒德说完继续读起来。

“从前在异能时代，在伦敦城还远没有高塔、尖顶教堂和任何高层建筑物的时候，有一群鸽子，它们想要在人类社会的喧嚣吵闹之上找一处又高又美好的地方栖身，它们也刚好知道如何建造它，因为鸽子是天生的建造者，而且远比我们想象中聪明。但古时候的伦敦人对修建高楼不感兴趣，于是一天夜里，那群鸽子溜进了一个人的卧室，那个人是它们能找到的最勤劳的人，它们在他耳边低声说出有关一座宏伟高楼的计划。

“早晨，那个人无比激动地醒来，他梦到了——或者说他认为自己梦到了——一座壮丽的教堂，那伸向天空的大尖顶建在这座城最高的山上。几年以后，人类花费了巨大的成本把教堂建成了，它是那种非常高的塔楼，有着各种各样的隐蔽角落和缝隙，鸽子们可以在里面栖息，它们对自己感到非常满意。

“后来有一天，维京人洗劫了这座城市，把教堂烧为平地，于是鸽子们不得不找到另一个建筑师，对他低声耳语，再耐心等待一座新教堂的落成——这座教堂甚至要比第一座更高更宏伟。教堂建好了，非常宏伟，非常高大，之后它也毁于大火。

“事情就照这样过了几百年，高楼被烧毁而鸽子们在夜里对后世的建筑师们低声耳语，告诉他们有关更加宏伟高大的高楼计划，赋予他们新的灵感。尽管这些建筑师们从未意识到是鸽子在帮他们，他们仍然温柔地看待它们，允许它们在教堂的中殿和钟楼里随意闲逛，它们完全就像是那个地方的吉祥物和守卫。”

“这些没用，”伊诺克说，“读时光圈入口那部分！”

“你着什么急呀！”米勒德声色俱厉地说，“最终，在许多教堂建成又被烧毁后，鸽子们的计划变得规模太过宏大，以至于它们花了好长时间才找到一个足够聪明能将这些设计付诸实践的人。当它们终于找到那个人，他却拒绝了——过去那里有太多教堂被烧毁，他认为那座山被诅咒了。尽管他努力不去想那个主意，鸽子们却不停地回来，夜复一夜在他耳边低语，可那人仍然不为所动。于是它们破天荒地在白天过来找他，用它们引人发笑的奇怪语言告诉他，他是唯一有能力建造它们的高楼的人，他非做不可。但他拒绝了，一边大喊着‘去，滚开，你们这些肮脏的生物！’一边把它们从房子里赶了出去。

“受辱的鸽子们在报复心的驱使下不断纠缠他，快把他逼疯了——不管他去哪儿它们都跟着，扯他的衣服，拽他的头发，用尾羽弄脏他的食物，在夜晚敲打他的窗子令他难以入眠——直到有一天他跪下来哭着说：‘噢，鸽子啊！你们让我建什么都行，只要你们看守它别让它着火！’

“对此鸽子们冥思苦想，经过彼此商讨，得出结论：如果不是沉醉于建造高楼，它们也许会更好地守卫过去那些教堂，它们发誓未来要竭尽所能保护教堂。于是那人把它造了出来：一座高高耸立的大教堂，有两个塔楼和一个穹顶。教堂如此宏伟，令建筑师和鸽子们都非常满意，他们成了心腹之交。余生里，那人不论去哪里，总要带上一只鸽子在身边给他出主意。甚至在他寿终正寝后，鸽子们仍然不时去下面的国度探望他。直至今日，你仍会发现他们建造的大教堂矗立在伦敦最高的山丘上，鸽子们看守着它。”

米勒德合上书：“读完了。”

艾玛恼火地说："是啊，但在哪儿看守它啊？"

"这个故事对我们的现状一点帮助也没有，"伊诺克说，"跟讲个月球上的猫的故事没什么区别。"

"我对此完全摸不着头脑，"布朗温说，"有人明白吗？"

我几乎能够在那句"下面的国度"里感觉到什么，但我所能想到的只是，那群鸽子在地狱里吗？

接着又一颗炸弹掉落，整个建筑都摇晃起来，从头顶高处突然传来一阵鸟翅震颤声。我们抬起头看到三只受惊的鸽子从椽子里的隐蔽处飞出来。佩里格林女士激动地嘎嘎叫——仿佛在说，*就是它们！*——布朗温一把抓起她，我们都快速跟上鸽子。它们沿着教堂中殿飞行，急转弯穿过一道门廊便消失了。

几秒后我们到达了那道门廊，我松了口气：门廊并非通向外面，不然我们就绝不会有希望抓到它们了，它通向一个楼梯井，一组螺旋状的台阶盘旋向下。

"哈！"伊诺克拍着他胖乎乎的手说，"它们竟然干出这种蠢事——把自己困在地下室了！"

我们快步冲下楼梯，楼梯底部是一间光线暗淡的大房间，房间的墙和地面都由石头铺筑而成，里面阴冷潮湿，由于断电，几乎伸手不见五指。于是艾玛在手中点起一团火焰，四处照了照，直到把这个地方看了个明白。在我们脚下，延伸在墙面之间的是凿刻着文字的大理石块，我脚下那块刻的是：

埃尔德里奇·索恩布拉什主教，卒于纪元1721年

“这不是地下室，”艾玛说，“是个地穴。”

我突然感到一小股寒气袭来，于是向艾玛那散发着光和热的火焰靠近了一些。

“你是说，地板下面埋着人？”奥莉弗用颤抖的声音问。

“那有什么关系呢？”伊诺克说，“让我们抓住一只该死的鸽子吧，趁炸弹还没把我们埋进地板里。”

艾玛转了一圈，把光打在四周的墙壁上：“它们一定在这下面的什么地方，除了那个楼梯，没有别的出口了。”

然后我们听到了振翅声，我紧张起来。艾玛将火焰调亮，对准发出声音的地方，闪烁的火光照在一个高出地面几英尺的平顶墓上。墓和墙壁之间有个间隙，从我们站的位置看不到后面，对一只鸟来说那是个完美的藏身之处。

艾玛把一根手指举到唇边，示意我们跟上，我们蹑手蹑脚地穿过房间。快接近坟墓时，大家分散开，从三面将它围住。

准备好了？艾玛用口型默示。

其他人点点头，我竖起拇指。艾玛踮着脚走向前去，朝坟墓后面偷窥——然后她脸色沉了下来。“什么也没有！”她边说边受挫地踢着地板。

“我不明白！”伊诺克说，“它们刚才就在这儿！”

我们都凑上前来看，然后米勒德说：“艾玛！把你的光照在墓顶上，拜托了！”

艾玛照做了，米勒德大声念出碑文：

本座大教堂的建造者

克里斯托弗·雷恩先生长眠于此

“雷恩！”艾玛惊叫道，“多奇特的巧合啊！”

“我不觉得这是巧合，”米勒德说，“他一定与雷恩女士有关，也许是她父亲！”

“非常有趣，”伊诺克说，“但这又能如何帮我们找到雷恩女士或是她的鸽子呢？”

“这正是我在尝试解读的。”米勒德自言自语道，他踱了踱步子，背诵出传说中的一句话，“‘鸽子们仍然不时去下面的国度探望他’。”

然后我好像听到了鸽子咕咕叫的声音。“嘘！”我说，让大家静听，几秒过后那声音又从坟墓背面的角落里传来。我绕过它跪下来，这才注意到在坟墓基座的地板里有一个和拳头差不多大的小洞——刚好够一只鸟钻过去。

“这里！”我说。

“喔，我的天哪！”艾玛边说边把火焰举到洞边，“或许那就是‘下面的国度’？”

“但这洞也太小了，”奥莉弗说，“我们该怎么把鸟从那里弄出来啊？”

“我们可以等它们离开。”贺瑞斯说。接着一颗炸弹落下，近在咫尺，令我双眼模糊、牙齿震颤。

“不需要那样！”米勒德说，“布朗温，可以请你打开雷恩先生的墓吗？”

“不！”奥莉弗大叫，“我不想看到他腐烂的老骨头！”

“别担心，亲爱的，”布朗温说，“米勒德有分寸。”她把双手按在墓盖边缘开始推起来，随着一阵缓慢刺耳的隆隆声，墓盖滑开了。

扑鼻而来的气味跟我预想得不一样——不是死亡的气息，而是发霉、陈旧的泥土味儿。大家聚集过来朝里面看去。

“喔，我的天哪！”艾玛说。

Chapter 9

HOLLOW CITY

本该放着棺材的地方，出现的却是一架梯子，它向下通往黑暗中。我们朝打开的墓穴里望去。

“我绝不可能爬到那下面去！”贺瑞斯说。但接着三颗炸弹同时掉落，整个建筑晃动起来，混凝土碎块儿哗啦啦地落在我们头上，贺瑞斯突然从我身边挤过去，急忙抓住梯子，“劳驾，别挡我路，穿得最好的最先下！”

艾玛拉住他的袖子：“我有灯，所以我最先下。然后雅各布跟着我，以防下面有……东西。”

我脸上闪过一丝无力的微笑，想到这个就膝盖发颤。

伊诺克说：“你说的不是老鼠、霍乱或住在地穴下面的各种各样疯狂的巨怪，是其他东西对吗？”

“下面有什么无关紧要，”米勒德严肃地说，“我们不得不面对，这才是重点。”

“好吧，”伊诺克说，“但雷恩女士最好也在下面，因为被老鼠咬伤可不会很快康复。”

“被‘空心鬼’咬伤好得更慢。”艾玛说完一只脚踏上了梯子。

“小心，”我说，“我就跟在你后面。”

她用冒着火的手向我致意。“又要钻一次洞了。”说着开始向下爬。

然后轮到我了。

“难道你们没有发现自己在一场轰炸中往敞开的墓穴里爬，”我说，“只希望这是做梦？”

伊诺克踢了踢我的鞋："别拖时间了。"

我抓住墓边，一只脚放到梯子上。粗想着假如生活是另一种走向，我在夏天有可能做着所有那些惬意无聊的事：网球夏令营、帆船运动课、整理货架。然后，通过意志上的艰难努力，我爬了下去。

梯子向下延伸至一个隧道，隧道的一边是死胡同，另一边消失在黑暗中。寒冷的空气里弥漫着一股奇怪的气味，闻起来像丢在水淹的地下室里即将腐烂的衣服。不知从何而来的湿气凝结成水珠，在粗糙的石墙上向下滴落。

在我和艾玛等大家爬下来的时候，寒气逐渐爬进我的身体，其他人也感觉到了寒意。布朗温下来后打开她的行李箱，把我们在小动物园收到的用异能绵羊毛制成的毛衣分发给大家。我把一件毛衣套过头顶。它穿在我身上就像一只麻袋，袖子长得盖过了手指，衣角垂到大腿中间，但至少很暖和。

现在布朗温的行李箱空了，她把箱子丢下。佩里格林女士寄居在她的外套里，实际上她已经在那里面为自己做了个窝。米勒德坚持把又大又沉的《传说》抱在怀里，他说因为自己可能需要随时参考它。我想它已经成了米勒德的安全慰藉，不过，他觉得那是用只有他知道怎么读的咒语写成的书。

我们是一群怪人。

为了在黑暗中摸索"空心鬼"，我拖着脚向前走。这次我心里有了一种新的刺痛感，这感觉极其微弱，就好像有一只"空心鬼"曾经来过又离开了，我正感觉到的是它的残留物。不过我没提起，没理由向大家发出不必要的警报。

我们走路前行，双脚踩在湿砖上的声音在通道里来来回回无休止地回荡。不管有什么在前方等着，我们都不可能偷偷躲过去了。

偶尔，会有拍打翅膀的声音或是鸽子的啁啾声从前面传来，大家便会稍微加快步伐。我有种不安的预感：我们正在通往某个令人不快的意外。墙上嵌着厚石板，跟我们在地穴里看到的那些一样，只是更老旧，上面的文字多半已经磨掉了。后来我们经过一口放在地上未下葬的棺材——然后是一整堆棺材，它们就像被丢弃的移动箱一样靠在一面墙上。

“这是什么地方啊？”休小声说。

“这里放的是墓地里放不下的人，”伊诺克说，“当他们需要给‘新客户’腾地方时，就把旧的挖出来，再随手放到这里。”

“多可怕的时光圈入口啊，”我说，“想象一下每次需要进出时都要穿过这里！”

“这和我们的石墓隧道没有太大差别，”米勒德说，“时光圈入口令人不快是有目的的——普通人通常会躲着它们，这样它们就专属于我们异能人了。”

如此合理，如此明智。我能想到的只有：*到处都是死人，他们都腐烂、露骨、没有生命……上帝啊……*

“啊——不。”艾玛说着突然停了下来，我撞到了她身上，其他人也都堆在了我身后。

她把火焰举向一边，墙上显现出一道拱形的门，门微微打开悬在那里，但透过门缝看到的只是一片漆黑。

大家竖起耳朵听，有很长一段时间，除了我们的呼吸声和远处的滴水声什么也听不到。之后有响动传来，不过不是我们期望的那种——不是振翅声也不是鸟脚的摩擦声——而是人类的声音。

非常轻，有人在哭泣。

“喂？”艾玛喊道，“谁在那儿？”

“请不要伤害我。”一个声音回荡着传来。

或者那是两个声音吗？

艾玛将火焰调亮，布朗温轻手轻脚地向前走去，用脚推了推门。门开了，里面是一个装满尸骨的小洞穴，股骨、胫骨、颅骨——几百人被肢解的骨头化石无序地堆积在一起。

我被惊得脑袋发晕，趔趄地后退了几步。

“喂？”艾玛说，“刚才是谁在说话？出来！”

起初，除了尸骨我看不到那里面还有别的什么，但后来听到一声抽噎，我循着声音看向骨堆顶，那里有两双眼睛从洞穴后部朦胧的阴影里朝我们眨着。

“这里没人。”一个声音小声说。

“走开，”另一个声音传来，“我们死了。”

“不，你们没死，”伊诺克说，“我是知道的！”

“从那儿出来，”艾玛温柔地说，“我们不会伤害你们。”

两个声音同时说：“保证吗？”

“我们保证。”艾玛说。

尸骨开始移动，一个头盖骨从骨堆里掉了出来，咔哒咔哒地落到地上又滚到我脚边停下，向上盯着我。

*你好，未来，*我想。

然后两个年轻的男孩儿爬进光线里，他们双手撑地跪在骨堆顶偷看我们，皮肤死一般苍白，有着黑眼圈的眼睛在眼窝里令人眩晕地转动着。

“我是艾玛，这是雅各布，这些是我们的朋友。”艾玛说，“我们是异能人，我们不会伤害你们。”

两个男孩儿像受惊的动物一样蹲伏着，一言不发，眼睛旋转着，似乎在到处看又好似哪儿也没看。

“他们怎么了？”奥莉弗小声说。

布朗温嘘了她一声。“不要无礼。”

“能告诉我你们的名字吗？”艾玛温柔地劝诱道。

“我是乔尔和彼得。”大一点的男孩儿说。

“你是哪个？”艾玛问，“乔尔还是彼得？”

“我是彼得和乔尔。”小一点的那个说。

“我们没时间玩游戏，”伊诺克说，“那里面有鸟跟你们在一起吗？有没有看到鸟飞过去？”

“鸽子喜欢藏——”大的说。

“在阁楼里。”小的说。

“什么阁楼？”艾玛问，“在哪儿？”

“在我们的房子里。”两个人一起说，他们抬起胳膊向下指向黑暗的通道。他们似乎合作讲话，如果一句话的长度不止几个字，其中一个开始，另一个收尾，衔接中并没有可以察觉的停顿。我还注意到，只要一个说话而另一个不说时，不出声的那个都会完全同

步地对着口型，仿佛他们共享同一个头脑。

“你们能不能告诉我们怎么去你们的房子？”艾玛问，“带我们去你们的阁楼？”

乔尔和彼得摇摇头，缩回到黑暗中。

“怎么了？”布朗温问，“你们为什么不想去？”

“死亡和血！”一个男孩哭了。

“血和尖叫声！”另一个也哭了。

“尖叫声和血和咬人的鬼！”他们一起哭喊道。

“再见！”贺瑞斯说着脚跟旋转，“我回地穴里等你们，但愿我别被炸弹压碎！”

艾玛拽住他的袖子：“噢，你别走！你是我们当中唯一能设法抓住该死的鸽子的人。”

“你没听到他们说吗？”贺瑞斯说，“那个时光圈里全是咬人的鬼——那只可能是一种东西：‘空心鬼’！”

“曾经全是，”我说，“但那有可能是几天以前的事了。”

“上一次你们在房子里是什么时候？”艾玛问男孩儿。

他们的时光圈被突袭了，他们用断断续续的奇怪方式解释道，但他们设法逃进了地下墓穴藏在尸骨中。那是多久以前的事，两天？三天？他们说不出。身处这地下的黑暗中，他们丧失了所有的时间观念。

“哦，可怜的孩子！”布朗温说，“你们一定忍受了很恐怖的事！”

“你们不能永远留在这里，”艾玛说，“如果不快点找到另

一个时光圈，你们会变老的。我们能帮你们，但我们得先抓到一只鸽子。”

俩男孩儿凝视着彼此快速旋转的双眼，好像在不出声地说着话，然后他们齐声说：“跟我们来。”

他们从骨堆上滑下来，开始沿着通道前行。

我们跟在后面。我无法把目光从他俩身上移开，他们古怪得太有魅惑力了。俩人的胳膊无时无刻不牵在一起，每走几步，就用舌头发出很大的咔嗒声。

“他们在干吗？”我小声问。

“我认为他们是通过那样来看路，”米勒德说，“和蝙蝠在黑暗中看路的方式一样。他们发出的声音碰到物体再反射回耳朵里，这样在他们头脑中就形成一个画面。”

“我们是回声定位人。”乔尔和彼得说。

显而易见，他们的听觉也非常灵敏。

这条路分叉，再分叉。在某一刻我耳中感受到突如其来的压力，不得不摆动它们来释放。那时我知道，我们已经离开1940年，进入了一个时光圈。最后大家走到尽头，来到了一面凿着垂直阶梯的墙跟前，乔尔和彼得站在墙根儿，指着头顶的一点日光。

“我们的房子——”年长的说。

“在那上面。”年幼的说。

说着，他们退回阴影中。

长满青苔的台阶很难爬，我不得不放慢脚步，不然就有摔下去的危险。台阶沿着墙壁一直向上，通往天花板上一扇一人大小的圆形门，一束闪烁的光透过门照进来。我把几根手指插进门缝里往旁边推，门如同相机快门一样滑开了，映入眼帘的是一条砖砌的管状通道，它向上延伸二三十英尺，顶部可见一片圆形的天空——我正站在一口假井的假底。

我把自己拉进井里开始向上爬，爬到一半时不得不停下来休息，把后背抵在竖井另一面上。当肱二头肌里的灼烧感平息后，我爬完剩下的路，翻出井口落在一片草地上。

我到了一座庭院中，庭院里有幢看起来破旧的房子。天空是阴暗的黄色，好像被污染了一样，却没有烟雾，也没有引擎的声音。我们置身于某个更古老的时代，在“二战”之前——甚至还没有汽车的时代。空气中有一丝寒意，飘忽不定的雪花缓缓下落，在地面上融化。

接下来艾玛从井里爬上来，然后是贺瑞斯。艾玛决定只由我们三个来勘查这幢房子。我们不知在这上面会有什么发现，如果需要迅速撤离，最好人少一点，这样行动比较快。留在下面的人都没有提出异议，乔尔和彼得关于血和鬼的警告把他们吓住了。只有贺瑞斯不高兴，一个劲儿自言自语地嘀咕着，希望自己压根儿没在广场上抓住那只鸽子。

布朗温从下面朝我们挥手，然后把井底的圆形门拉上了。门朝上的那面被涂得像水面一样——水又暗又脏，你永远不会想把饮水桶放进去——非常聪明。

我们三个挤作一团，四下张望。这个庭院和这幢房子因疏于照看而杂乱不堪：井边的草被压倒了，但其他地方杂草灌木丛生，甚至高过一层的一些窗户。角落里有一个塌了一半的狗窝正在腐烂，在它不远处一根摇摇欲坠的晾衣绳正逐渐被灌木丛吞噬。

我们站着等待，倾听鸽子的声音。我能听到马蹄点地的声音从房墙之外传来。没错，这一定不是1940年左右的伦敦。

然后，在其中一扇高层的窗户里，我看到窗帘移动了。“上面！”我指着它低声说。

我不知道那是鸟还是人干的，但值得一探究竟。我开始向一扇通往里面的房门靠近，召唤其他人跟上——接着我被什么东西绊倒了。那是一个躺在地上的人，从头到脚踝被一块防水布盖着，一双穿坏的鞋从一头伸出来，指着天空。在一只有裂缝的鞋底里插着一张白色的卡片，上面用工整的手写体写着：

A.F.克拉姆布里先生

近期离开外省

迅速衰老未能被活着带走

诚恳请求将他的遗骨投入泰晤士河

“倒霉蛋。”贺瑞斯小声说，“他从乡下来这里，八成是他

自己的时光圈被突袭了——逃到这里，没想到这里的时光圈也被突袭了。”

“可他们为什么把可怜的克拉姆布里先生像这样丢在户外？”艾玛低语道。

“因为他们不得不急忙离开。”我说。

艾玛弯下腰，伸手去够克拉姆布里先生身上的防水布边缘，我不想看又身不由己，半转过身去却透过指缝往回偷看。我本来预期看到一具干枯的尸体，但克拉姆布里先生看起来毫发无伤而且出乎意料地年轻，或许只有四五十岁的年纪，一头黑发只在鬓角处有些发灰。他安详地闭着双眼，仿佛只是睡着了，他难道真的已经像我从佩里格林女士的时光圈拿出来的苹果一样，迅速衰老了吗？

“喂，你死了还是睡着了？”艾玛问。她用靴子轻轻推了推那个人的耳朵，他的这半边头就塌陷并碎成了粉末。

艾玛倒抽一口冷气，任防水布落了回去。克拉姆布里风干成了的自己的铸像，脆弱得连一阵强风都能把他吹散。

我们离开可怜的破碎的克拉姆布里先生向房门走去。我抓住门把手转动起来，门开了，大家穿过门进到一间洗衣房。一个大篮子里放着看起来挺新的衣服，水槽上整洁地挂着一个洗衣板。这个地方才被遗弃不久。

“感觉”在这里更强烈，不过仍然只是残留物。我们打开另一扇门进到一间起居室里，我胸口一紧——这里有明显的打斗痕迹：家具四处散落、翻倒在地，照片从壁炉架掉下来，墙纸一条条撕成带状。

Lately of the Outer Provinces
be taken alive
Kindly requests his remains
be deposited in the Thames

然后贺瑞斯咕哝道："噢，不。"我随着他注视的方向抬头望去，看到天花板上有一个大致是圆形的变色斑块。楼上发生了可怕的事。

艾玛紧闭双眼。"只管听，"她说，"听鸟的声音，别去想其他任何事。"

我们闭上眼睛倾听，一分钟过去了。然后，终于听到了一只鸽子颤动的叫声，我睁开眼睛看声音是从哪里发出的。

楼梯间。

我们轻轻地登上楼梯，努力不让脚下咯吱作响。我在喉咙和太阳穴里都能感觉到自己的心跳，我能应付得了老旧易碎的死尸，但不确定自己能不能受得了凶杀现场。

二楼的走廊里到处都是残骸，一扇从合页上被扯下来的门裂成了碎片。穿过破损的门廊，是一座已经倒塌的"塔"，它本由行李箱和梳妆台堆叠起来。这是一道失败的封锁。

隔壁的房间里，白色的地毯被血浸透了——污迹渗过地板漏到了下面的天花板上，但流血的人早就不见了。

走廊里的最后一扇门没有强行闯入的迹象。我小心翼翼地将它推开，双眼扫视着房间：里面有一个衣橱、一张梳妆台，上面精心地摆满了小雕像，蕾丝窗帘在窗口飘动，地毯很干净，一切都未经打扰。

然后我的目光移动到床上，看到床上的景象，我向后趺靠在门框上。两个看似睡着的男人安卧在洁净的白色被单下——在他们之间，是两具骷髅。

“迅速衰老了，”贺瑞斯双手在喉咙边发着抖，“其中两个比另两个迅速得多。”

那两个看似睡着的人和楼下的克拉姆布里先生一样，死了，贺瑞斯说，如果我们触碰到他们，他们就会以同样的方式粉碎。

“他们放弃了，”艾玛小声说，“他们厌倦了逃亡，放弃了。”她用既怜悯又反感的眼光看着他们。

她觉得他们脆弱胆小，于是选择了简单的方法解脱。但我禁不住好奇，这些异能人是否只不过比我们更清楚幽灵如何对待他们的俘虏。如果我们知道，或许我们也会选择死亡。

我们缓缓移动到走廊里，我感到眩晕恶心，想要离开这幢房子，但我们还不能走，还有最后一段楼梯要爬。

在楼梯顶，我们发现了被烟火损毁的楼梯平台。我想象着异能人承受住了对这幢房子最初的进攻，聚集在这里做最后的抵抗。也许他们试图用火与恶势力斗争——又或许坏人试图把他们熏出来，不论是哪种情形，看起来房子快要被烧毁了。

弯腰穿过一道低矮的门廊，我们进入了一间狭窄的斜墙阁楼。这里的一切都被烧黑了，火焰把屋顶烧出了大洞。

贺瑞斯踮起脚尖走到屋子中央，即兴哼了起来：“嘿～～～～～，鸽子，鸽子，鸽子……”

然后，我们听到一声振翅和哽塞的鸟叫从身后传来，回过头看到的不是一只鸽子而是一个黑裙女孩儿。她的一半身体藏在阴影里。

“你们是在找这个吗？”女孩儿把一只胳膊举到一束阳光里，

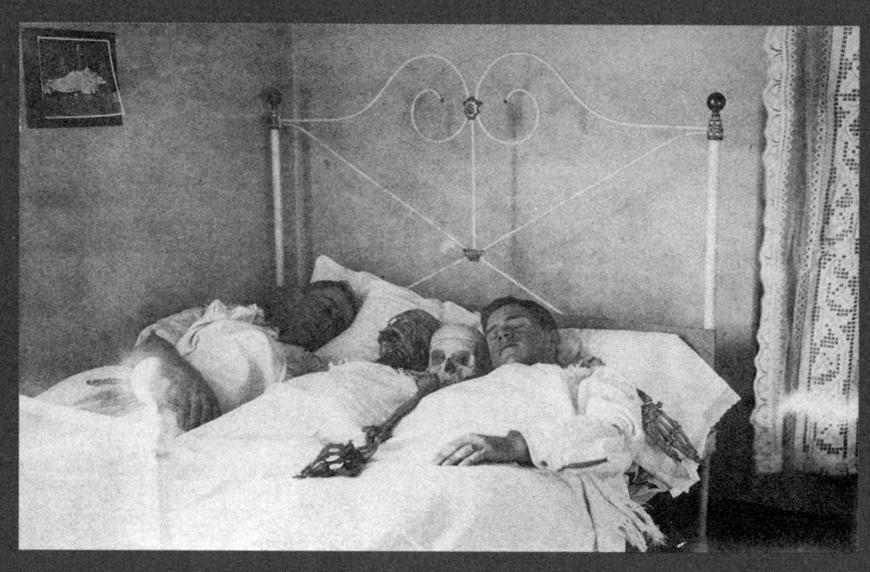

鸽子在她手中扭动，挣扎着想要逃脱。

“是的！”艾玛说，“谢天谢地你抓到它了！”她朝女孩儿走过去，伸出双手去拿鸽子，女孩儿却大喊：“就停在那儿别动！”说完打了个响指，一块烧焦的小地毯从艾玛身下飞出，她双脚被毯子带起，猛地摔到地板上。

我急忙冲过去问：“你没事吧？”

“跪下！”女孩儿大声对我喊道，“把手放在头上！”

“我没事，”艾玛说，“照她说的做。她可以靠意念隔空取物，而且很显然情绪不稳。”

我在艾玛身边跪下，双手在头后交叉，艾玛也做了同样的动作。战栗着的贺瑞斯一言不发，沉重地坐了下来，把两只手掌放在地面上。

“我们没有任何伤害你的意思，”艾玛说，“我们只是在找鸽子。”

“噢，我完全知道你们在找什么，”女孩儿冷笑道，“你们的种族从来不放弃，不是吗？”

“我们的种族？”我说。

“放下你们的武器，把它们滑过来！”女孩儿吼道。

“我们没有武器。”艾玛镇定地说，尽力不让女孩儿更加心烦意乱。

“如果你们不把我当笨蛋，这对你们来说会容易一些！”女孩儿大喊，“你们很弱，自身没有能力，所以依靠枪啊什么的，现在把它们放到地上！”

艾玛转过头来小声说："她以为我们是幽灵！"

我差点儿大声笑出来："我们不是幽灵，我们是异能人！"

"你们不是第一批到这儿来追捕鸽子的空眼人了，"她说，"也不是第一批冒充异能儿童的，同样不会是第一批被我杀掉的！现在把你们的武器放到地上，不然我就扭断这只鸽子的脖子——然后再扭断你们的！"

"但我们不是幽灵啊！"我坚持道，"如果你不信就看看我们的瞳孔！"

"你们的眼睛什么也说明不了！"女孩儿说，"假隐形眼镜在书里是最老的伎俩了——相信我，我全都知道。"

女孩儿朝我们走了一步，走进光线中，仇恨在她眼中燃烧。除了身穿裙子，她活脱一个假小子，留着短发，下巴结实，看起来有那种几天没睡过觉的呆滞感，如今是在靠本能和肾上腺素逃亡。在这种情况下的人不会对我们友善，也不会有耐心。

"我们是异能人，我发誓！"艾玛说，"看——我表演给你看！"她把一只手从头上抬起准备点燃一团火焰，此时突如其来的直觉让我抓住了她的手腕。

"如果附近有'空心鬼'，它们会感觉到的。"我说，"我觉得，和我感觉它们的方式差不多，它们也能感觉到我们——但当我们使用自己的能力时对它们来说要容易得多，那就像发出一个警报。"

"但你正在使用你的能力，"她恼火地说，"她也在用她的！"

"我的能力是被动的，"我说，"我不能关掉，所以它不会留下太多踪迹，而她——也许它们早知道她在这儿，也许它们想要的

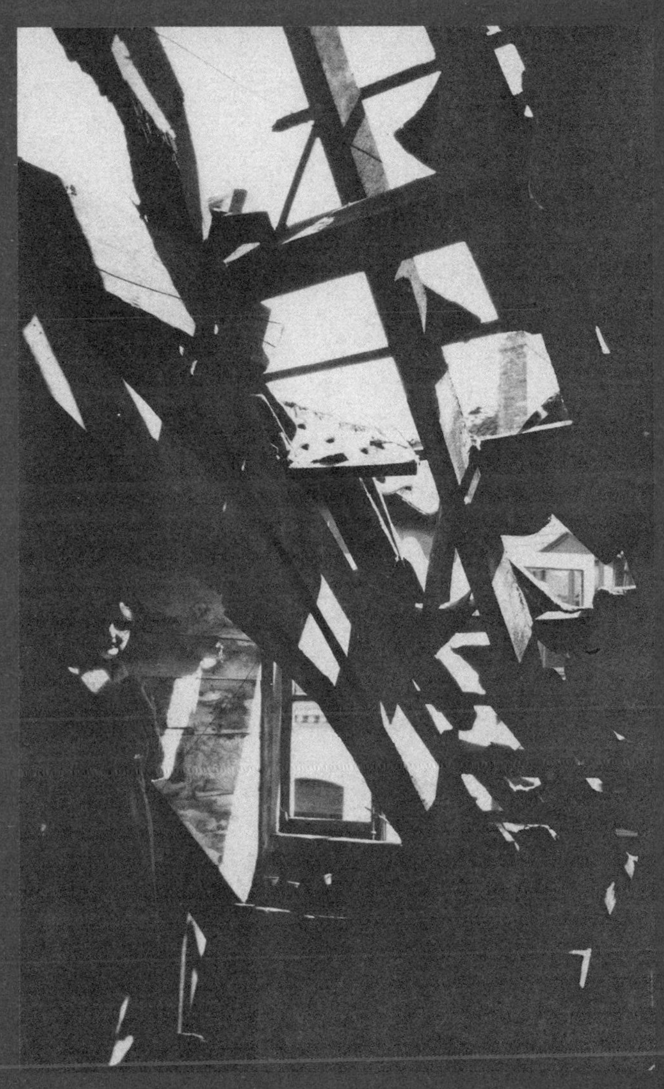

不是她。”

“真方便啊！”女孩儿对我说，“那就是你的能力？察觉到影子生物？”

“他还能看到它们，”艾玛说，“杀了它们。”

“你们需要编好一点的谎话，”女孩儿说，“有半个脑子的人都不会相信它。”

就在我们谈论这个的时候，一股新的“感觉”在我体内痛苦地绽放开来，我感觉到的不再是“空心鬼”走后留下的残余物，而是一只“空心鬼”当前的存在。

“附近有一只，”我对艾玛说，“我们得从这儿出去。”

“抓不到鸽子就不出去。”她咕哝道。

女孩儿开始横穿房间朝我们走来。“该继续了，”她说，“我已经给了你们绰绰有余的时间证明自己。无论如何，我要开始享受杀你们这些家伙了，自从你们对我的朋友们下毒手，我似乎怎么杀都杀不够！”

她在离我们几英尺的地方停下，举起空着的那只手——也许就要把剩余的房顶拽下来砸到我们头上。如果我们打算采取行动，那必须是现在了。

我从蹲伏的姿势一跃而起，猛地把胳膊伸至身前，撞在女孩儿身上。她被撞倒在地上，又惊又气地大叫。我用拳头猛击她的手心，这样她就不能再打响指了。她放开鸽子，艾玛抓住了它。

然后我和艾玛起身朝开着的门冲去，贺瑞斯还茫然地坐在地上。“起来跑啊！”艾玛对他大喊。

在我拽着贺瑞斯的胳膊想把他拉起来时，一扇门砸到我脸上，一张被烧坏的梳妆台从角落升起，飞着横穿过房间。梳妆台的边缘擦过我的头，我四脚朝天躺下，把艾玛也拉倒了。

女孩儿怒不可遏，尖叫着。我肯定我们只有几秒钟可活了。然后贺瑞斯站起来放声大喊：

“梅莉娜·玛侬！”

女孩儿呆住了：“你说什么？”

“你的名字是梅莉娜·玛侬，”他说，“你1899年出生在卢森堡，十六岁时过来和瑟拉施女士一起生活，自那时起一直在这里。”

贺瑞斯令她措手不及，她皱起眉头，然后一只手做了一个抓捏手势，差点儿就砸到我身上的梳妆台不自觉地在空中穿行起来，正好停在贺瑞斯头顶盘旋。如果她让梳妆台掉落，它会把他压碎。“你做了功课，”女孩儿说，“但任何一个幽灵都能知道我的名字和出生地。对你来说很不幸，我对你们的骗局已经不再感兴趣了。”

但她似乎并未做好杀他的准备。

“你父亲是银行职员，”贺瑞斯说，他讲得很快，“你母亲非常美丽，但闻起来有股浓烈的洋葱味儿，一辈子都没办法治愈。”

梳妆台在贺瑞斯头顶晃动着。女孩儿盯着他，眉头皱在一起，手停在空中。

“你七岁时，非常想要一匹阿拉伯马，”贺瑞斯继续说，“你父母买不起那么奢侈的动物，于是他们买了一头驴代替。你给他取名哈比布，意思是亲爱的，你很爱他。”

女孩儿惊愕地张大了嘴。

贺瑞斯继续。

“十三岁时你意识到自己可以只用意念操控物体，你从小东西开始练起，回形针和硬币，然后越来越大。但你从来不能用意念把哈比布举起来，因为你的能力没有延伸到活的生物上。当你家里搬家时，你以为自己完全丧失了这种能力，因为你根本什么都无法挪动，但那仅仅是因为你还没有了解新房子。一旦你熟悉了新家，在脑中画出它的地图，你就能在屋内移动物体了。”

“你怎么可能知道这一切？”梅莉娜目瞪口呆地看着他问。

“因为我梦到了你。”贺瑞斯说，“这是我能做的。”

“我的上帝啊，”女孩说，“你们是异能人。”

梳妆台缓缓地飘移到地板上。

我摇摇晃晃站起身，头上被梳妆台撞过的地方阵阵作痛。

“你在流血！”艾玛说着跳起来检查我的伤口。

“我没事，我没事。”我边躲闪边说，体内的“感觉”正在转变，这时如果有人碰到我，就会在某种程度上打断它的发展，令它更加难以解读。

“很抱歉伤到你的头，”梅莉娜说，“我以为自己是剩下的唯一一个异能人！”

“你的井下还有一大帮我们的人呢，在地下墓穴的隧道里。”

艾玛说。

“真的吗？”梅莉娜面露喜色，“那么还有希望！”

“曾经有，”贺瑞斯说，“但它刚从你屋顶的洞里飞出去了。”

“什么——你是说温妮弗雷德？”梅莉娜把两根手指放进嘴里吹起口哨。片刻过后，鸽子出现了，穿过洞飞下来落在她肩膀上。

“不可思议！”贺瑞斯边说边拍手，“你怎么做到的？”

“温妮是我的密友，”梅莉娜说，“像家猫一样被驯服了。”

我用手背擦掉额头上的血，然后选择忽视疼痛。没时间疼了。我对女孩儿说：“你提到幽灵来过这儿追捕鸽子。”

梅莉娜点点头：“他们和他们的影子野兽三天前来过，把这里包围了，带走了瑟拉施女士和这里一半的孩子，然后点火烧房子，我藏在了屋顶。从那以后，幽灵每天都回来，分成小组，寻找温妮弗雷德和她的朋友们。”

“你把他们杀了？”艾玛问。

梅莉娜垂下眼睛：“我是那样说的吗？”

她自尊心太强不愿意承认自己撒了谎，这无关紧要。

“那么我们就不是唯一寻找雷恩女士的人了。”艾玛说。

“那意味着她仍是自由身。”我说。

“也许，”艾玛说，“也许吧。”

“我们觉得鸽子能帮我们，”我说，“我们需要找到雷恩女士，而且我们以为那只鸟知道怎么找到她。”

“我从没听过什么雷恩女士，”梅莉娜说，“我只是在温妮来我们的庭院时喂她。我们是朋友，她和我。对吗，温妮？”

然后那只鸟在她肩膀上欢快地啾啾叫。

艾玛往梅莉娜跟前凑过去，对鸽子说："你认识雷恩女士吗？"她吐字清晰，声音很大，"你能帮我们找到她吗？雷恩女士？"

鸽子从梅莉娜肩膀上跳下来，振翅飞到房门口，她边啁啾边挥动翅膀，然后飞了回来。

这边走，它似乎在说。

对我来说这证明足够了。"我们需要带上这只鸟。"我说。

"也得带上我，"梅莉娜说，"如果温妮知道如何找到这个伊姆布莱恩，那么我也要去。"

"不是一个好主意，"贺瑞斯说，"我们在执行一项危险的任务，你看……"

艾玛打断他说："把鸟给我们，我们会回来找你的，我保证。"

一股突如其来的刺痛令我倒抽一口冷气弯下腰。

艾玛冲到我身边："雅各布！你没事吧？"

我说不出话，取而代之一瘸一拐地走到窗前，强迫自己站直，把"感觉"像窗外大教堂的穹顶投射过去，它离我们只有几个街区远，从房顶上可以望见——然后再投向下面的街道，四轮马车从那里经过。

是的，那里。我能感觉到它们正从边道接近，离得不远。

它们。不是一只"空心鬼"，而是两只。

"我们不得不走了，"我说，"现在。"

"求你了，"贺瑞斯恳求女孩儿，"我们必须带上那只鸽子！"

梅莉娜打了个响指，那张差点儿杀死我的梳妆台又从地面升了起来。“我不能让你们带她走，”她边说边眯起眼睛朝梳妆台瞥去，只为了确保我们明白她的意思，“除非你们带上我，那就可以也把温妮带走，否则……”

梳妆台一根木腿着地旋转着，然后倾斜，侧面朝下倒在地上。

“那好吧，”艾玛从牙缝里挤出几个字，“但如果你拖我们的后腿，我们就丢下你把鸟带走。”

梅莉娜咧开嘴笑起来，随着她一只手轻轻一挥，门砰地打开了。

“你说了算。”

我们急速沿楼梯飞奔而下，快到双脚似乎都没触地，二十秒后大家回到庭院里，跨过死去的克拉姆布里先生，向干井俯冲下去。我走在最前面，一脚踢开镜面般的井盖，而不是浪费时间把它滑开，它从合页处折断，裂成几块。“下面小心了！”我大喊，然后松开紧握在潮湿石阶上的手，挣扎翻滚着掉进黑暗里。

一双强壮的手接住了我——是布朗温的手——又把我双脚放到地上。我谢过她，心咚咚跳着。

“上面发生什么了？”布朗温问，“你们抓到鸽子了吗？”

“我们抓到了。”我说，这时艾玛和贺瑞斯也下来了，朋友们都欢呼起来，“那是梅莉娜。”我指着她说，我们没有更多的时间介绍她了。梅莉娜仍然站在台阶顶端，摆弄着什么东西。“快点！”我大喊，“你在干吗？”

“为我们争取时间！”她回喊道，然后她拉上一个木盖并把它锁住，将井罩了起来，最后几道光被关在了外面。当她在黑暗中往下爬时，我解释了“空心鬼”追我们的事，处在恐慌状态下的我把话说成了“走，现在，跑，‘空心鬼’，现在”，如果没有严重发音不清，还是很有效的，所有人都陷入癫狂中。

“我们看不见，要怎么跑？！”伊诺克大喊，“点个火，艾玛！”

因为我在阁楼里的警告，她迟迟没有那么做。看来现在正是强化这一点的好时机，于是我抓住她的胳膊说：“别！他们会很容易确定我们的位置！”我们最大的希望，我认为，是把它们甩在这个分叉的隧道迷宫中。

“但我们不能摸黑盲目地乱跑啊！”艾玛说。

“我们当然——”年幼些的回声定位人说。

“可以。”年长的那个说。

梅莉娜跌跌撞撞地朝他们的声音走去：“男孩儿们！你们活着！是我——梅莉娜！”

乔尔和彼得说：

“我们以为你——”

“们所有——”

“人都死了。”

“大家把手拉起来！”梅莉娜说，“让男孩儿们带路！”

于是我摸黑拉起梅莉娜的手，艾玛拉起我的手，然后她摸索着寻找布朗温的手，如此下去直到我们组成一条由盲兄弟领头的人链。艾玛一声令下，兄弟俩就开始轻松地跑起来，带我们扎进黑暗之中。

我们跑进左边的岔路，扑通扑通地穿过积水坑。然后从我们身后的隧道里传来回荡的巨响，那只能意味着一件事："空心鬼"砸穿了井盖。

"它们进来了！"我大喊。

我几乎能感觉到它们收缩身体，扭动着下到竖井里。一旦到达水平地面可以跑动，它们就会即刻追上我们。我们只在隧道里跑过了一道分岔，还不足以甩掉它们，差得远呢。

这就是为什么米勒德接下来的话让我觉得他显然疯了："停下！大家都停下！"

盲兄弟驻足听他说，我们堆在他俩身后绊倒，打着滑停了下来。

"你到底是怎么了？！"我大喊，"跑啊！"

"很抱歉，"米勒德说，"但我刚刚想到——我们当中得有人在回声定位人或者那个女孩儿之前通过时光圈出口，否则他们会跨进当下，而我们会进入1940年，大家就分开了。要让他们和我们一起穿越到1940年，我们当中就要有人先过去开通道路。"

"你们不是从当下来的？"梅莉娜不解地问。

"从1940年来，就像他说的，"艾玛回答，"不过那里在下炸弹雨，你也许想要留下来。"

"想得美，"梅莉娜说，"你们才没那么容易撇下我，当下的情况更糟——到处都是幽灵！这就是为什么我从没离开过瑟拉施女士的时光圈。”

艾玛站出来把我拉过去：“好！我们先走！”

我伸出另一只手，在黑暗中摸索着感觉：“可我什么也看不见！”

年长的回声定位人说：“往前就只有二十步了，你们——”

“不会错过的。”年幼的那个说。

于是我们在身前用手探摸着艰难前行，我一只脚踢到了什么东西，踉跄几步，左肩擦过墙壁。

“保持直行！”艾玛边说边把我往右拉。

我的胃突然抽动了一下，能感觉到：“空心鬼”已经从竖井里下来了。现在，即便不能感知我们的去向，它们无论如何也有一半的几率选对正确的隧道岔路，从而找到我们。

没时间蹑手蹑脚了，我们不得不跑起来了。

“不管了，”我说，“艾玛，给我盏灯！”

“乐意效劳！”她放开我的手，点燃好大的一团火焰，大到让我感觉脑袋右侧的头发都被燎焦了。

我立刻看到了临界点，它就在我们前方，以一条画在隧道墙壁上的竖线为标记，大家乱作一团朝它飞奔过去。

通过它的一瞬间，我耳朵里感到一股压力，我们回到了1940年。

大家狂奔着穿过地下墓穴，艾玛的火焰在墙上投射出发狂般的影子。每当我们在隧道中遇到岔路口时，盲兄弟就用舌头大声发出咔嗒声，然后大喊“左边！”或者“右边！”。

我们走过棺材堆、人骨坡，终于回到隧道尽头，来到了通往地穴的梯子前。我把贺瑞斯在自己之前推上去，接着是伊诺克，然后奥莉弗脱掉鞋子向上浮了起来。

“我们花的时间太长了！”我大喊。

我能感觉到它们正沿着通道赶来，能听到它们的触须猛击石地把自己推动向前的声音，能想象出它们在对一场猎杀的期待中下巴开始滴落黑色黏液的画面。

然后我看到了它们：远处移动的一团模糊黑影。

我尖叫道：“走！”说着跳上梯子，最后一个爬了上去。当我快爬到顶时，布朗温伸手下来把我猛拽过最后几级梯阶，这样我就和其他人一起到了地穴中。

布朗温大声哼唷抬起盖在克里斯托弗·雷恩坟墓上的厚石板，把它放回到原来的位置。过了不足两秒钟，就有东西猛烈地撞击石板的底面，沉重的厚石板跳动起来，它拖不了“空心鬼”太久——禁不住两只的攻击。

它们如此接近，警报声在我体内刺耳地响起，我的胃就像喝了酸一样疼。我们冲上螺旋状的楼梯间进入教堂中殿，此刻教堂里很昏暗，唯一的光亮是一束奇怪的橘黄色的光，透过有污渍的玻璃窗勉强照进来。有一瞬间我以为那是落日最后的旋律正在上演，但后来，当大家冲向出口时，我透过破损的屋顶瞥见了天空。

夜幕已经降临。炸弹仍在掉落，像不规则的心跳般砰砰作响。

我们跑到了外面。

Chapter 10

HOLLOW CITY

我们惊叹地站在大教堂的台阶上，放眼望去，仿佛整座城市都着火了。天空是一幅橙色火焰的全景画，亮度足够阅读。我们之前追逐鸽子的广场成了鹅卵石里冒着烟的坑洞。警报器继续鸣响，它的高音与炸弹不间断的低音形成对位和声，它们的音调如此阴森，听起来像是人的声音，好似伦敦城里每一个灵魂都被带到了屋顶，在那里大声喊出它们共同的绝望。然后，惊叹被恐惧和紧迫的自卫本能替代，我们冲下布满碎片的台阶，跑到街道上——越过损毁的广场，绕过一辆双层巴士，它看起来就像被巨人的拳头砸变形了——跑向哪里我不知道，也不在乎，只要能远离那个分分秒秒都在我体内变得越来越强烈、越来越不舒服的“感觉”就好。

盲兄弟用舌头发着咔嗒声，我拉起他们的手把他们拽在身边，回头看了看“隔空取物”女孩儿。我想过让她放鸽子走，这样我们就可以跟着它，但现在“空心鬼”正追赶我们，找到雷恩女士又有什么用？我们可能刚到她门口就被屠杀了，还会让她有生命危险。不，我们得先甩掉幽灵，或者最好，杀了它们。

一个戴着金属帽子的男人把头伸出一道门大喊：“我劝你们躲一下！”然后缩了回去。

当然，我想，*但去哪儿呢*？也许我们可以藏在周围的废墟和混乱中，到处都是噪音和干扰，这样“空心鬼”路过时就不会注意到我们。可我们还是离它们太近了，足迹太新鲜。我告诫朋友们，无论如何都不要使用他们的能力，艾玛和我带他们走之字形穿过街道，但愿这能给跟踪我们增加点难度。

我仍能感觉到它们正在朝我们逼近，现在出了教堂，到了户外，摇摇晃晃地跟在我们后面，除了我没人看得见。我好奇，在这么黑的地方，是不是甚至连我也看不到它们：一座影子城市中的影子生物。

我们一直跑，直跑到我喘不过气来，奥莉弗跟不上队伍，布朗温不得不把她抱进怀里。我们跑过长长的街区，街区两旁尽是漆黑一片的窗户，就像没有眼皮的眼睛盯着我们；我们跑过一座遭到轰炸的图书馆，落灰和烧着的纸漫天飞舞；我们穿过一片被炸毁的公墓，早已被遗忘的伦敦人被挖了出来抛进树林，穿着腐烂的礼服露齿而笑；一只点缀着花饰的秋千嵌进满是坑洞的操场。恐怖的景象层不出穷，不可思议，轰炸机时不时投下照明弹，好像上千台相机的闪光灯，发出纯净而耀眼的白光，把一切点亮。仿佛在说：*看哪，看我们干的好事*。

噩梦照进了现实，无所不在，就像“空心鬼”本身一样。

别看别看别看……

我羡慕盲兄弟，幸运地航行于看不到细节的地形中，世界不过是一幅线框图。我一度好奇，他们的梦是什么样子的——或者他们究竟做不做梦呢。

艾玛和我并排慢跑，落满粉尘的波浪卷发在她身后飘荡。“大家都筋疲力尽了，”她说，“我们不能再这样下去了！”

她说得没错：就连我们当中体力最好的人现在都萎靡不振，不久“空心鬼”就会赶上来，我们将不得不在街道中央面对它们，势必血流成河。我们必须得找到藏身之处。

我把大家引向一排房子——每所房子都漆黑一片，每盏门廊灯都关着，每扇窗户都暗不透光——因为相比于黑暗中模糊不清的房子，轰炸机的飞行员更愿意把明亮的房子作为攻击目标。空房子对我们来说是最安全的，但像这样漆黑一片，没办法辨别哪些房子有人，哪些没人，我们不得不随机挑选一所。

我拦住了大家的去路。

“你在干吗？”艾玛边说边喘着粗气，“你疯了吗？”

“也许吧。”说完我抓住贺瑞斯，把一只手挥向那排房子，“选一个。”

“什么？”他说，“为什么是我？”

“因为在乱猜这件事上我相信你多过我自己。”

“但我从来没梦到过这个！”他抗议道。

“也许你梦到过，不记得了，”我说，“选。”

意识到躲不过，他用力咽了咽口水，闭了一会儿眼睛，然后睁开，指着我们身后的一所房子说：“那个。”

“为什么是那个？”我问。

“因为你让我选！”贺瑞斯生气地说。

不得不那么做了。

前门是锁着的。不成问题：布朗温把门把手拧下来扔进街道，门嘎吱一声自己开了。我们排着队走进一间黑暗的门厅，门厅里摆放着家庭照片，照片上的脸难以辨认。布朗温关上门，在门厅里找了一张桌子挡在门口。

“谁在那儿？”一个声音从房子深处传来。

该死！这里有人。“你应该选一所空房子的。”我对贺瑞斯说。

“我要狠狠地揍你。”贺瑞斯咕哝道。

没时间换房子了，不管谁在这里，我们都不得不向他们自我介绍，但愿他们友好相待。

“谁在那儿！”那个声音盘问道。

“我们不是小偷，也不是德国人，绝无恶意！”艾玛说，“只是来这里躲一下！”

没有回应。

“留在这儿。”艾玛对其他人说，然后她拉上我跟在她身后沿着门厅走去。“我们来打个招呼！”她友好地大声喊道，“不要开枪打我们，求你了！”

我们走到门厅的尽头，绕过一个拐角，那里有一个女孩儿站在门口。她一只手拎着一盏灯芯朝下的提灯，另一只手握着一把开信刀，冷酷的黑眼睛紧张地在艾玛和我之间来回看着。“这里没有任何值钱的东西！”她说，“这所房子已经被洗劫一空了。”

“我说了我们不是小偷！”艾玛生气地说。

“我说了让你们离开。如果你们不走，我就尖叫，然后……然后我爸爸会带着他的……枪啊之类的跑过来！”

女孩儿看起来既幼稚又像个早熟的小大人：她留着短波波头，穿着一条小女孩儿的裙子，裙子正面点缀着一竖排白色的大扣子，但她冷酷的表情里有什么东西让她在十二三岁的年纪显得更加年长和厌世。

“请不要尖叫。”我说，我担心的不是她父亲——那很可能是虚构出来的，我担心的是其他东西可能会跑过来。

然后一个细小的声音在她身后突然说起话来，声音穿过她一直有意挡着的门口传来：“谁在那儿，山姆？”

女孩儿的脸沮丧地一紧。“只是几个孩子，”她说，“我让你别出声，埃斯米。”

“他们人好吗？我想见见他们！”

“他们刚才正要离开。”

“我们人很多而你们只有两个。”艾玛实事求是地说，“我们在这儿待一会儿，就这样。你不要尖叫，我们也不会偷东西。”

女孩儿的眼睛闪过一丝怒气，然后变得呆滞，她知道自己输了。“好吧，”她说，“但如果你们玩花样儿，我就尖叫，还会把这个埋进你们肚子里。”她无力地挥挥开信刀，然后把它放低到腰间。

“合理。”我说。

“山姆？”那个细小的声音说，“现在发生什么事了？”

那个女孩儿——山姆——不情愿地走到一旁，露出一间烛光忽隐忽现的浴室，里面有一个水池、一个马桶和一个浴缸，浴缸里有一个约么五岁的小女孩儿，她目光越过浴缸好奇地偷看我们。“这是我妹妹，埃斯米。”山姆说。

“你好！”埃斯米边说边冲我们摇着一只橡皮鸭子，“当你在浴室里时，炸弹是打不到你的，你知道吗？”

“我不知道。”艾玛回答。

“这是她的安全地带，”山姆小声说，“每次遇到突袭我们都躲在这里。”

“你们在避难所不是会更安全吗？”我说。

“那些地方很可怕。”山姆说。

其他人等烦了，开始沿门厅走过来，布朗温探进门口挥手打招呼。

“进来！”埃斯米高兴地说。

“你太轻信别人了，”山姆责骂她道，“有一天你会遇到坏人，然后你会后悔的。”

“他们不坏。”埃斯米说。

“只靠外表是无法辨别的。”

然后休和贺瑞斯把脸挤过门口，好奇地想看看我们遇到了谁，奥莉弗匆匆跑到他们腿间，坐在地板中央，很快我们所有人都一起挤在浴室里，甚至连梅莉娜和盲兄弟也是，兄弟俩令人毛骨悚然地面对墙角站着。看到这么多人，山姆两腿发抖，她沉重地坐到马桶上，招架不住了——但她妹妹却兴奋不已，在每个人进来的时候一一询问他们的名字。

“你们的父母呢？”布朗温问。

“爸爸在战场上打坏人，”埃斯米自豪地说，她摆出握着步枪的样子大喊，“砰！”

艾玛看向山姆。“你说你爸爸在楼上。”她平淡地说。

“你们闯进了我们的房子。”山姆回答。

“确实。”

“那你们的妈妈呢？”布朗温问，“她在哪儿？”

“死了很久了。”山姆看起来没什么感觉，“所以当爸爸去打仗时，他们试图把我们送到别处的亲戚家——因为爸爸在德文郡的姐姐非常刻薄，她只愿意收留我们当中的一个，所以他们打算把埃斯米和我送到不同的地方，但我们跳下火车回来了。”

“我们不会分开，”埃斯米声明，“我们是姐妹。”

“如果去避难所，你们怕他们会找到你们，”艾玛说，“把你们送走？”

山姆点点头：“我不会让那样的事发生。”

“浴缸里很安全，”埃斯米说，“也许你们也应该进来，那样我们就都安全了。”

布朗温用手摸着心口：“谢谢你，亲爱的，但浴缸装不下我们的！”

其他人聊天时，我把注意力转移到身体里，试着感知“空心鬼”。它们不再跑动了。“感觉”稳定了下来，这意味着它们没接近也没远离，很可能正在附近四处探寻。我把这看成是个好兆头：如果它们知道我们在哪儿，会直奔我们而来。我们的痕迹已经变淡了，现在只需保持低调，过一会儿就能跟着鸽子去找雷恩女士了。

我们蜷缩在浴室的地板上，听着炸弹在这座城市的其他地方掉落。艾玛在医药箱里找到一些消毒酒精，坚持要清洁包扎我头上的伤口。然后山姆开始哼起我听过却说不出名字的旋律，埃斯米在浴缸里玩着她的橡皮鸭，“感觉”开始非常慢地减弱。在这仅有的几

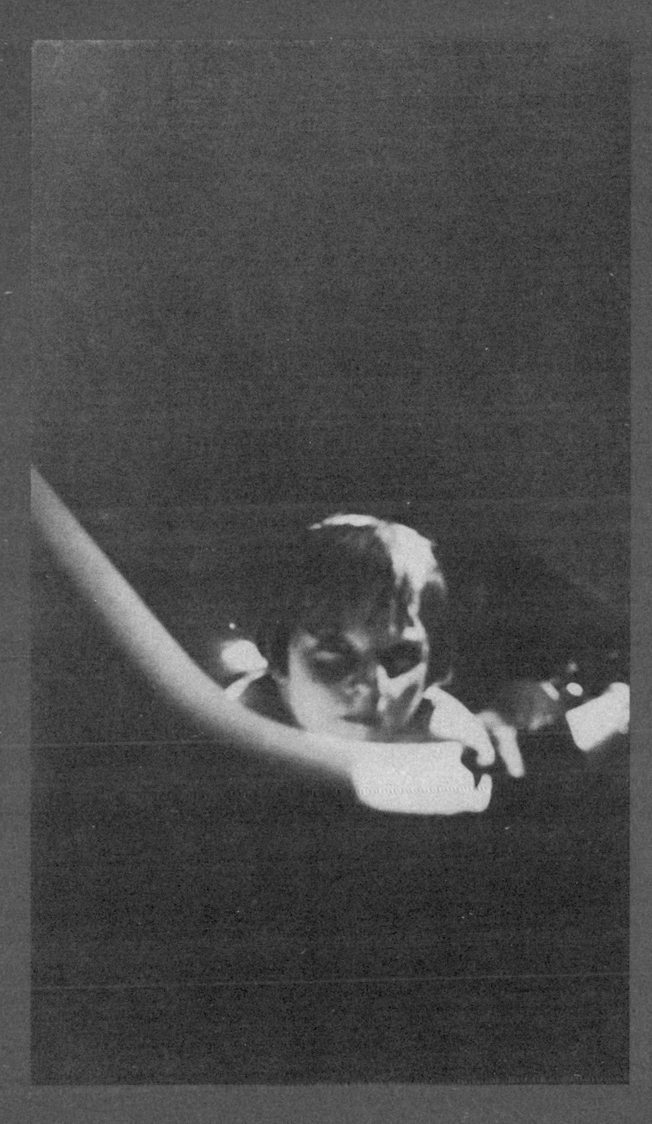

分钟里，那间闪着烛光的浴室变成了一个独立的世界，一个远离麻烦和战争的蚕茧。

但外面的战争拒绝长时间地被忽视，防空炮咚咚作响，弹片像爪子般在屋顶蹿来蹿去。炸弹朝我们靠拢，直到有更不祥的声音跟在它们的爆炸声后传来——沉闷的重击声、墙壁轰轰倒塌的声音。奥莉弗自己缩成一团，贺瑞斯用手指堵住耳朵，盲兄弟一边哀叹一边左右摇晃，佩里格林女士扭进布朗温外套的褶层深处，鸽子在梅莉娜腿上发抖。

“你们把我们带进了怎样的疯狂中啊？”梅莉娜说。

“我警告过你。”艾玛回答。

埃斯米浴缸里的水随着每一次爆炸泛起涟漪，小女孩儿握紧橡皮鸭哭起来，呜咽声充满了整个小屋。山姆哼唱得更大声了，并停下来轻轻说：“你很安全，埃斯米，你在这里很安全。”但埃斯米却哭得更厉害了。贺瑞斯伸出手指试图在墙上打出动物的手影来分散埃斯米的注意力——一条猛咬下颌的鳄鱼、一只飞翔的鸟儿——可她几乎注意不到。然后，最令我想不到会对“让一个小女孩儿感觉好一点”上心的人挪到了浴缸边。

“看这儿，”伊诺克说，“我有一只小人儿，他想骑你的鸭子，他的大小也刚好合适。”他从口袋里掏出一个三英寸高的小矮人，是他在凯恩霍尔姆岛上做的最后一个。埃斯米的呜咽声减弱了，她注视着伊诺克弯曲泥人的腿，让他坐在浴缸边缘。然后，随着伊诺克的拇指在泥人胸前一按，他就活了过来。眼看泥人弹跳着站起来，沿着浴缸边缘溜达，埃斯米脸上洋溢着喜悦。

"继续，"伊诺克说，"给她看看你的能耐。"

泥人向上跳起，咔嗒一跺脚跟，夸张地深鞠一躬，埃斯米边大笑边拍手。过了一会儿，一颗炸弹在附近掉落，泥人失去平衡跌进浴缸里，不料她笑得更厉害了。

突然一股寒气沿着我的后颈翻滚向上，令我头皮刺痛，然后"感觉"迅速而强烈地将我包围，我坐在原地呻吟着弯下腰，其他人看到后立刻明白了这意味着什么。

它们来了，它们疾速追来了。

它们当然会来：伊诺克使用了他的能力，而我甚至没想过阻止他。我们还不如放一枚信号弹。

我摇摇晃晃站起身来，疼痛汹涌地攻击着我。我试图大喊——*走，快跑！从后面跑出去！*——却喊不出来。艾玛把双手放在我肩上："镇定一下，亲爱的，我们需要你！"

接着有什么东西猛击前门，每一声撞击都在房间里回荡着。"它们来了！"我终于设法说了出来，但门在合页上晃动的声音已经替我说过了。

大家慌忙起身，乱作一团、惊惶失措地挤进门厅，只有山姆和埃斯米留在原地不动，不解地畏缩着，艾玛和我不得不费劲地把布朗温从浴缸旁撬开。"我们不能就这样丢下她们！"被我们硬拖向门口时她大叫道。

"可以，我们可以！"艾玛说，"她们会没事的，她们不是'空心鬼'追的人！"

我知道这是实话，但我也知道"空心鬼"人挡杀人、佛挡杀佛，一对普通女孩儿不会例外。

气愤之下布朗温一拳打在墙上，留下一个拳头形的洞。“对不起。”她对两个女孩儿说，然后被艾玛推进了门厅。

我跟在她们身后蹒跚而行，胃里翻滚着。“把这扇门锁上别再打开！”我大喊，然后回过头最后瞥了一眼山姆的脸，她被正在关闭的门框了起来，眼睛惊恐地大睁着。

我听到窗子被打碎的声音从前厅传来，致命的好奇心驱使我从墙角偷窥过去，一大堆触须正蠕动着穿过漆黑的窗帘。

然后艾玛拉起我的手猛地把我拽走——沿着另一道门厅——进入一间厨房——出了后门——步入灰烬覆盖的花园——再进到一条小胡同里，其他人正分散奔跑。然后有人说“快看，快看！”，我一边继续奔跑一边扭过头，看到一只巨大的白鸟正在街道上方的高空飘过。伊诺克说：“雷弹——那是雷弹！”看起来好像是轻薄翅膀的东西突然清楚地分解成一顶降落伞，伞下挂着一只胖胖的银色物体，里面塞满了炸药——一个死亡天使安详地飘向地面。

“空心鬼”突然在外面出现，我看到它们在远处大步穿过花园，根根触须在空中摆动。

雷弹伴着一声轻柔的叮当声落在房子旁边。

“卧倒！”我尖叫道。

我们没机会找地方躲藏，我才刚一头栽到地上，便有一道炫目的闪光和一阵像大地撕裂的声音传来，一股灼热气流的冲击波顶住我呼出的气。接着黑色的碎片像冰雹一样重重地抽打在我的背上，我把膝盖抱在胸前，尽力缩成一团。

那过后，我耳中只有风声、警报声和耳鸣声。我大口喘气，打着旋儿的尘土让人窒息，我拉高毛衣的领子盖住口鼻，这才慢慢透过气来。

我数了数自己的四肢：两只胳膊，两条腿。

很好。

我缓缓坐起来环顾四周，透过尘土看不到太多，但我听到了朋友们正在呼唤彼此。有贺瑞斯的声音，还有布朗温的、休的、米勒德的。

艾玛在哪儿？

我大喊她的名字，试图起身却又摔了回去。我的双腿完好无损却不住地发抖，它们支撑不住我的体重。

我再次大喊："艾玛！"

"我在这儿！"

我的头猛地朝她声音传来的方向转过去，她穿过烟雾冒了出来。

"雅各布！噢，上帝！感谢上帝！"

我们俩都发着抖，我搂住她，用双手摸索着她的身体以确定她安然无恙。

"你没事吧？"我问。

"没事，你呢？"

我双耳受伤、肺部疼痛，背上被碎片砸到的地方感到刺痛，但胃不再难受了。爆炸发生的那一瞬间，仿佛有人按下了我体内的开关，突然，"感觉"就消失了。

“空心鬼”蒸发了。

“我没事，”我说，“我没事。”

除了身上有些刮擦的伤，其他人也都好好的。大家蹒跚着聚集成群，对比着伤势，都是些小伤。“这是个奇迹。”艾玛边说边不相信地摇着头。

我们刚意识到四周到处都是钉子、混凝土碎块和尖利的木片，很多木片还因为爆炸的冲击力插到了地里几英寸深的地方，如此看来，这更像个奇迹了。

伊诺克摇摇晃晃地走到一辆停在附近的车子旁边，车玻璃碎了，车体布满弹痕，看起来像被机关枪扫射过一样。“我们应该死了才对，”他惊叹道，说着把一根手指探进车身上的一个洞里，“为什么我们没有满身洞？”

休说：“你的上衣，老兄。”然后走向伊诺克，从他那件被沙砾覆盖的毛衣背面拔出一根扭曲的钉子。

“还有你的。”伊诺克边说边从休的毛衣里拽出一根锯齿状的长钉。

然后大家都检查了自己的毛衣，每个人的毛衣里都嵌入了本该直接穿透身体的很长的玻璃碎片和金属块儿——但它们没有刺穿我们的身体。我们既刺痒又不合身的异能毛衣不防火也不防水，就像长颈鹂猜的那样。它们是防弹的，救了我们的命。

“我从没梦到过会有一件这么寒碜的衣服救了我的命，”贺瑞斯边说边用手指夹着毛衣的羊毛检查，“我想知道能不能用这种羊毛做一件男士礼服代替它。”

然后梅莉娜出现了，鸽子在她肩膀上，盲兄弟在她身旁。这听起来很难，但凭借他们声呐般的官能，盲兄弟发现了一道用强化混凝土制成的矮墙，刚好在炸弹爆炸的时候把梅莉娜拉到了墙后。如此一来，只剩两个普通女孩儿下落不明了。但随着灰尘沉降下来，她们的房子——或者说房子剩余的部分出现在视野里，姐妹俩的一线生机似乎也变小了。房子的上层垮掉了，塌落在底层，留下的是暴露的横梁和冒着烟的碎瓦、一片只剩下骨架的残骸。

不管怎样，布朗温还是跑过去，大喊着姐妹俩的名字，我麻木地注视着她离开。

“我们本可以帮她们，却没那么做，”艾玛痛苦地说，“我们丢下她们害她们死了。”

“不会有半点改变的，”米勒德说，“她们的死已经被写进了历史，即使我们今天救了她们的命，明天也会有别的事要了她们的命——另一颗炸弹，或者一场车祸。她们是过去的人，不论我们怎么干预，过去总会自动纠错。”

“这就是为什么你不能回到过去杀了婴儿时期的希特勒来阻止战争的发生。”伊诺克说，“历史会自愈，有趣吧？”

“不，”艾玛打断他，“你是个没良心的混蛋，竟然在这种时候谈论杀死婴儿，任何时候都不该说杀婴儿。”

“婴儿时期的希特勒。”伊诺克说，“谈论时光圈理论总比变得歇斯底里好，那样毫无意义。”他眼看着布朗温爬残壁，挖废墟，四处扔瓦砾残片。

她转过身朝我们挥挥胳膊。“这里！”她大叫。

伊诺克摇摇头："拜托快去把她弄回来吧，我们还要去找伊姆布莱恩呢。"

"这里！"布朗温喊道，这次声音更大了，"我能听见其中一个女孩儿的声音！"

艾玛看着我："等等，她说什么？"

然后大家都跑过去跟她会合。

我们在一块厚重的天花板碎块下面发现了小女孩儿，它横跨在浴缸上，浴缸损坏了却没完全倒塌，埃斯米畏缩在浴缸里——全身湿漉漉、脏兮兮的，而且惊骇失神——但她活着。浴缸保护了她，就像她姐姐保证过的那样。

布朗温将厚板抬高，艾玛伸手进去把埃斯米拉出来。她抱紧艾玛，一边颤抖一边哭泣。"我姐姐在哪儿？"她说，"山姆在哪儿？"

"嘘！宝贝，嘘！"艾玛边说边来回地摇着她，"我们要带你去医院，山姆等会儿也会过去。"这当然是个谎言，我能看出艾玛说的时候心都碎了。我们活了下来，小女孩儿也活了下来，这是一个晚上的两个奇迹，期待第三个奇迹似乎有点贪心。

但接下来第三个奇迹或者说类似奇迹的事真的发生了：她的姐姐回答了。

"我在这儿，埃斯米！"一个声音从头顶传来。

“山姆！”小女孩儿大喊。我们都抬头去看。

山姆正悬在椽里的一根木梁上。木梁折断了，呈四十五度角向下耷拉着，山姆在靠近木梁下端的位置，但对我们来说还是太高了，没人能够得着。

“松手！”艾玛说，“我们会接住你！”

“我不能！”

然后我靠近察看，看到了她为什么不能，这让我差点儿昏过去。

山姆的胳膊和腿都自由地悬着，她不是扒在木梁上，而是挂在上面。她的身体被木梁从中间刺穿了，但眼睛还睁着，而且警觉地朝我们的方向眨着眼。

“看来我是被卡住了。”她平静地说。

我确定山姆随时都可能死掉。她处于极度震惊中，因而感觉不到疼痛，但在她身体系统里输送的肾上腺素很快就会耗尽，她会变得衰弱，然后死去。

“快把我姐姐弄下来呀！”埃斯米大叫。

她话音刚落布朗温就去做了，她爬上坍塌的楼梯到达损毁的天花板，然后伸出手抓住那根横梁。她拉呀拉，凭着她的大力让横梁的角度下调，直到折断的一端几乎触到下面的废墟。这使伊诺克和休得以够到山姆悬着的双腿，他们极其徐缓地把她向前滑动，直到伴随着轻柔的“扑咚”一声，她从横梁上掉下来，双脚着地站了起来。

山姆面无表情地看了看自己胸口的洞，它的直径几乎有六英寸，是个完美的圆形，就和刺穿她的横梁一样，然而这似乎并不怎么令她担忧。

埃斯米从艾玛怀里挣脱，朝她姐姐跑去。“山姆！”她一边大叫一边伸出胳膊抱住受伤女孩儿的腰，“谢天谢地你没事！”

“我不觉得她没事！”奥莉弗说，“我一点都不觉得她没事！”

但山姆只为埃斯米担心，并不担心她自己。她狠狠地抱了抱埃斯米，然后就跪下，伸直胳膊抓住她，察看她身上有没有伤口和瘀青。“告诉我哪儿疼。”她说。

“我的耳朵有鸣响声，膝盖擦伤了，还有一只眼睛进了点尘土……”

然后埃斯米开始颤抖哭泣，刚才的打击又一次让她无法承受。山姆抱紧她，说着“好了、好了……”。

按说山姆的身体有任何机能运作都没道理，更奇怪的是，她的伤口甚至没在流血，我以为会有血块或者有小部分的内脏垂下来，恐怖片里都是那样演的，但没有。相反，山姆看起来像一个被巨大的打孔机攻击过的纸娃娃。

尽管每个人都渴望一个解释，但我们决定给两个女孩儿片刻属于她们自己的时间，在一段礼貌的距离外惊愕地凝视着她们。

不过，伊诺克对她们就没那么彬彬有礼了。“对不起打扰一下，”他挤进她们的私人空间说，“但能请你解释一下你怎么会还活着吗？”

“这没什么大不了，”山姆说，“不过我的裙子可能不能要了。”

“没什么大不了？！”伊诺克说，“我可以透过你看个一清二楚！”

“的确有点疼，”她承认，“但大约一天以后它就会愈合，每次都是这样。”

伊诺克发狂地大笑起来：“每次？”

“以异能人的名义，”米勒德轻声地说，“你们知道这意味着什么，对吧？”

“她和我们一样。”我说。

我们有问题要问，许多的问题。当埃斯米的眼泪开始消退时，我们鼓起勇气问她们。

山姆意识到了自己是异能人吗？

她知道自己和别人不同，她说，但从来没听过异能这个术语。

她曾经在时光圈里生活过吗？

她没有（“什么圈？”），这意味着她只有外表看上去这么大。十二岁，她说。

没有伊姆布莱恩曾来找过她吗？

“有人来过一次，”她回答，“还有其他像我一样的人，但跟他们走的话我就不得不丢下埃斯米。”

“埃斯米不能……做什么吗？”我问。

“我能用鸭子的声音从一百倒着数到一，”埃斯米一边抽噎一边自告奋勇地说，然后她开始演示起来，发出嘎嘎声，“一百、九十九、九十八……”

埃斯米没能继续数下去，她被一阵警笛声打断，那个高音调的声音正快速朝我们的方向靠近。一辆救护车猛冲进胡同疾速向我们驶来，它的前灯被遮住了，所以只有几丝光线照出来。车子打着滑在附近停下，警笛声被切断了，接着一个司机跳了出来。

“有人受伤吗？”司机说着匆忙向我们跑来。他身穿一件皱巴巴的灰色制服，头戴一顶有凹痕的金属头盔，尽管精力充沛，却面容枯槁，像是几天没睡了。

他眼睛看到山姆胸口的洞，突然停了下来：“老天爷啊！”

山姆站起来。“这没什么，真的！”她说，“我很好！”为了证明她有多好，她几次把拳头放进洞里再拿出来，并且做了个跳爆竹的动作。

医护人员晕了过去。

“嗯，”休用脚轻轻碰了碰倒在地上的人，“你们觉得这身皮套裤会是用更坚固的材料做的吗？”

“他显然不适宜继续工作，既然如此，依我说我们把他的救护车借走吧，”伊诺克说，“不知道那只鸽子会把我们带到这座城市的什么地方，如果很远，我们可能要走一整个晚上才能到雷恩女士那儿。”

一直坐在一块厚墙板上的贺瑞斯一跃而起。“这是个好主意！”他说。

“这是个应该受到谴责的主意！”布朗温说，“你们不能偷救护车——伤员们需要它！”

“我们就是伤员，”贺瑞斯哀号道，“我们需要它！”

“这根本不是一回事！”

“圣布朗温！”伊诺克挖苦地说，“你就那么担心普通人的死活，为了保护几个普通人的命甚至愿意拿佩里格林女士的命冒险？说实在的，一千个普通人的命也抵不过她一个人或者我们当中一个人的命！”

布朗温倒抽一口冷气：“这是什么话，当着……”

山姆怒气冲冲地朝伊诺克走去，脸上一副非常严肃的表情。“看这儿，小子，”她说，“如果你再暗示我妹妹的命不值钱，我会揍你的。”

“冷静点，我不是针对你妹妹，我的意思只是……”

“你什么意思我清楚得很，你敢再说一遍我就揍你。”

“如果我冒犯了你脆弱的情感，很抱歉，”伊诺克说，他的声音因恼怒而抬高，“但你从没有过伊姆布莱恩，也从未在时光圈里生活过，所以你不可能理解，严格地说，此时此刻——现在——不是真实的，这是过去，这座城市里每一个普通人的生命都已经是过去时了，他们的命运早被预先裁定好了，有多少辆救护车被偷也没关系！所以你要知道，这根本没影响。”

山姆看起来有点不解，她什么也没说，却继续凶巴巴地瞪着伊诺克。

“即便如此，”布朗温说，“让人们受不必要的苦也是不对的，我们不能动那辆救护车！”

“你说的都不错，但是想想佩里格林女士！”米勒德说，“她只剩不到一天的时间了。”

我们这群人似乎在偷救护车和徒步行进之间平分成了两个阵营，于是决定投票表决。我自己是反对偷车的，但主要是因为路面上布满弹坑，我不知道我们要怎么开那家伙。

艾玛主持投票。“谁支持开走救护车？”她说。

几只手举了起来。

“谁反对？”

突然一个响亮的爆裂声从救护车的方向传来，我们都转过头去，只见佩里格林女士站在救护车旁边，车子的一只后胎漏气了。佩里格林女士用它的喙投了票，投票的方法是把它戳进救护车的车胎里。现在没人能用它了——我们不能用，伤员也不能用——而继续争论或者拖延时间没有任何意义。

“喔，这下简单了，”米勒德说，“我们走着去。”

“佩里格林女士！”布朗温大叫，“你怎么能这样呢？”

佩里格林女士不顾布朗温的愤怒，跳到梅莉娜跟前，抬头看看她肩膀上的鸽子，发出一声尖叫。她传达的信息很明确：*咱们走吧！*

“和我们一起走，”艾玛对山姆说，“如果这世上还有一点公正，我们会在今夜结束前到达某个安全的地方。”

“我说过，我不会丢下我妹妹不管，”山姆回答，“你们要去的地方她进不去，不是吗？”

“我、我不知道，”艾玛结结巴巴地说，“有可能……”

“不管怎样我都不在乎，”山姆冷冷地说，“看到刚才发生的那些，我甚至不会和你们一起过马路。”

艾玛退却了，脸色变得有些苍白，她小声问：“为什么？”

“如果连像你们这样被排斥和受压迫都不能激起一点对他人的怜悯，”她说，“那这个世界就没希望了。”说完她转过身抱着埃斯米朝救护车走去。

艾玛的反应就好像被打了耳光，她脸颊变红，追着山姆跑过去：“我们不是都像伊诺克那样想！至于我们的伊姆布莱恩，我肯定她不是有意要那么做的！”

山姆急转过身面对她：“那不是意外！我很高兴我妹妹和你们所有人都不一样，真希望我也和你们不一样。”

她再次转过身去，这一次艾玛没跟着她，而是用受伤的眼神注视她离开，然后无精打采地跟在其他人后面。不知怎地，艾玛伸出的橄榄枝变成了一条蛇，将自己咬伤了。

布朗温脱下身上的毛衣，把它放到废墟上。“下次炸弹开始下落的时候，给你妹妹穿上这个，”她对山姆大声喊道，“它会比任何浴缸都更能保护她。”

山姆什么也没说，连看都没看，她俯身靠近救护车司机，司机正坐起身来咕哝着：“我做了个最奇怪的梦……”

“那么做很愚蠢，”伊诺克对布朗温说，“现在你没有毛衣了。”

“闭上你的胖嘴，”布朗温回答，“如果你曾经对别人做过一件好事，你也许就会明白。”

“我为别人做过好事，”伊诺克说，“那差点儿让我们被‘空心鬼’吃掉！”

我们咕哝着无人回应的再见，悄悄走进背阴处，梅莉娜把鸽子从肩膀上取下来抛向天空。鸽子没飞多久，系在它脚上的细绳就猛地拉紧了，它盘旋着困在空中，像一只用力拉着缰绳的小狗。“雷恩女士在这边。”梅莉娜边说边冲鸟拉拽的方向点点头，我们跟着女孩儿和她的鸽子朋友沿胡同走去。

我即将承担起监视“空心鬼”的职责，现在习惯性地走在队首附近。这时我不自觉地回头瞥了两姐妹一眼，正好看到山姆把埃斯米举起来放进救护车里，然后探身向前，分别在她两只擦伤的膝盖上深深地亲了一口。我想知道她们接下来会怎样。后来，米勒德告诉我，他们当中没人听说过山姆——而一个拥有如此独特异能的人应该是众所周知的——这就意味着她很可能没从战争中活下来。

这整个插曲实在令艾玛烦扰。我不知道对她来说向一个陌生人证明我们是好心人为什么有那么重要，我们知道自己善良不就够了吗——但“我们不是在地球上行走的天使，我们的本性有着更复杂的阴暗面”，这样的暗示似乎令她很不安。“她们不明白。”她一直说。

然而，我想，*也许她们明白*。

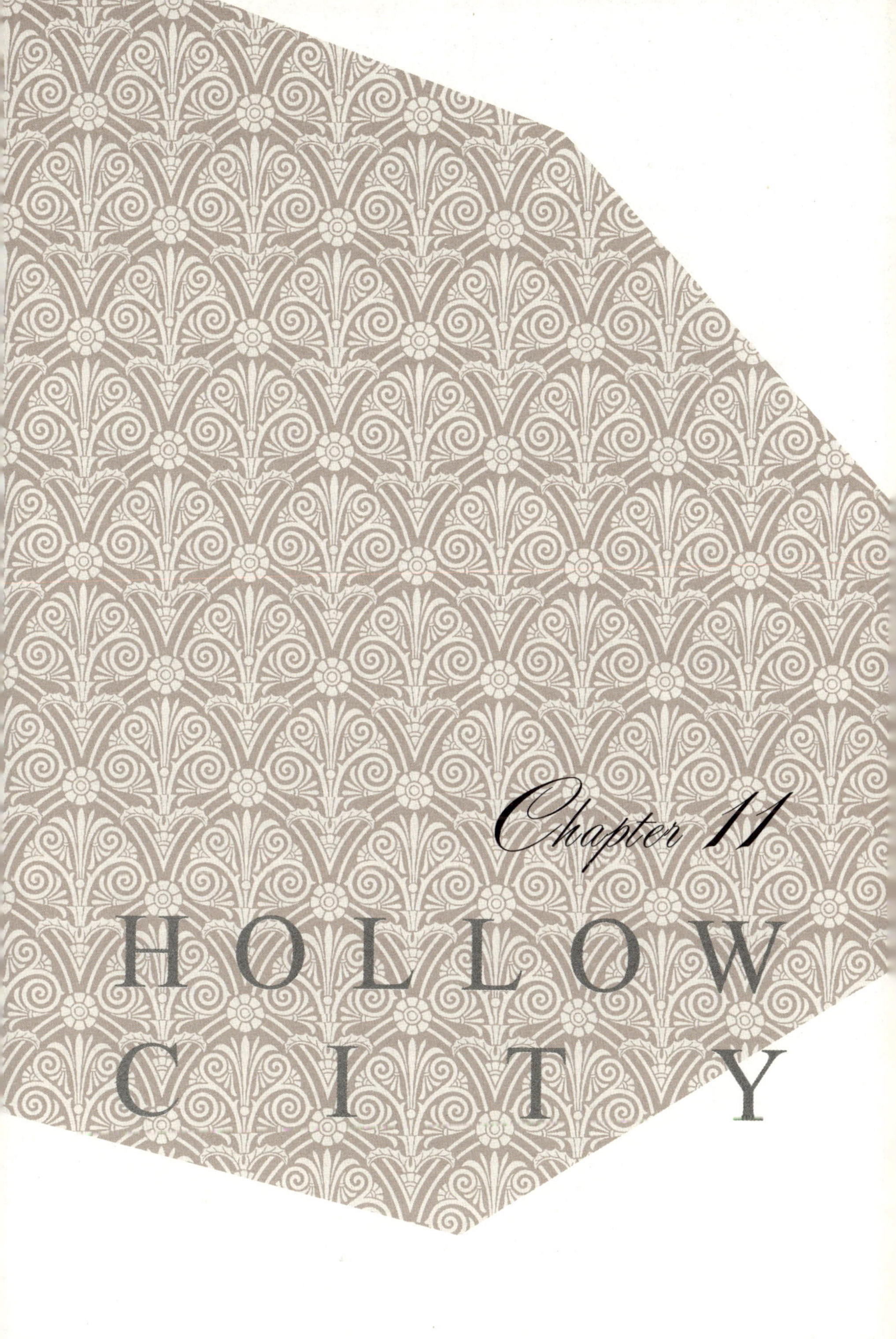

Chapter 11

HOLLOW CITY

于是便成了这样：一切都取决于一只鸽子。我们是会得到伊姆布莱恩的照料，如同在娘胎里一般安全地度过这个夜晚，还是会在“空心鬼”搅动的黑暗肠道里被弄个半碎；佩里格林女士是会得救，还是大家会在这条鬼路上游荡得迷失了方向，直到她时日耗尽；我还会不会活着见到我的家或是我父母：这些全部取决于一只瘦小的异能鸽子。

我走在队伍前面，感觉着“空心鬼”，但实际上是鸽子在为我们带路，它就像追着一股气味的猎犬使劲拉着链条。当鸽子往左飞，大家就向左转，它往右猛拉，大家就向右转。我们像绵羊一样顺从，即便有时它带我们进入的街道里满布崴脚的弹坑或是被肢解到只剩骨架的建筑物，我们也硬着头皮沿路摸索。那些建筑物参差不齐的铁矛尖隐隐约约地潜伏在摇摆的火光中，把角度对准我们的喉咙。

经过那个晚上的种种可怕事件，我前所未有地疲惫，脑袋奇怪地刺痛，双脚抬不起来。炸弹的隆隆声安静下来，警报声也终于渐渐停止，我好奇之前让自己一直保持着清醒的是不是所有那些毁灭性的噪音。相比之下，现在烟雾弥漫的空气中充满了不易察觉的声音：水从污水管道里涌出，被困住的狗哀号着，嘶哑的声音呻吟着求救。偶尔会有“旅伴”突然在黑暗中出现，那些阴魂般的身影像是从地狱中逃出的，他们眼睛里闪烁着恐惧和猜疑，手里随机抱着一些东西——收音机、掠夺来的银币、一个镀金的盒子或一个丧葬用的骨灰瓮。死人带着死人。

我们来到一个丁字路口，停了下来，鸽子在左右之间仔细权衡着。女孩儿小声鼓励它："来吧，温妮，你是一只好鸽子，为我们指路。"

伊诺克靠过来窃窃私语道："如果你找不到雷恩女士，我就亲手把你穿在烤肉叉上烤了。"

鸽子跳进空中，极力向左。

梅莉娜怒视着伊诺克。"你是个混蛋。"她说。

"我看重结果。"伊诺克回答。

终于我们到了一个地下车站，鸽子带大家穿过车站的拱形入口进入购票大厅，我刚要脱口而出"我们要坐地铁了——聪明的鸟儿"，却意识到这是个废弃的大厅，售票亭的百叶窗闭合着。尽管看起来不会很快有列车进站，我们还是不顾一切地继续向前。大家穿过一扇锁链已经解开的门，沿一道走廊来到一个很深的楼梯间。走廊里排满剥落的布告和碎裂的白瓷砖。我们沿螺旋状的楼梯一直向下，进入这座城市嗡嗡作响、靠电灯点亮的肚子里。

每到一个楼梯过渡平台，我们都不得不绕过一些裹在毛毯里睡觉的人：起初是独自睡的几个，接下去是三五成群的一些，像分散的火柴棍一样躺着，然后，当我们到达最底层，连续不断的人潮横扫过地下站台——数以百计的人挤在铁轨和一道墙之间，他们或蜷缩在地上，或摊开四肢躺在长凳上，又或者陷在折叠椅里。那些没睡的人有的摇着怀里的婴儿，有的读着平装书，有的打着扑克牌，还有的止在祷告。他们不是在等列车——并无列车驶来，他们是躲避轰炸的难民，这里是他们的避难所。

我试图感知"空心鬼"，但周围有太多张脸、太多影子。如果我们还剩一点运气的话，不得不靠它支撑一会儿了。

现在怎么办?

我们需要鸽子指引方向，可它看起来有些短暂的迷惑——和我一样，很可能是人群让它不知所措。于是我们站在原地等待，睡觉的人发出的呼吸声、打鼾声和喃喃的呓语声奇怪地萦绕在我们周围。

过了一分钟，鸽子身体绷紧，朝铁轨飞去，然后像悠悠球一样又被拉紧的绳索拽了回来。

我们踮着脚绕过躺在地上的人来到站台边，然后跳下坑道。铁轨沿这条坑道延伸，消失在车站两头的隧道中。我有种不祥的预感，我们的未来就躺在这里的某个地方，在其中一条黑暗的敞口隧道里。

“呃，我希望咱们不用进到那里晃荡。”奥莉弗说。

“咱们当然要进去，”伊诺克说，“如果不把能找到的每条下水道都探究一番，我们就没法儿好好享受假期。”

鸽子向右跳去，我们开始沿铁轨前行。

我像玩跳房子游戏那样跳过一个油乎乎的水坑，又跳过一大群从我脚下窜过去的大老鼠，奥莉弗尖叫一声跑进布朗温怀里。漆黑骇人的隧道在我们面前张开，我突然想到如果在这里遇到“空心鬼”可糟了——这里没墙可爬，没房子可躲，也没有墓穴盖可在我们身后关闭。这里笔直而深长，只有几只红色的灯泡照明，相隔甚远地闪着微光。

我加快了脚步。

黑暗逐渐将我们包围。

当我还是个孩子时，常常和爸爸玩捉迷藏，总是我藏他找。我对躲藏真的很在行，主要因为我和其他四五岁的孩子不同，那时我有种奇异的能力，能长时间保持绝对的安静，另外也完全没有类似幽闭恐惧症的毛病：我能把自己塞进后壁橱里最狭小的间隙，在那儿默不作声地待上二三十分钟，度过属于我的欢乐时光。

这就是为什么全黑的封闭空间对我来说不是问题，或者为什么，至少对于我来说，一条除了火车和铁轨之外别无他物的隧道和一座沿途有各种各样鬼怪冒出来的开阔墓地相比，前者要好对付一些。然而，我们往隧道里走得越深，一股潮乎乎、令人毛骨悚然的极度恐惧感就越让我难以承受——那是一种和感知到“空心鬼”完全不同的感觉，仅仅是个糟糕的感觉。于是我催促大家快走，以我们当中走得最慢的人的最快速度行进，我不断催促梅莉娜，直到她大吼着叫我退后，持续分泌的肾上腺素令我强烈的疲劳感荡然无存。

走了很长一段路，又过了几个丫字形的隧道分岔后，鸽子把我们带至一段废弃的铁路，那里枕木扭曲发霉，地上一滩滩死水。列车在远处的隧道中通过，由此产生的压力就像某个巨大生物咽喉里的气息一样把空气推来推去。

然后，在我们前面很远的地方，出现了一个针尖般闪烁的光点，光点很小却在快速增大。艾玛大喊：“列车！”大家分散开，后背紧靠在墙上。我遮住双眼，等待火车引擎震耳欲聋的咆哮声近距离地响起，但它始终没有来——我能听到的只有小声的高音轰鸣，很肯定它是从自己脑袋里传来的。正当隧道被点亮、白光将我们包围时，我的耳朵感受到突然的压力，然后光就消失了。

我们在眩晕中跌跌撞撞地离开墙边。现在脚下的铁轨和枕木焕然一新，就像是刚铺上去一般；隧道闻上去没有那么强烈的尿味儿了；沿路的灯变亮了，发出的光并非持续不断，而是一闪一闪的——因为它们根本不是电灯泡，而是煤气灯。

“刚刚发生了什么？”我问。

“我们跨进了一个时光圈。”艾玛说，“但那是什么光，我从没见过像那样的东西？”

“每一个时光圈入口都有它的特殊之处。”米勒德说。

“有人知道我们在什么年代吗？”我问。

“我猜是十九世纪后半段，”米勒德说，“在1863年以前，伦敦还根本没有地下交通系统。”

然后，我们身后又出现了一道光——随之而来的还有一阵热风和雷鸣般的咆哮。“列车！”艾玛又一次大喊，而这次真的是列车驶来了。我们一头扑到墙上，此时列车在噪音、灯光和喷射的烟雾形成的飓风中疾驰而过。它看起来不太像现代的地铁列车，更像是小型机车，甚至还有一节守车。守车里有个留着黑色大胡子的男人，手里拎着一只忽明忽暗的提灯，当列车在下一个转弯处飞驰而过时，他张大嘴巴吃惊地看着我们。

休的帽子从头上被吹了下来，车从帽子上轧了过去。他走过去捡起来，发现它被轧碎了，于是又生气地扔到地上。“我不喜欢这个时光圈，”他说，“我们才到这儿十秒的时间，它已经在试图杀死我们了，等我们把不得不做的事做完就离开吧。”

“我举双手赞同。”伊诺克说。

鸽子继续引导我们沿铁轨前行，过了大约十分钟，它停下来，朝向看起来像是一面空墙的东西。我们很不解，直到我抬头去看，注意到墙面与天花板的交界处有一扇部分被伪装起来的门，就在我们头顶上方二十英尺的地方。由于看上去没有别的方法能够到它，奥莉弗脱掉鞋子飘上去看个究竟。“门上有个锁，”她说，“一个密码锁。”

在门底部的角落里还有一个鸽子大小的生锈的洞，但那对我们毫无帮助——我们需要密码。

“有想法吗，密码会是什么？”艾玛向所有人提问。

大家要么耸耸肩，要么面无表情。

“一点儿也没。”米勒德说。

“我们得猜猜。”她说。

“也许是我的生日，”伊诺克说，“试试3–12–92。”

“为什么会有人知道你的生日？”休说。

伊诺克皱起眉头：“就试一下呗。”

奥莉弗来来回回地旋转着拨号盘，然后试着开锁：“抱歉，伊诺克。”

“我们时光圈的日期呢？”贺瑞斯提议道，“9–3–40。”

门还是没开。

“密码不会那么容易猜的，比如是个日期这种，”米勒德说，“那就失去上锁的意义了。”

奥莉弗开始乱试一通，我们站在旁边看着，随着每一次尝试的失败变得更加焦虑。与此同时，佩里格林女士悄悄从布朗温的外套里溜出来跃到鸽子跟前，鸽子正牵引绳的末端摇摇晃晃地走来走去，啄着地面。当它看到佩里格林女士时试图跳开，但校长跟着它，喉咙里低声发出稍带恐吓感的颤音。

鸽子拍打翅膀飞到梅莉娜肩上，佩里格林女士够不到它了，她站在梅莉娜脚边，朝着鸽子粗声鸣叫，这似乎令鸽子极度紧张。

“佩女士，你在干吗？”艾玛问。

“我觉得她想跟你的鸟要什么东西。”我对梅莉娜说。

“如果鸽子认路，”米勒德说，“或许它也知道密码。”

佩里格林女士转向他大叫一声，然后回过头看着鸽子叫得更大声了。鸽子试图躲在梅莉娜脖子后面。

“也许鸽子知道密码，却不晓得怎么告诉我们，”布朗温说，“但它能告诉佩里格林女士，因为她们都说鸟语，然后佩里格林女士可以告诉我们。”

“让你的鸽子跟我们的鸟说话。”伊诺克说。

“你们的鸟有温妮的两倍大，而且鸟喙和两只爪子都很尖利，”梅莉娜说着后退一步，“她被吓到了，我不怪她。”

“没什么好怕的，”艾玛说，“佩女士永远不会伤害其他鸟，那是违反伊姆布莱恩准则的。”

梅莉娜的眼睛睁大了，然后又眯起来：“那只鸟是伊姆布莱恩？”

“她是我们的校长！”布朗温说，“阿尔玛·勒菲·佩里格林。”

“充满惊喜，是不是？”梅莉娜说，然后以一种并不算友善的方式大笑起来，“如果你们身边就有一个伊姆布莱恩，再找一个来干吗？”

“说来话长，”米勒德说，“用一句话说就是，我们的伊姆布莱恩需要帮助，而只有另一个伊姆布莱恩能帮她。”

“快把那只该死的鸽子放到地上，好让佩女士能跟和它说话！”伊诺克说。

终于，梅莉娜不情愿地同意了：“来吧，温妮，你是个好女孩儿。”她把鸽子从肩上拿起，再轻轻地放到自己脚边，然后将鸽子的牵引绳压在自己的鞋子下面，这样它就不能飞走了。

大家围成一圈，注视着佩里格林女士朝鸽子逼近。它试图逃跑，却毫无准备地被牵引绳拉住了。佩里格林女士正对着它的脸，又是高鸣又是低吟，我们就好像在看一场审讯。鸽子把头埋到翅膀下面开始发抖。

佩里格林女士在它头上啄了一下。

“嘿！”梅莉娜说，“快住手！”

鸽子继续埋着头没有回应，于是佩里格林女士又更用力地啄了它一下。

“够了！”梅莉娜说着抬起压在绳子上的那只脚，伸手下去抓鸽子，可还没等她的手指抓到鸽子，佩里格林女士就用爪子在绳子上猛地割了一下，又用喙钳制住它一条纤细的腿，然后跳着跑开了，鸽子一边尖叫一边乱动。

梅莉娜吓坏了。“回到这儿来！”她暴怒地大喊，眼看就要跑去追她们，这时布朗温抓住了她的胳膊。

“等等！”布朗温说，“我肯定佩女士知道她在做什么……”

佩里格林女士沿着铁轨跳了一小段距离，在任何人都够不到的地方停了下来。鸽子在她嘴里挣扎，梅莉娜奋力抵抗布朗温，但只是白费力气。佩里格林女士似乎在等待鸽子筋疲力尽放弃挣扎，但后来她变得没耐心了，开始叼着鸽子的腿把它荡来荡去。

“求你了，佩女士！”奥莉弗大喊，“你会杀了它的！”

我差点儿就冲上去劝架，但鸟儿们此刻只是一团模糊不清的爪子和鸟喙，没人能靠近把她们分开。我们大叫着恳求佩里格林女士停下。

终于，她停了下来，鸽子从她嘴里掉落，摇摇晃晃站起来，它受惊过度以至于无法逃走。佩里格林女士用和之前一样的方式对它高声鸣叫，这一次鸽子啾啾叫了几声作回应。继而佩里格林女士用喙轻叩了地面三下，然后十下，然后五下。

3–10–5。奥莉弗试了这组密码，锁砰一声开了，门往里打开，一条绳梯沿墙壁向下伸到地面上。

佩里格林女士的审问起作用了，她做了她需要做的来帮助我们所有人，得到这样的帮助，我们也许会宽恕她的行为——假如没有发生接下来的事：她又叼起那只头晕眼花的鸽子的腿，似乎是为了泄愤，佩里格林女士把它重重地扔到墙上。

这一幕让所有人惊恐得倒抽一口冷气，我也震惊得说不出话来。

梅莉娜挣脱布朗温，跑过去捡起鸽子。鸽子软绵绵地挂在她手上，它的脖子断了。

“我的鸟啊，她把它杀了！”布朗温大叫。

“我们为了抓到那个家伙经历了那么多，”休说，“现在看哪。”

“我要踩烂你们伊姆布莱恩的脑袋！”梅莉娜尖叫道，愤怒令她发狂。

布朗温又一次抓住她的胳膊：“不，你不能那么做！住手！”

“你们的伊姆布莱恩是野蛮人！如果她就是这么做人的，我们跟幽灵一起反而更好！”

“收回你说的话！”休大喊。

“我不收回！”梅莉娜说。

双方你一言我一语说了更多刺耳的话，差点儿就要大打出手。布朗温拦着梅莉娜和艾玛，我拦着休，直到他们怒气消退。如果不是因为悲痛，恐怕他们还要吵下去。

大家都不太敢相信佩里格林女士的所作所为。

“有什么可大惊小怪的？”伊诺克说，“只不过是一只笨鸽子。”

“不，它不是。”艾玛说，她立即责骂起佩里格林女士，“那只鸟是雷恩女士的私人朋友，它有几百岁高龄，被写在了《传说》里，而现在它死了。”

“被谋杀了！”梅莉娜说，她往地上吐了口唾沫，“当你毫无缘由地把什么给杀掉，那就叫谋杀。”

佩里格林女士漫不经心地啄着她翅膀下的一只小虫子，就好像什么也没听见。

“某个邪恶的东西进入她体内了，”奥莉弗说，“这一点也不像佩里格林女士。”

“她在改变，”休说，“变得更具兽性了。”

“我希望她体内仍然剩有一些人性的东西可以来拯救。”米勒德忧郁地说。

大家都希望如此。

我们爬出隧道，每个人都迷失在自己焦虑的思绪中。

越过那扇门是一道走廊，走廊通往一段台阶，台阶后面又是一道走廊和另一扇门，这扇门通向一个充满日光的房间，房间里“衣”满为患：挂物架上、壁橱里、衣柜中，全都塞满了衣服。还有两扇屏风——屏风后面是可以换装的隐私空间，有几面独立的镜子，以及一张缝纫桌，桌上摆着缝纫机和成匹的坯布。这里既是时装店又是工作坊——也是贺瑞斯的天堂，他几乎是做着侧手翻翻进房间的，嘴里大叫着：“我在天堂里！”

梅莉娜闷闷不乐地躲在后面，不跟任何人讲话。

“这是什么地方？”我问。

“是一个乔装室，”米勒德回答，“旨在帮住到访的异能人乔装成这个时光圈里的普通人。”他指着一个带框的示意图说，图中示范着如何穿搭这个时期的衣服。

“身在罗马时！”贺瑞斯边说边朝一个挂满衣服的架子跳去。

艾玛让所有人换装。除了帮我们融入当地，新衣服也许也能摆脱掉跟踪我们的幽灵。“把你们的毛衣套在里面，以防我们遇到更多的麻烦。”

布朗温和奥莉弗把一些看起来普通的裙子拿到屏风后面。我脱下沾满灰尘和汗渍的裤子还有夹克，换上了一套搭配不协调却相对干净的西装。西装刚一上身，我便感到浑身不自在，真纳闷，这么多个世纪以来，人们怎么会一直穿着如此僵硬、正式的衣服。

米勒德穿上一套看起来很有型的衣服坐在镜子前。“我看起来怎么样？”他问。

“像一个穿着衣服的隐形男孩儿。”贺瑞斯回答。

米勒德叹了口气，在镜子前又逗留了一会儿，然后脱光衣服又消失了。

贺瑞斯一开始的兴奋劲儿已经减退。“这里可供选择的衣服糟透了，”他抱怨道，“不是有虫洞就是用不协调的布料打上了布丁！我烦透了自己看起来像个街头流浪儿。”

“街头流浪儿可以混进去，”艾玛在她的换装屏风后面说，“戴礼帽的小绅士可混不进去。”她穿着闪亮的红色平跟鞋和一袭短袖、及膝的蓝裙出现，“你觉得怎么样？”她边说边旋转着，裙子鼓了起来。

她看起来像《绿野仙踪》里的桃乐丝，但更可爱。不过当着大

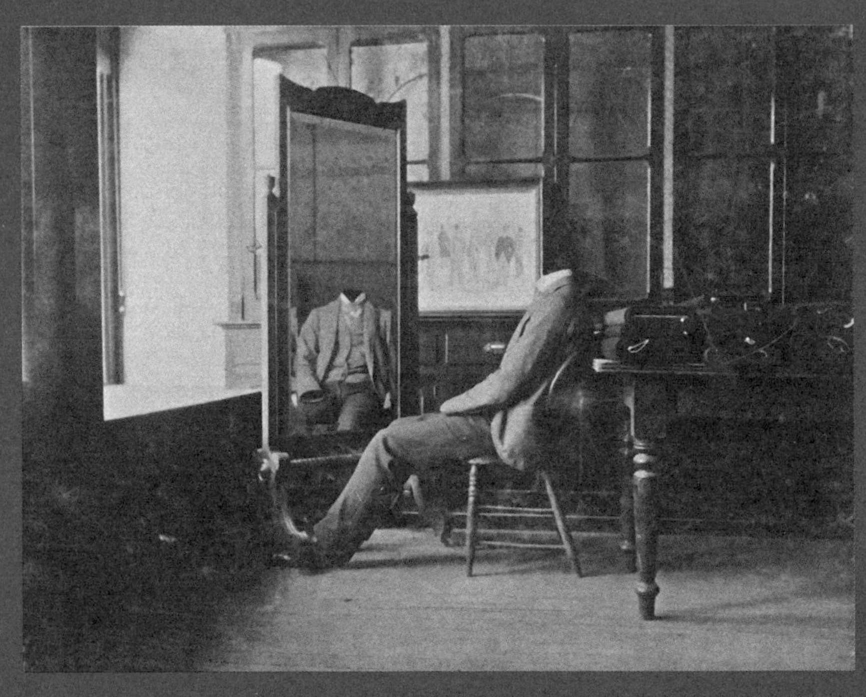

家的面，我不知道要如何告诉她，于是取而代之，咧开嘴对她笨拙地一笑并且竖起大拇指。

她大笑。“喜欢这件？喔，那太糟糕了。”她忸怩地浅笑着说，“会太引人注目的。”随后一个痛苦的表情在她脸上掠过，仿佛因考虑到在我们身上发生的所有事和一切有待解决的问题，她为自己大笑——为那不过短暂一刹的欢愉感到内疚，她躲回屏风后面。

我也感觉到了：恐惧，我们所目睹的恐怖场景的重量。那些场景在我脑海中形成了可怕的回路，无休止地循环上演。但你不能每一秒都感觉很糟，我想告诉她。笑不会雪上加上霜，就像哭不能雪中送炭一样，那并非意味着你不在乎或者已经忘却，那只不过意味着你有人性。同样，我也不知该如何说出口。

当她再次从屏风后面出来时，穿了一件麻袋似的女士衬衫和一条扫过脚面的扫帚裙，衬衫的袖子撕破了（看上去像小顽童得多），不过她仍然穿着那双红鞋，艾玛对闪闪发光的东西总是毫无抵抗力，无论这闪光有多小。

“这个呢？”贺瑞斯找到一顶蓬松的橘色假发，他摇着假发问，“这个要怎么帮哪一个‘乔装成普通人’？”

“因为看起来像是我们要去嘉年华。”休抬头看着墙上一张嘉年华的广告海报说。

“等一下！”贺瑞斯说着走到海报下面，和休一起抬头去看，“我听说过这个地方！它是一个古老的旅行者时光圈。”

“什么是旅行者时光圈？”我问。

“曾经遍布整个异能界，”米勒德解释道，“战略性地被放置于有重要历史意义的时间和地点。它们组成一段类似‘泛欧旅行’的旅程，一度被看作是任何有教养的异能人所受教育的关键组成部分。当然，那是很多年前的事了，那时候出国旅行还相对安全。我没意识到还有旅行者时光圈留了下来。”

然后他沉默了，迷失在对美好时代的追忆中。

待所有人换装结束，我们把换下来的二十世纪的衣服丢作一堆，便跟着艾玛穿过另一扇门走出去，进入一条堆满垃圾和空木箱的小巷。我听出远处传来嘉年华的声音：管风琴无节律的呼哧声和人群隐约的喧闹声。即使紧张疲惫，我还是感觉到了一丝兴奋。曾经，这可是异能人从四面八方赶来看的东西。我父母甚至从未带我去过迪士尼世界。

艾玛照常下指示：“待在一起，注意看雅各布和我的暗号，别跟任何人说话，别看任何人的眼睛。”

“我们怎么知道该去哪儿呢？”奥莉弗问。

“我们得像伊姆布莱恩一样思考，”艾玛说，“如果你是雷恩女士，你会藏在哪儿？”

“哪儿都行，除了伦敦？”伊诺克说。

“如果某人没有谋杀鸽子就好了。”布朗温愤愤不平地盯着佩里格林女士。

校长站在鹅卵石上抬头看着我们，但没人想碰她。我们不得不让她远离自己的视线，所以贺瑞斯回到乔装室里拿了一只牛仔布麻袋来。佩里格林女士并不喜欢于这样的安排，但没人打算把她抱起来——尤其是布朗温，看起来对她相当地反感——于是佩女士自己爬进麻袋里，任贺瑞斯用一根皮条把袋口系了起来。

透过狭窄小巷里的叫嚣，我们追随着嘉年华的饮宴声。叫嚣声来自巷子里推着木推车的小贩们，他们兜售着蔬菜、成袋的谷物和刚杀的兔子（装谷物的麻袋布满灰尘），瞪着饥饿的眼睛的孩子们和瘦猫潜伏和徘徊在那里。女人们蹲在排水沟边削着土豆皮，她们脏兮兮的脸上露出骄傲的神情，用扔掉的土豆皮建造着一座座小山。尽管我们非常努力地想偷溜过去，不要引人注意，但当我们经过时似乎每个人都转过身盯着我们：小贩们，孩子们，女人们，那些猫，还有那些被倒挂着的摇摆不定、眼睛浑浊的死兔子。

即便穿着一身合适的新衣服，我还是明显感觉自己格格不入。我意识到，要融入当地，表现和服装同等重要，而我和朋友们都没有表现出和这些人一样垮着肩、目光躲闪的态度。未来如果想有效地把自己乔装成幽灵，我可得好好磨练自己的演技了。

随着我们走近，嘉年华的声音变得越来越大，气味也越来越浓——烹调过度的肉、烤坚果、马粪、人粪，还有煤火冒出的烟，全部混在一起形成一种甜腻的气味，令周围的空气变得厚重起来。最后，我们到达一个很大的广场，嘉年华正在那里热烈欢快地进行着。广场上挤满了众多的人、颜色鲜艳的帐篷和多到令我一眼望不尽的活动，这整个场面猛攻着我的感官。有演杂技的、走钢丝的、扔飞刀的、吞火的，还有各色街头艺人。一个江湖郎中在马车后部推销秘方药："稀有补品，能强化内脏，能防传染性寄生虫，能抗有害健康的湿气、恶性臭气！"邻近的舞台上和他竞相博眼球的是一个穿着燕尾服的大嗓门卖艺人和一只看起来像史前生物的大家伙，它灰色的皮肤从身体上耷拉下来，上面布满瀑布般的皱纹。当我们挤进人群经过舞台时，我用了整整十秒才认出那是一头熊。它被剃光了毛绑在一把椅子上，穿着一件女士连衣裙，当它的眼睛从脑袋里鼓出来的时候，卖艺人笑嘻嘻地假装给它上茶，大喊着："女士们先生们！向你们呈现全威尔士最美丽的女士！"——这为他赢得一阵大笑。我有点希望那只熊挣断链条，在那儿当着所有人的面吃掉那个男人。

这一切犹如梦境般疯狂，令我头晕目眩，为了对抗这影响，我把手伸进口袋里，用手掌抚摸着手机光滑的玻璃，将眼睛闭起片刻，小声对自己说："我是一个时间旅行者。这是真实的，我，雅各布·波特曼，正在进行时间旅行。"

这已经足够惊人，更惊人的也许是时间旅行没把我脑子弄坏掉这个事实；出于奇迹，我还没沦落成在街角语无伦次大喊大叫的疯子。人的心理比我想象中柔韧得多，能够延展以容纳下各种矛盾和看来不可能的事——对我来说很是幸运。

"奥莉弗！"布朗温大喊，"离开那儿！"我抬起头看到她猛地把奥莉弗从一个弯腰和她说话的小丑身边拉走，"我跟你说过无数次了，绝不要和普通人说话！"

我们的队伍太大，要保持大家待在一起是一项挑战，尤其像这样的地方，到处都是为了吸引孩子而专门设置的娱乐项目。布朗温扮演起女训导员的角色，每当有人离队靠近货摊，去看颜色鲜艳的纸风车或冒着热气的煮糖时，她都要把我们赶到一起。奥莉弗是最容易分神的，似乎常常忘了我们处在严重的危险之中。正因为他们并非真是小孩儿，才让这么多孩子保持步调一致成为可能——因为他们心中有一些更年长的本质，和他们幼稚的冲动抗争并保持着平衡。如果是真正的小孩儿，我敢肯定那就没希望了。

我们没有目标地闲逛了一会儿，寻找着与雷恩女士相像的人，寻找着异能人看来可能会藏身的地方。但这里的一切看起来都带有异能色彩——这一整个混乱又奇特的时光圈对异能人来说是完美的伪装。而即使在这里，人们还是注意到了我们，当我们经过时他们会略微转过头。我开始变得极度多疑起来，我们周围有多少人是幽灵的间谍——或者是幽灵本身？我对那个小丑尤其警惕，就是布朗温把奥莉弗从他身边拉开的那个。他不断地出现，在这几分钟的时间里已经在我们面前经过五次了：在一个胡同口徘徊，透过一扇窗子向下凝视，从一个帐篷形的照相亭里注视我们，他凌乱的头发和令人恐惧的妆容与一幅田园风味的郊野背景画奇特地相互冲突着。他似乎同时出现在所有地方。

“像这样在户外待着不太好，”我对艾玛说，“我们不能永远转圈子。人们在注意我们呢，小丑们。”

“小丑们？”她说，“无论如何，我同意你说的，但周围一片疯狂，很难知道该从哪儿开始。”

“我们应该从对任何嘉年华来说一致最具异能色彩的部分开始，”伊诺克闯进我们中间说，“杂技表演。”他指向广场边上一个花哨的高布景板，“杂技表演和异能人相伴而行，就像牛奶和饼干，或者‘空心鬼’和幽灵。”

“通常是的，”艾玛说，“但幽灵也了解这点。我肯定雷恩女士如果藏在如此明显的地方是不会这么久还没被抓的。”

“你有更好的主意吗？”伊诺克说。

我们没有，于是我们改变方向朝杂技表演的地方走去。我回头去看那个一脸淫笑的小丑，但他已经融入了人群中。

在杂技表演的地方，一个邋遢的嘉年华揽客员正透过扩音器大喊，允诺只花一点小钱就能一睹“合法范围内可以观看到的最令人震惊的大自然的失误”，表演叫作“奇人异事大集合”。

“听起来像我出席过的餐后派对。”贺瑞斯说。

“这些‘奇人异事’当中有些可能是异能人，”米勒德说，“那样的话，他们也许知道一些关于雷恩女士的事，依我看入场费是值得的。”

“我们付不起入场费，”贺瑞斯边说边从口袋里掏出一枚沾着棉絮的硬币。

“究竟从什么时候开始，我们看杂技表演还要付钱了？”伊诺克说。

我们跟着伊诺克绕到杂技表演的背面，在那里它像墙一样的布景板被一个不怎么结实的大帐篷所替代。当我们正搜索着能溜进去的缺口时，门帘从里面拉开了，一对穿着考究的男女突然出现在眼前，男人搂着女人，女人正给自己扇着扇子。

“让开！”男人吼道，“这位女士需要空气！”

门帘上有张告示牌，上面写着：非演员禁止入内。

我们悄悄溜进去却立刻停住了：一个相貌平平的男孩儿坐在入口附近一把装饰着缨球的凳子上，显然是有公职身份。“你们是演员？”他说，“除非是演员，不然禁止入内。”

艾玛假装生气地说：“我们当然是演员。”为了证明，她在指尖生起一团微小的火焰再放到眼睛里熄灭。

男孩儿耸耸肩，对此无动于衷：“那就请便吧。”

大家拖着脚从他身边走过，边走边眨着眼睛，我们的眼睛在慢慢调整以适应黑暗。杂技表演篷是一座低矮的帆布迷宫——一条单一的过道被引人注目的火把点亮，过道里每隔二三十英尺就会遇到急转弯，于是每到一个拐角我们都会碰上新的“自然界的怪物”。稀稀疏疏的观众，有人大笑着，有人脸色苍白发着抖，朝着相反的方向从我们身边跌跌撞撞地走过。

起初看到的几个奇人做的是杂技表演的常规演出，不是特别具有异能色彩：一个全身被文身覆盖的“插图”人，一个长着络腮胡子的女人轻抚着下巴上的长胡须咯咯笑，一个人体针垫在自己脸上刺满针，再用锤子把钉子敲进自己的鼻孔。我觉得这些表演很了不起，而此时朋友们却忍不住打起了哈欠，他们其中有些人已经跟着佩里格林女士在杂技表演里做过“泛欧旅行”[1]了。

在一条写着“神奇火柴人”的横幅下面，一位绅士的身上用胶

1 译者注：16、17世纪，为学习外国语言，观察外国的文化、礼仪和社会，英国人纷纷涌向海外，前往欧洲大陆学习、游历。作为教育过程组成部分的海外旅行，或者说教育旅行，成为英国绅士约定俗成且十分欢迎的实践。到17世纪后期和18世纪，“泛欧旅行”成为这一实践的巅峰。

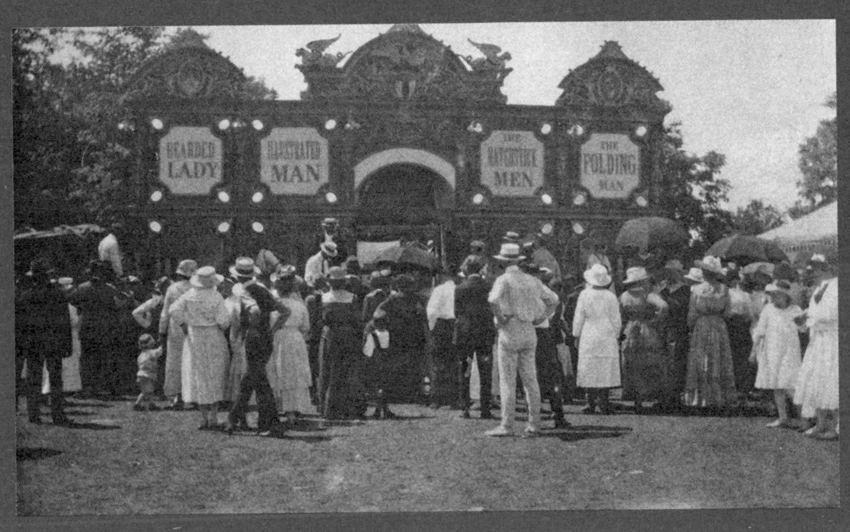
BEARDED LADY
MAN
THE MEN
THE FOLDING MAN

水粘了数以百计的纸板火柴，他把身体撞向一个装扮相似、穿着火柴棍衣服的男人，胸前爆发出一团火焰，他假装惊恐地拼命拍打。

“业余的。”艾玛一边咕哝一边把我们拉向下一个有吸引力的表演。

随着我们不断深入，表演的怪异程度也逐步上升。一个穿着长流苏裙的女孩儿身上缠了一条巨蟒，巨蟒听从她的命令扭动和舞蹈。艾玛承认，这个表演至少和异能沾点儿边，因为迷惑蛇的能力是只有辛追格斯提才能拥有的。但当艾玛跟那个女孩儿提起雷恩女士时，她冷冷地盯着我们，她的蛇发出嘶嘶声，露出了毒牙，于是我们继续前行。

“这是浪费时间，”伊诺克说，“佩里格林女士就要没时间了，而我们却在游览嘉年华！为什么不搞点甜点心痛快地玩儿他一整天？”

不过，只剩下最后一个奇人表演没看了，于是我们继续往里走。最后的舞台上除了一面浅色的背景布、一张上面摆着鲜花的小桌子和一张被画架支撑的告示牌就什么也没有了，告示牌上写着“闻名世界的折叠人”。

一个舞台工作人员拖着一只行李箱走上台，把箱子放下他就离开了。

一群人聚集过来。手提箱置于舞台中央。人们开始大喊：“开始表演！”“把奇人带出来！”

箱子轻晃几下，然后开始抖动起来，前后摇摆着，直到侧面着地翻倒在地上。人群朝舞台挤去，注视着箱子。

N 3d.

锁扣发出砰的一声，然后箱子非常缓慢地打开了。一双白色的眼睛向外窥视着人群，随后箱子开得更大了一点，露出一张脸——那是一张长着修剪整齐的小胡子、戴着一副小圆眼镜的成年男人的脸，他以某种方式把自己折起来装进了尺寸不超过我躯干大小的行李箱里。

人群爆发出热烈的掌声，随着奇人把自己的四肢一一伸展开，走出那个小到不可思议的箱子，掌声变得更热烈了。他非常高，而且和竹竿一样瘦——瘦得太惊人了，事实上，他的骨头看起来就要穿过皮肤折断了。他是一个人体惊叹号，却表现得如此有自尊，令我无法取笑于他。他严厉地将高声喊叫的人群审视一番，然后深深鞠下一躬。

然后他用一分钟演示了自己的四肢如何以各种各样、异乎寻常的方式弯曲——他将膝盖弯曲，如此一来脚面就触到了髋部，随后髋部合拢，于是膝盖触到了胸口——在更多的掌声和鞠躬过后，表演结束了。

当人群慢慢散去，我们继续留在那里。折叠人正要离开舞台时，艾玛对他说："你是异能人，对吗？"

男人停了下来。他慢慢转过身，带着专横恼怒的样子看着她。"对不起？"他用浓重的俄国口音说。

"很抱歉这样把您牵扯进来，但我们需要找到雷恩女士，"艾玛说，"我们知道她在这里的某个地方。"

"噗！"那男人用一个介乎于大笑和吐痰之间的声音打发她。

"事情紧急！"布朗温恳求道。

折叠人双臂交叉成一个瘦骨嶙峋的X说："我不知道你们在说什么。"然后离开了舞台。

"现在怎么办？"布朗温问。

"我们继续找。"艾玛回答。

"要是我们没找到雷恩女士呢？"伊诺克说。

"我们继续找。"艾玛咬着牙说，"大家都明白了没？"

每个人都完全明白，我们别无选择。如果这样行不通——如果雷恩女士不在这里或者我们不能很快找到她——那么我们所有的努力就都白费了，我们就会像从未来过伦敦一样失去佩里格林女士。

我们原路返回，走出杂技表演棚，沮丧地经过现下空荡荡的舞台，经过那个相貌平平的男孩儿，走出帐篷进入日光里。大家站在出口外面，不确定接下来要做什么，这时候那个相貌平平的男孩儿从门帘里探出身来。"怎么了？"他说，"表演不合你们意？"

"表演……很好。"我边说边朝他挥手告别。

"对你们来说不够异能？"他问。

他的话吸引了我们的注意。"你说什么？"艾玛问。

"维克玲和鲁克里，"他说着越过我们指向广场的远端，"那里是真正的表演上演的地方。"说完他冲我们使了个眼色又躲回到帐篷里。

"这真是神秘。"休说。

"他刚才说异能？"布朗温说。

"维克玲和鲁克里是什么？"我问。

"一个地方，"贺瑞斯说，"也许是这个时光圈里的什么

地方。”

“可能是两条街相交的地方。”艾玛说完又拉开帐篷的门帘，想问问男孩儿他是不是那个意思，但他已经不见了。

于是大家动身穿过人群，朝着他指过的地方——广场遥远的另一端进发，我们最后的一丝希望寄托在了两条名字古怪的街道上，我们甚至不确定它们是否存在。

出了广场，走过几个街区，从某个地方开始，人群的噪音逐渐消退，被工业的叮咣声和喧哗声取代，烤肉和动物粪便浓郁刺鼻的气味被一种难闻得多却又难以形容的恶臭取代。我们穿过一条有围墙的河——河里满是黑色的淤泥——进入了一个有很多工厂和劳教所的地区，房顶上的大烟囱往天空中吐着黑烟，我们就是在那里找到了维克玲街。大家沿着维克玲街朝一个方向走去，寻找着鲁克里街，直到它在一条开放的大阴沟处到达尽头，伊诺克说那是弗利特河[1]，然后我们转身往回走。当走过之前在维克玲街上的起点时，那条街开始扭曲变形，工厂和劳教所缩成了矮胖的办公楼和不起眼的建筑物，空空的门脸没有任何标志，就像是一个故意匿名而建的社区。

我一直怀有强烈的不祥感，此时感觉变得更糟了，如果我们被

1　译者注：弗利特河，River Fleet，也称舰队河，是伦敦最大的地下河，泰晤士河的重要支流之一。

算计了——被遣往这座城市的荒芜之区，在别人看不到的情况下遭到围攻怎么办？

这条街扭曲又再次变直，然后我撞到了艾玛身上，她走在我前面却突然停了下来。

“怎么了？”我问。

她没有回答，只是用手指着。前面，有一群人站在一个丁字路口，尽管嘉年华里湿热难耐，这群人中却有不少裹着外套和围巾。他们聚集在一栋特别的建筑物周围，站在那里抬头凝视着它，惊得目瞪口呆——就和我们现在一样。建筑物本身倒没什么特别——四层楼，上面三层不过是一排排的圆形窄窗，像老式办公楼一样。实际上，它几乎和周围所有的建筑物完全一样，只有一点例外：它完全被冰包了起来。冰覆盖了窗户和门，冰柱像长长的尖牙一样从各个窗台垂下来，雪从门口溢出，在人行道上聚积成巨大的雪堆。整栋楼看起来像是从里面被暴风雪袭击了。

我凝视着一个被雪摧毁的路标：“鲁—里彳——”

“我知道这个地方，”梅莉娜说，“这是异能档案馆，我们所有官方的履历都保存在这里。”

“你是怎么知道的？”艾玛问。

“瑟拉施女士曾培养我成为那里的女监察员的第二助理，考试非常难，我学习了二十一年。”

“它应该是像那样被冰覆盖的吗？”布朗温问。

“据我所知不是的。”梅莉娜说。

“这也是每年为了给规章制度挑毛病而召开伊姆布莱恩议会的

地方。”米勒德说。

“伊姆布莱恩议会在这儿开？”贺瑞斯说，“这简直太简陋了，我还以为会是一座城堡或者类似的建筑。”

“这不是故意要醒目，”梅莉娜说，“你本来不应该注意到它的。”

“那他们对它的隐藏工作可做得太差了。”伊诺克说。

“就像我说的，通常它不是被冰覆盖的。”

“你觉得这里发生了什么？”我问。

“不是什么好事，”米勒德说，“一点都不是好事。”

毫无疑问我们要靠近些一探究竟，但那并不意味着要像傻瓜一样冒失地闯进去。我们躲在远处观察，人们来了又走，有人试着开门，但门因被冻住紧闭着。人群变得稀疏了一些。

“嘀嗒、嘀嗒、嘀嗒，”伊诺克说，“我们在浪费时间。”

我们穿过剩下的人群，走上结冰的人行道。建筑物散发着寒气，大家发着抖把手插进口袋里御寒。布朗温想用她的蛮力把门拉开，门被直接拽了下来，合页横飞——但门后的走廊却完全被冰堵住。墙面与墙面之间，地面与天花板之间，全部填满了冰。幽蓝模糊的冰晶一直绵延进大楼深处。从窗户看去也是一样，我抹去一扇玻璃窗上的冰霜，接着又去擦另一扇，但透过两扇窗户能看到的都只有冰。仿佛这个地方的中心某处正在诞生一座冰川，条条冰舌正无孔不入地挤出来。

为了进去我们试尽了各种能想到的办法。我们绕楼寻找没被堵塞的门或者窗户，但每一个潜在的入口都被冰填满了。我们捡起石

头和松动的砖块试着往冰上猛砍，然而冰几乎硬到超自然的地步，甚至连布朗温最多也只能挖到几英寸深。米勒德浏览《传说》，想看看里面有没有提及这座建筑物，但一无所获。没有秘密可循。

最后，经过考虑权衡，我们决定冒一次险。大家在艾玛身边围成一个半圆，把她从人们的视线中遮起来，她加热双手，将它们放在堵住走廊的冰墙上。一分钟以后她的手开始陷进冰里，冰块融化成水缓缓淌下，在我们脚边形成水洼。但进程奇慢无比，五分钟后冰面才到她的胳膊肘。

“照这个速度，把这周剩下的时间都用上也只能进到大厅。”她说着把手臂从冰里抽出来。

“你觉得雷恩女士真的会在里面吗？”布朗温问。

“她必须在。”艾玛坚定地说。

“我发现乐观主义的思想侵袭的确令人大吃一惊，”伊诺克说，“如果雷恩女士在里面，那么她已经冻僵了。”

艾玛突然对他情绪爆发：“前景黯淡！破坏毁灭！我想如果明天是世界末日你一定很开心，只不过因为那样你就可以说‘已经告诉过你了’！”

伊诺克惊讶地对她眨了眨眼睛，然后平静地说：“如果你喜欢，你可以选择活在幻想世界里，亲爱的，但我是现实主义者。”

“如果你除了单纯的批判还曾经提供过什么，”艾玛说，“如果你在紧要关头曾经给出过哪怕一个有用的建议，而不仅仅是对失败和死亡的前景耸耸肩，我也许能容忍你无休止的低落情绪！但依现在的情况看……”

“咱们什么都试过了！”伊诺克插话道，“我还可能有什么建议？”

“还有一样咱们没试过。”奥莉弗站在我们这群人边上大声说。

“是什么？”艾玛问。

奥莉弗决定用行动告诉我们，她离开人行道向人群中走去，转过身面对建筑物，然后放声大叫：“喂，雷恩女士！如果你在里面，请出来吧！我们需要你……”

没等她说完，布朗温就擒住了她，奥莉弗剩下的话都讲进了大个子女孩儿的胳肢窝里。“你疯了吗？”布朗温边说边把奥莉弗夹在腋下带回我们身边，“你会害我们全被发现的！”

她把奥莉弗放在人行道上准备进一步训斥，这时候眼泪开始顺着小女孩儿的脸淌下来。“就算我们被发现又如何呢？”奥莉弗说，“如果我们找不到雷恩女士，救不了佩里格林女士，就算整支幽灵军现在就对我们发起攻击又如何呢？”

一位女士走出人群向我们靠近，她年纪很大，脊背因年老而弯曲，部分面容被斗篷的兜帽遮住了。“她还好吗？”那位女士问。

“她很好，谢谢。”艾玛轻蔑地说。

“我不好！”奥莉弗说，“没一件事是对的！我们想要的向来只是平静地生活在我们的岛上，然后坏蛋来了，伤害了我们的校长。现在我们想做的就是帮助她，而我们甚至连这点也做不到！”

奥莉弗垂下头，委屈地哭起来。

“喔，那么，”那个女人说，“你们来见我真是太好了。”

奥莉弗抬起头看她，抽噎着说：“那是为什么？”

然后女人突然不见了。

冷不防地。

她就从衣服里消失了，她的斗篷一下子空了，随着一声空气的撞击声摊在人行道上。我们都惊愕得说不出话来——直到一只小鸟从斗篷的褶层下面跳出来。

我僵住了，不确定是否该抓它。

“有人知道这是哪种鸟吗？”贺瑞斯问。

“我认为这是一只鹪鹩[1]。”米勒德说。

那只鸟拍拍翅膀，跳进空中，飞走了，消失在建筑物的侧面附近。

“别把她弄丢了！”艾玛大喊，大家都开始追着它跑起来，在冰面上滑行，拐过街角进入被雪填满的胡同。这条胡同位于结冰的建筑物和隔壁的建筑之间。

鸟不见了。

“见鬼！”艾玛说，“她去哪儿了？”

然后一连串奇怪的声音从我们脚下的地面传上来：金属的叮当声、说话声，还有一个好像冲水的声音。我们把雪踢开，发现砖块之间镶着两扇木门，像是煤窑的入口。

门没锁，我们把它们拉开，里面是向下通往黑暗的台阶，台

1 译者注：鹪鹩，是一类小型、短胖、十分活跃的鸟，颜色为褐色或灰色，翅膀和尾巴有黑色条块，翅膀短而圆，尾巴短而翘。鹪鹩的英文单词是wren，与雷恩女士的Wren同音同字。

阶被正在迅速融化的冰覆盖，冰化成的水大声地流进看不见的排水沟里。

艾玛蹲下向黑暗中呼喊：“喂？有人在那儿吗？”

“如果你们要来，”远处一个声音传回来，“就快点来！”

艾玛站起来，感觉很意外，然后大喊：“你是谁？”

我们等待答案。没人回应。

“我们在等什么呢？”奥莉弗说，“那是雷恩女士！”

“我们可不知道，”米勒德说，“我们不知这里发生了什么。”

“好吧，我要去找出答案。”奥莉弗说，还没人来得及阻止，她已经走到地窖门口纵身一跃穿门而过，轻轻地飘到了窖底。“我还活着！”她的声音从黑暗中传来，奚落着我们。

于是大家羞愧地跟上她的脚步，沿着台阶向下爬，来到一条穿过厚厚冰层打通的隧道。彻骨的冷水从隧道顶部滴下来，不断沿着墙壁滑落。隧道里并非黑到伸手不见五指，毕竟通道前方的转弯处有薄纱般的微光传来。

我们听到有脚步声越走越近，一道黑影爬上我们面前的墙。接着，一个穿斗篷的身影出现在通道转弯处，被光线衬托成黑色剪影。

“你们好，孩子们，”那个人影说，“我是巴伦西亚加·雷恩。你们能来我真是太高兴了。”

Chapter 12

HOLLOW CITY

我是巴伦西亚加·雷恩。

听到这句话就好像拔掉被加压的瓶塞——最初先是释怀——倒抽一口气、忘乎所以地大笑——然后喜悦倾泻而出：艾玛和我跳起来彼此相拥；贺瑞斯跪下扬起胳膊默默地做出“哈利路亚”的动作；奥莉弗太激动了，即使穿着加重的鞋子还是升到了空中，结结巴巴地说着：“我、我、我、我们以为我们也许再也、再也见、见不到一个伊姆布莱恩了！”

终于，雷恩女士出现了。几天以前她对我们来说还只不过是一个默默无闻的伊姆布莱恩，掌管着一个鲜为人知的时光圈，之后却获得了显赫的声望：据我们所知，她是最后一个自由且健康的伊姆布莱恩，这个象征着希望的鲜活生命是我们所有人都一直渴求的。她出现了，就在我们面前，如此有同情心，如此衰弱。我在阿迪森的照片上见过她，只是现在，她一头银发中再无黑丝的踪迹。深陷的愁纹堆满她的额头，又像括号一样把嘴巴括起来，耸起的双肩仿佛意味着她不仅年老，而且在巨大的负担之下不堪重压——我们所有人都孤注一掷地把希望堆叠在了她的身上。

雷恩女士把斗篷上的兜帽拉下来：“我也非常高兴能见到你们，亲爱的们，但你们必须马上进来，外面不安全。”

她转过身去，一瘸一拐地走进了通道。我们排成队，像一连串跟在鸭妈妈身后的小鸭子一样，摇摇摆摆跟着她穿过冰隧道。为了防止滑倒，大家脚不离地、胳膊伸开，摆出各种笨拙的姿势以保持平衡。这便是伊姆布莱恩掌控异能儿童的能力：她的存在本身——

即使我们才刚刚遇见这个人——就能立即安抚我们的心。

地面向上爬坡，引领我们经过寂静的火炉——火炉的边缘结满了冰霜——随后带我们进入一个大房间。我们身处的隧道从房间正中穿过，除这条隧道外，整个房间的地面与天花板之间、墙面与墙面之间都被冰堵满了。冰厚却通透，有几处只需稍微用力一擦，我就能看到里面二三十英尺深的地方。房间似乎是个接待区，成排的直背椅对着一张巨大的服务台和几只档案柜，它们全部被封在厚厚的冰层之中。日光从一排触及不到的窗子照进来，经过冰层的过滤微微发蓝，窗外是那条街，它就像一道模糊的灰色污迹。

一百只“空心鬼”花上一周的时间在冰上乱砍也不能近我们的身。如果没有隧道入口，这个地方就会是一座完美的堡垒，或者一座完美的监狱。

墙上挂着很多只钟，它们的指针定格，指向四面八方。（也许是为了记录不同时光圈的时间？）在它们上方，几个路标指向通往某些办公室的路：

← 俗务副部长

← 图表档案管理员

非特殊紧急事项→

混淆&延缓部→

透过俗务办公室的门，我看到一个男人被困在冰里，以弯腰的姿势冻住了，似乎在他正试图挪动双脚时，身体的其他部位就突然被冰侵袭了。他待在那里很久了，我打了个寒战把目光转向别处。

隧道的尽头是一个华丽的扶手楼梯间，楼梯上没有冰，却铺满了活页纸。一个女孩儿站在楼梯下层的台阶上，并无热情地注视着我们跌跌滑滑、蹒跚地向她靠近。她披着一头严格中分的长发，头发一直垂到胯部，戴着一副小圆眼镜，不断地调整着眼镜的位置，一对薄唇看起来似乎从不曾微笑过。

“阿尔瑟娅！”雷恩女士严厉地说，“当通道打开的时候你不可以像这样离开岗位，任何东西都有可能游荡进来！”

“是的，主人，”女孩儿说，然后稍稍歪起头，“他们是谁，主人？”

“这些是佩里格林女士监护的孩子们，我跟你说过他们的情况。”

“他们有带任何吃的吗？有带药吗？或者有丝毫有用的东西吗？”她用慢得令人难以忍受的速度说，声音和表情一样僵硬。

“在你将通道关闭之前，不要再问问题了，”雷恩女士说，“现在就去，快点！”

“是的，主人。”女孩儿说。她沿着隧道缓缓而去，看不太出有什么紧迫感，边走边沿墙面拖动着双手。

“我为此道歉，”雷恩女士说，“阿尔瑟娅不是有意执拗，她只是生来固执。但她是制敌法宝，我们非常需要她，我们将在这儿等她回来。”

雷恩女士坐在最底层的台阶上，当她俯下身，我几乎能听到她的老骨头嘎吱作响。我不知道她说的“制敌法宝”是什么意思，但

有太多其他问题要问，所以那个问题不得不等等了。

“雷恩女士，你怎么知道我们是谁呢？”艾玛说，“我们从没说起。”

“这是伊姆布莱恩的职责所在，”她回答，“从这里到爱尔兰海都有我的眼线。除此之外，你们很有名！只有一个伊姆布莱恩的孩子们能够全部彻底地摆脱恶势力的掌控，那就是佩里格林女士。但我不知你们是如何做到这么久没被俘虏的——也不知你们是如何在异能界找到我的！”

“嘉年华里的一个男孩儿指引我们到这儿来的，”伊诺克说，他把一只手抬到下巴的高度，“大约这么高？戴着一顶傻帽子？”

“我们的望风员之一，”雷恩女士点着头说，“但你们是怎么找到他的？”

“我们抓到了你的一只间谍鸽子，”艾玛骄傲地说，“她带我们来到这个时光圈。”（她把佩里格林女士杀了鸽子的那部分省略了。）

“我的鸽子！”雷恩女士惊呼，“但你们是怎么知道它们的？更别说还抓到一只？”

然后米勒德站了出来，他借了贺瑞斯乔装室的大衣御寒。尽管雷恩女士看到悬浮在空中的大衣似乎并不惊讶，但穿着大衣的隐形男孩儿说出的话却让她大吃一惊：“我根据《异能传说》推断出了你的鸽子们所在的位置，但我们第一次听说它们是在你的山顶小动物园，从一只自命不凡的狗口中得知的。”

“但没人知道我那座小动物园的位置！”

雷恩女士现在几乎震惊得说不出话来。既然我们给她的每个回答只能触发更多的问题，大家便尽可能快地把事情的来龙去脉悉数讲给她听，一直追溯到我们乘着敞舱小划艇逃离海岛。

“我们差点儿淹死！”奥莉弗说。

“差点儿被枪打死，被炸弹炸死，被‘空心鬼’吃掉。”布朗温说。

“差点儿被一列地下火车轧过。”伊诺克说。

“差点儿被梳妆台压扁。”贺瑞斯怒视着梅莉娜说。

“我们长途跋涉穿越危险国度，”艾玛说，“都是为了找到能帮助佩里格林女士的人。我们很希望那个人是你，雷恩女士。”

“真的指望着这个。”米勒德说。

雷恩女士过了一会儿才说出话来，她百感交集：“你们这些勇敢的孩子太棒了。你们是奇迹，每一个人都是，任何伊姆布莱恩能做你们的监护人都是她的幸运。”她用斗篷的袖子轻拭着眼泪，“听到发生在佩里格林女士身上的事我真的很难过，我对她不是很了解，因为我是一个快要退休的人，但我向你们保证：我们会把她找回来的，找回她和我们所有的姐妹！”

把她找回来？

这时我才意识到佩里格林女士仍然藏在贺瑞斯提着的麻袋里，雷恩女士还没见到她！

贺瑞斯说：“哎呀，她就在这儿！”他放下麻袋解开袋口。

片刻过后，佩里格林女士踉跄着走了出来，她因在黑暗中待得过久而晕头转向。

“我的祖宗啊！”雷恩女士惊呼，“可是……我听说她被幽灵带走了！”

“她曾经被带走，”艾玛说，“后来我们把她带回来了！”

雷恩女士激动得丢下手杖跳了起来，我不得不扶住她的胳膊肘以防她跌倒。“阿尔玛，这真是你吗？”她气喘吁吁地说。当她重新恢复了平衡，冲过去一把抓起佩里格林女士，“你好，阿尔玛？是你在里面吗？”

“是她！”艾玛说，“这是佩里格林女士！”

雷恩女士将那只鸟握在和自己一臂之遥的地方，把局促不安的佩里格林女士转过来转过去。“嗯、嗯、嗯，”她眯起双眼抿紧嘴唇，压低嗓音说，“你们的校长有点不对劲。”

“她受伤了，”奥莉弗说，“是内伤。”

“她不能变回人了。”艾玛说。

雷恩女士严肃地点点头，仿佛她已经看出来了：“这样多久了？”

“三天，”艾玛说，“自打我们把她从幽灵那里偷回来后一直这样。”

我说：“你的狗告诉我们，如果佩里格林女士不赶快变回来，她就再也不能变回来了。”

“是的，”雷恩女士说，“阿迪森说得很对。”

“他还说她需要的那种帮助只有另一个伊姆布莱恩才能给予。”艾玛说。

“那也没错。”

“她变了，”布朗温说，“她不再是她自己了。我们需要原来的佩女士回来！”

“我们不能让这样的事发生在她身上！”贺瑞斯说。

“怎么样？”奥莉弗说，“请问您能现在把她变成人吗？”

我们把雷恩女士围了起来，向她逼近，孤注一掷的决心溢于言表。

雷恩女士举起双手做了个恳求安静的动作。“我也希望能如此简单，”她说，“或者立竿见影。当一个伊姆布莱恩保持鸟身太久，她会变得僵硬，像一块冰冷的肌肉，如果你试图太快地把她扳回人形，她会突然崩溃。她得被小心翼翼地揉回真正的形态，就像一点一点捏泥一样。如果整晚与她协作，也许我到早上可以完成。”

“如果她有那么长时间的话。”艾玛说。

“为她祈祷吧。”雷恩女士说。

长发女孩儿回来了，正朝我们慢慢走来。她双手沿着隧道墙壁拖拉，触及的每个地方都一层接一层地结起了新冰。她身后的隧道已经缩到只有几英尺宽，马上就会完全关闭，把我们密封起来。

雷恩女士朝女孩儿招手：“阿尔瑟娅！在我们上楼以前，你先跑上去让护士准备一间诊疗室，我需要我所有的医疗药品！”

“你说的药品是你的溶剂、浸剂还是悬浮液？”

“所有！”雷恩女士大喊，“要快——情况紧急！”

然后我看到女孩儿注意到了佩里格林女士，她的眼睛睁大了一些——这是我看过她对一件事做出的最大反应了——她开始沿着楼梯向上进发。

这次，她跑了起来。

我搀着雷恩女士的胳膊，在我们爬楼梯时扶稳她。这座楼有四层，我们朝着顶层进发，除楼梯外，那是楼里唯一仍能进入的部分，其他楼层都被冻上了，层层冰墙堵住了房间和走廊。我们实际上正从一条巨大的空心冰管中爬过。

当我们匆匆经过那些被冰冻的房间时，我朝其中几间瞥了几眼。膨胀的冰舌把门从合页上撕了下来，透过它们碎裂的边框，我能看到这里遭受突袭的证据：被踢翻的家具、被扯开的抽屉、地上积雪般的纸片。一把机关枪靠在一张办公桌上，它的主人在逃跑时被冻了起来。一个异能人倒在一个墙角，墙角上方有一道斜线样的弹孔，他就像是庞贝城[1]的遇难者，只不过被困在冰里而不是火山灰里。

很难相信这一切都是一个女孩儿做的，除了伊姆布莱恩以外，阿尔瑟娅无疑是我遇到过最强大的异能人之一了。我抬起头正好看到她消失在我们头顶的楼梯口附近，一袭没有尽头的浓密长发在她身后飘扬，就像模糊的余影。

我从墙上折断一根冰柱。“这些真的都是她做的？”我边说边

1　译者注：公元79年，庞贝城附近的活火山维苏威火山突然爆发，火山灰、碎石和泥浆瞬间淹没了整个庞贝，古罗马帝国最为繁华的城市在火山爆发后的18小时内彻底消失。直至18世纪中期，这座深埋在地底的古城才被挖掘出土，重见天日。

在手里转着它。

“的确是她做的。”雷恩女士在我身边吹捧道，“她是，应该说曾经是混淆和延缓部长的学徒，恶势力突袭这座楼的那天她正在奉职。那时候除了知道自己的手会发散反常的寒气以外，她对自己的能力知之甚少。听阿尔瑟娅说，她的能力是那种在炎热的夏天迟早会用得上的，但她从没想过把它当作防卫武器，直到两只‘空心鬼’竟当着她的面开始吞食部长。在极度的恐惧中，她召唤出一种自己从前不知道的能力源泉，把房间冻上了——连同‘空心鬼’在内——然后是整座楼，整个过程用时不过几分钟。”

“几分钟！”艾玛说，“我不相信。”

“我很希望我在这里见证了事情的发生，”雷恩女士说，“不过如果我在这里，可能也和当时在场的其他伊姆布莱恩一起被绑架了——奈特扎尔女士、芬茵迟女士，还有库柔女士。”

“她的冰没阻止幽灵吗？”我问。

“很多幽灵被冰阻止了，”雷恩女士说，“我猜有一些仍然和我们在一起，被冻在这座楼的壁龛里。尽管有所损失，幽灵最终还是达到了他们此行的目的。在整个大楼被冻上之前，他们设法暗中将伊姆布莱恩们从屋顶带了出去。”雷恩女士苦涩地摇摇头，“我用性命起誓，有一天我会亲自押送所有伤害我姐妹们的家伙下地狱！”

“那她拥有的能力根本没起任何作用啊。”伊诺克说。

“阿尔瑟娅没能救得了伊姆布莱恩，”雷恩女士说，“但她创造了这个地方，这已经足够庆幸。如果没有它，我们在任何地方就都没有避难所。过去的几天我一直把它用作我们的手术基地，当遇到被袭时光圈的幸存者时就把他们带回来。这是我们的堡垒，对异能人来说是整个伦敦唯一安全的地方。”

“你的努力有何进展，女士？”米勒德说，“那只狗说你来这里帮助你的姐妹们，运气好吗？”

“不好，”她轻声说，“我的努力没有成功。”

“也许雅各布能帮你，雷恩女士。”奥莉弗说，“他非常特别。”

雷恩女士侧过身来看着我：“是那样吗？你的天赋是什么呢，年轻人？”

“我能看见‘空心鬼’，”我略带尴尬地说，“还能感觉到它们。”

“有时还能杀死它们，”布朗温说，“如果我们没找到你，雷恩女士，雅各布打算帮我们躲过看守惩罚时光圈的‘空心鬼’，那样我们就能溜进去，营救出一个被扣留在那里的伊姆布莱恩。其实，也许他能帮你……”

“你们真好，”雷恩女士说，“但我的姐妹们没被扣押在惩罚时光圈里，也不在伦敦附近的任何地方，我确定。”

“她们不在那儿吗？”我说。

“不，她们从来都不在那儿。有关惩罚时光圈的事是恶势力捏造的，是诡计，为的是确保抓到他们在突袭中没能俘获的伊姆布莱恩，换句话说，为了抓到我。而它险些就奏效了，我像个傻瓜一样直接飞进了他们的陷阱——毕竟，惩罚时光圈都是监牢！很幸运，我从那里逃了出来，只不过留下了几道疤痕。”

“那么，被绑架的伊姆布莱恩们被带到哪儿去了呢？”艾玛问。

“即使知道我也不会告诉你们，因为那不是你们该担心的事。”雷恩女士说，“担心伊姆布莱恩的安危不是异能儿童的职责——为你们的安危担心才是我们的职责。”

“但是，雷恩女士，这不公平。”米勒德话刚开始，却被她草草打断：“我不想再听到任何与此相关的话！”就是这样。

我对这突然的不予理会很是震惊，尤其是考虑到如果我们不曾担心佩里格林女士的安危——不曾冒着生命危险把她带到这里！——她就已经陷入余生都被困在鸟身中的境地。显然，伊姆布莱恩们没能保护时光圈免受外敌侵袭，所以为伊姆布莱恩担心似乎的确是我们的职责。我不喜欢别人用高高在上的语气和自己说话，从艾玛皱起的眉头判断，她也不喜欢——但将这样的话说出口未免太无礼，我们无法想象，于是大家都默不作声，在尴尬的气氛中爬完了楼梯。

我们来到楼梯顶，这一层只有少数几个门口被冰覆盖。雷恩女士从贺瑞斯手中接过佩里格林女士：“来吧，阿尔玛，让我们看看能为你做什么。”

阿尔瑟娅出现在一扇打开的门里，她面色发红，胸口起伏着：“你的房间已全部准备就绪，主人，你要的所有东西都准备好了。”

“好，好。”雷恩女士说。

“如果我们能帮你做什么，”布朗温说，“任何事……”

“我需要的就只有时间和安静，”雷恩女士说，“我会挽救你们的伊姆布莱恩，孩子们，我用生命担保。”她转过身，带着佩里格林女士和阿尔瑟娅一起走进了房间。

我们不知自己还能做别的什么事，便悄悄跟着她，在房门周围聚集起来。门留了一道缝隙，大家轮流朝里面偷看。那是一个舒适的房间，点着昏暗的油灯，雷恩女士坐在一张摇椅上，用腿托着佩里格林女士。阿尔瑟娅把混合的小型瓶装液体立在实验桌上，时不时举起一个小瓶旋动，然后走到佩里格林女士面前，把瓶子递到她的鸟喙下面——跟在昏倒的人鼻子下晃动嗅盐的方法差不多。自始至终，雷恩女士都在椅子上摇着，一边轻抚佩里格林女士的羽毛一边为她唱一首柔和轻快的摇篮曲：

“Eft kaa vangan soorken， eft ka vangan soorken malaaya…”

“那是古老异能人的语言，”米勒德小声说，“回家，回家……记起你真实的自己……类似这样的意思。”

雷恩女士听到他的声音抬头看了看，然后挥手示意我们离开。阿尔瑟娅走过来关上了门。

“好吧，那么，”伊诺克说，“可以看出这里不需要我们。”

三天来，校长事事都依赖于我们，此后我们突然变成了不相干的人。尽管大家对雷恩女士心存感激，可她让我们都觉得自己有点像被命令上床的孩子。

“雷恩女士对业务精通，”一个操着俄国口音的声音从我们身后传来，“最好不要打扰她。”

我们转过身，看到嘉年华里那个骨瘦如柴的折叠人站在那里，两只瘦削的胳膊交叉着。

“是你！”艾玛说。

“我们又见面了，”折叠人说，他的声音深得像海沟，“我的名字叫谢尔盖·安德罗波夫，是异能抵抗军的上尉。来，我带你们到处转转。”

“我就知道他是异能人！”奥莉弗说。

“不，你不知道，”伊诺克说，“你只不过觉得他是。”

“我看到你们的那一秒就知道你们是异能人了，”折叠人说，“你们怎么没在很久以前就被抓起来啊？”

“因为我们足智多谋。”休说。

“他的意思是运气好。”我说。

“但主要就是饿，”伊诺克说，“这附近有吃的吗？我能吃下一头长颈鹉。”

听有人提到食物，我的胃就像野兽一样咆哮起来。自从乘火车到伦敦，我们当中没人吃过东西，而那似乎是很久很久以前的事了。

“当然，”折叠人说，“这边走。”

我们跟上他，沿着走廊前行。

“跟我说说你的这支异能军吧。”艾玛说。

“我们将会彻底击败幽灵，拿回属于我们的东西，让他们因绑架我们的伊姆布莱恩而受到惩罚。”他打开走廊边的一扇门，带我们穿过一间损毁的办公室，办公室的地上和办公桌下都有人躺着睡觉。当我们从他们身边走过，我认出其中有几张脸我曾在嘉年华里见过：那个相貌平平的男孩儿，还有那个头发好像冒着气泡一样的耍蛇女孩儿。

“他们都是异能人？”我问。

折叠人点点头：“从其他时光圈里营救出来的。”他一边说一边为我们扶着打开的门。

“你呢？”米勒德问，“你从哪里来？”

折叠人带我们走进一间门厅，在这里我们的对话不会打扰到睡觉的人。门厅里最具特色的是两扇木门，门上印着许多醒目的鸟的标志。“我来自‘寒荒’外的冰漠之地，”他说，“一百年前，当‘空心鬼’才刚诞生时，他们最先攻击了我的家乡。村中万物尽毁，村民被斩尽杀绝，老幼妇孺，一个不剩。”他一只手在空中做了一个劈掌的动作，“我藏在一台黄油搅拌机里，通过芦苇秸秆呼吸，当时我哥哥在同一所房子里被杀死了。后来，我为了避开幽灵来到伦敦，但他们也来了。”

“这真是糟糕，”布朗温说，“我为你感到难过。”

“有一天我们要报仇。”他说着脸色变得阴沉起来。

“你提到过。”伊诺克说，“那么你的军队有多少人呢？”

“现在有六个，”他边说边示意了一下我们刚刚离开的房间。

“六个人？！”艾玛说，“你是说……他们？”

我哭笑不得。

“加上你们，就十七个了，我们正在迅速壮大。”

“哇噢、哇噢、哇噢，”我说，“我们到这里不是来参军的。”

他看了我一眼，眼神冷得能令地狱结冰，然后转身，突然打开了那两扇门。

我们跟着他走进一间大屋子，屋里摆着一张椭圆形的桌子，桌子的木材被打磨得像镜面一样闪光。“这是伊姆布莱恩议会的会场。”折叠人说。

我们的周围有很多肖像，肖像上的人物都是从前著名的异能人，它们没有镶在相框里，而是用油彩、炭笔和油脂铅笔直接画在墙上。离我最近的一幅肖像上画着一张眼睛瞪得很大的脸，张开的嘴巴里有一个真正的喷泉正在喷水，一句用荷兰文书写的格言围绕在嘴边。站在我身旁的米勒德翻译道：“智慧之泉从吾等长辈口中流出。”

不远处还有一句，这句是用拉丁语写的。“Ardet nec consomitur，”梅莉娜说，“焚而未毁。”

“多应景啊。”伊诺克说。

“我不敢相信我真的在这儿，”梅莉娜说，“我对这个地方研究了那么多年，一直梦想着能来。”

“只不过是间屋子。”伊诺克说。

“对你也许是。对我来说，它是整个异能世界的心脏。”

“一颗被伤透的心，”一个新的声音说，我闻声看去，只见一个小丑阔步向我们走来——就是那个在嘉年华里偷偷跟着我们的

DIT IS HANS WURST

小丑，“杰克多女士被带走时就站在你们的位置，我们在地上找到一整堆她的羽毛。”他操着美国口音。小丑在离我们几英尺远的地方停下来站定，嘴里嚼着东西，一只手放在胯部。“这就是他们？”他用一只火鸡腿指着我们问折叠人，“我们需要军人，不是小孩儿。”

“我一百一十二岁了！”梅莉娜说。

“是啊，是啊，我之前都听说了。”小丑说，“顺便说一句，我在露天游乐场里就看出你们是异能人了，你们这群人是我瞧见过最明显的异能人。”

“我也是这么跟他们说的。”折叠人说。

“我无法理解他们从威尔士一路到这儿怎么都没被抓，”小丑说，“事实上，这很可疑。确定你们当中没有一个是幽灵吗？”

“你竟敢这样说！”艾玛说。

“我们曾经被抓，”休骄傲地说，“但抓我们的那些幽灵很快就被消灭了。”

“啊——哈，我还是玻利维亚的国王呢。”小丑说。

“是真的！”休涨红了脸怒喝。

小丑扬起双手：“好吧，好吧，冷静一下，孩子！我肯定如果你们没被认可，雷恩是不会让你们进来的。来吧，咱们交个朋友吧，吃个火鸡腿。”

他不必两次亮出火鸡腿。我们太饿了，没精力生气太久。

小丑带我们来到一张堆满食物的桌子前——桌上的食物就是曾在嘉年华里诱惑我们的煮坚果和烤肉。大家聚到桌子周围，厚着脸皮大快朵颐，折叠人吃了五个樱桃和一小块面包，然后就宣布他一辈子也没吃得这么饱过。布朗温咬着手指沿墙边走来走去，过于忧虑的她没心思进食。

等我们吃完，桌子上一片狼藉，满是油渍和啃过的骨头。小丑坐在椅子上向后仰靠着："那么，异能儿童们，你们有什么故事？你们为什么从威尔士远道而来？"

艾玛擦擦嘴说："为了帮我们的伊姆布莱恩。"

"那等她得到了帮助呢？"小丑问，"然后怎么办？"

我本来正忙着用最后一片面包蘸火鸡汤，现在却抬起了头。这个问题如此直率，如此简单，如次明确，令我很难相信之前我们当中没人这样问过。

"别像那样说话，"贺瑞斯说，"你会让我们倒霉的。"

"雷恩是个奇迹缔造者，"小丑说，"没什么好担心的。"

"我希望你是对的。"艾玛说。

"我当然是对的。那你们的计划是什么？你们将会留下帮我们打仗，很明显，但你们要睡在哪儿？不能和我睡，我住的是单人房，很少破例。"他看着艾玛挑了挑眉毛，"注意我说很少。"

突然间所有人都移开了目光，或去看墙上的画或调整衣领——除了艾玛，她的脸变得有些发绿。也许我们天生悲观，而且成功的机会看起来太小，以至于从未费心想过如果真的治好佩里格林女士，下一步要做些什么；又或许过去几天里重重危机持续不断地压迫着我们，令我们从未有机会去想。无论如何，小丑的问题让大家措手不及。

如果我们真的成功完成了这件事呢？如果佩里格林女士现在就恢复成她原本的样子走进这间屋子，我们要做什么呢？

米勒德最终给出了一个答案："我猜我们会再往西去，回到我们来的地方。佩里格林女士可以为我们制造另一个时光圈，做一个我们永远都不会被找到的。"

"就这样？"小丑说，"你们要藏起来？其他所有的伊姆布莱恩——那些没那么幸运的怎么办？我的伊姆布莱恩怎么办？"

"拯救全世界不是我们的职责。"贺瑞斯说。

"我们没试图拯救全世界，只是整个异能界。"

"呃，那也不是我们的职责。"贺瑞斯听起来有气无力，语气中带着防卫，对于被牵连进来说出这些，他很难为情。

坐在椅子上的小丑向前探着身子怒视我们："那这是谁的职责？"

"应该有别人，"伊诺克说，"有更好的装备、受过这方面训练的人……"

"三周以前，恶势力做的第一件事是攻击异能地方军，不到一天的时间，他们就全部化为乌有了。没有了他们，现在又没有了我们的伊姆布莱恩，保卫异能界的责任落到了谁身上呢，嗯？像你和我一样的人，就是落到了我们身上。"小丑扔下他的火鸡腿，"你们这些胆小鬼让我觉得恶心，我刚刚胃口都没了。"

"他们累了，经过了长途旅行，"折叠人说，"让他们休息一会儿。"

小丑像女教师一样在空中挥着手指："呃、呃，没人免费乘车。我不在乎你们在这里一个小时还是一个月，只要你们在这儿，就得有战斗的意愿。好了，虽然你们是一群皮包骨的小瘦孩儿，但却是异能人，所以我知道你们都有隐藏的天赋，给我看看你们能做什么！”

他站起来走向伊诺克，伸出一只胳膊好像要搜伊诺克的口袋来找他的异能。“你，”他说，“展示一下你的本事！”

“我需要一个死人来做演示。”伊诺克说，“那人可能是你，如果你再用一根手指指着我的话。”

小丑转而朝向艾玛。“那么你呢，甜心儿？”他说，艾玛举起一根异能手指，在指尖生起像生日蜡烛一样跳动的火苗。小丑大笑着说，“幽默感！我喜欢。”又继续转向盲兄弟。

“他们的头脑是连在一起的，”梅莉娜边说边站到小丑和两兄弟之间，“他们能用耳朵看见，而且总是知道另外一个在想什么。”

小丑拍了拍手：“终于，有点有用的了！他们将会做我们的望风员——把一个放在嘉年华里，另一个留在这儿。如果外面有什么事不对劲，我们马上就会知道！”

他从梅莉娜身边挤过去，兄弟俩避开了他。

“你不能把他们分开！”梅莉娜说，“乔尔和彼得不喜欢被分开。”

“我还不愿意被看不见的尸兽猎杀呢。”小丑说，他开始把年纪大的男孩儿从小的身上撬开。兄弟俩锁紧胳膊大声呻吟着，他们的舌头发着咔嗒声，眼睛在头上失去控制地转动。我刚要插话，此时两兄弟被分开了，发出一阵双重尖叫，叫声太大太刺耳了，直让我害怕自己的头会被震破。桌上的盘子碎了，每个人都低下头啪地用手捂住耳朵，我想我能听见下面冰冻的楼层里，一道道裂缝像蜘蛛网一样在冰里延伸。

当回声消退，乔尔和彼得在地板上抓紧彼此，颤抖着。

“看看你干了什么！”梅莉娜对小丑大喊。

“好家伙，真是叹为观止！”小丑说。

布朗温用一只手掐着小丑的脖子把他拎起来。“如果你继续骚扰我们，”她平静地说，“我就用你的脑袋击穿墙壁。”

“对……不……起，”小丑透过就要闭合的气管喘息着，“放……我……下来？”

“放了他吧，温，”奥莉弗说，“他说了对不起。”

布朗温不情愿地把他放下，小丑边咳嗽边整了整身上的演出服。“看来像是我小看了你们，”他说，“你们将会为我们的军队锦上添花。”

“我说过，我们不会加入你那愚蠢的军队。”我说。

“无论如何，打仗有什么意义呢？”艾玛说，“你们甚至连伊姆布莱恩们在哪儿都不知道。”

折叠人从椅子上站起来挺直腰杆儿，远远比我们高。“重点是，”他说，“如果恶势力把伊姆布莱恩都抓齐，他们就变得势不可挡了。”

“看起来他们已经势不可挡了。”我说。

“如果你觉得这就算势不可挡，那你还什么都没见识到呢。”小丑说，“要是你以为他们在抓到你们的伊姆布莱恩之前可能会停止追捕你们，你就比看上去还要蠢。”

贺瑞斯站起来清了清嗓子。“你只是阐述了最坏的设想。”他说，“最近，我听到了一大堆最坏设想被提出来，但连一个有异议的最好的设想也没听人提及过。”

“哦，那应该很丰富呢，”小丑说，“说下去，时髦男孩儿，让我们听听。”

贺瑞斯深吸一口气，给自己壮了壮胆：“幽灵想要的是伊姆布莱恩，现在他们得到了——或者说得到了她们当中的大部分。为了便于讨论，假设那就是幽灵需要的一切，现在他们可以把恶毒的计划进行到底了。幽灵完成了计划，他们就成了超级幽灵，或者半神人，或者不管是什么，反正他们之后就变成了那个。然后伊姆布莱恩对他们来说就不再有利用价值了，异能儿童也不再有利用价值，时光圈也不再有利用价值，于是他们就离开，到别的地方去做半神人，不再打扰我们。然后一切不仅回归正常，还比以前更好，因为不再有人试图吃掉我们或者绑架我们的伊姆布莱恩。然后，也许我们可以极偶尔地出国度假，就像从前那样，稍微看一看世界，一年当中有三百天都把我们的脚趾放在某处温暖又明亮的沙滩里。那样的话，留在这里战斗有什么用呢？我们会把自己往枪口上送，当我们不去干涉，一切也许会有很好的结果。”

有片刻没人说话，然后小丑开始大笑。他笑啊笑，笑个不停，咯咯的笑声从墙上反射回来，一直笑到最后从椅子上跌落下来。

然后伊诺克说：“我简直无话可说。等等——不——我有话说！贺瑞斯，你的想法太令人震惊了，这是我听过最天真、最怯懦的痴心妄想。”

“但这是有可能的。”贺瑞斯坚持说。

“是，月亮是奶酪做的，也是有可能的，只不过看起来并非真是那么回事。”

“我现在就能结束这场争论，”折叠人说，“你们想知道一旦幽灵可以随心所欲，他们会对我们做什么吗？来——我给你们看。”

“只有胃强壮的人才能看。”小丑瞥一眼奥莉弗说。

“如果他们能应付得来，我也能。”她说。

“警告过你了，”小丑耸耸肩，“跟我们来。”

“我不会扔下烂摊子跟着你离开的。”梅莉娜说，她才把发抖的盲兄弟扶了起来。

“那就留下，”小丑说，“任何不愿收拾烂摊子的人，跟我们来。”

伤员们躺在临时病房里不协调的床上，由一名护士照看。护士有一只突出的玻璃假眼。一共三位病人，如果能这样叫他们的话——一个男人和两个女人。男人侧身躺着，处于半昏迷状态，一边低语一边流着口水。其中一个女人呆呆地凝视着天花板；与此同时，另一个正深陷于噩梦中，一边在被单下翻滚一边轻柔地呻吟。有些孩子和这些人保持着距离，站在门外注视，以防他们患的是传染性疾病。

“他们今天怎么样？”折叠人问护士。

“越来越不好了。”她一边在床与床之间奔忙一边回答。

他们身上没有明显的创伤。看不到血淋淋的绷带、裹着石膏的肢体或是装满淡红色液体的痰盂。房间看起来不太像医院，反而更像一间精神病病室的临时病房。

“他们怎么了？”我问，“他们是在突袭中受伤的？”

“不，是被雷恩女士带来的。”护士回答，“她发现他们被遗弃在一所医院里，医院已经被幽灵改造成了某种医学实验室。这些可怜的生物像小白鼠一样被用在他们不可告人的实验中，结果就成了你们看到的样子。”

“我们找到了他们的旧档案，”小丑说，“他们几年前被幽灵绑架，大家早就以为他们死了。”

护士从靠着低语男人的床的墙边拿出一个夹纸板：“这个小伙子，本特里特，照理他应该能流利地说一百种语言，但现在只会说一个词，反反复复说。”

我蹑手蹑脚地走近，注视着他的嘴唇。“呼叫，呼叫，呼叫，”他不出声地说着，“呼叫，呼叫，呼叫。”

胡言乱语。他丧失了神志。

“那边的那个，”护士用夹纸板指着呻吟的女孩儿说，“她的图表显示她能飞，但我甚至没见过她从那个床上抬起一英寸的高度。至于另一个，她本该是隐形的，却被看得一清二楚。”

“他们被拷打了吗？”艾玛问。

“很显然啊——他们被拷打得神志不清了！”小丑说，“一直

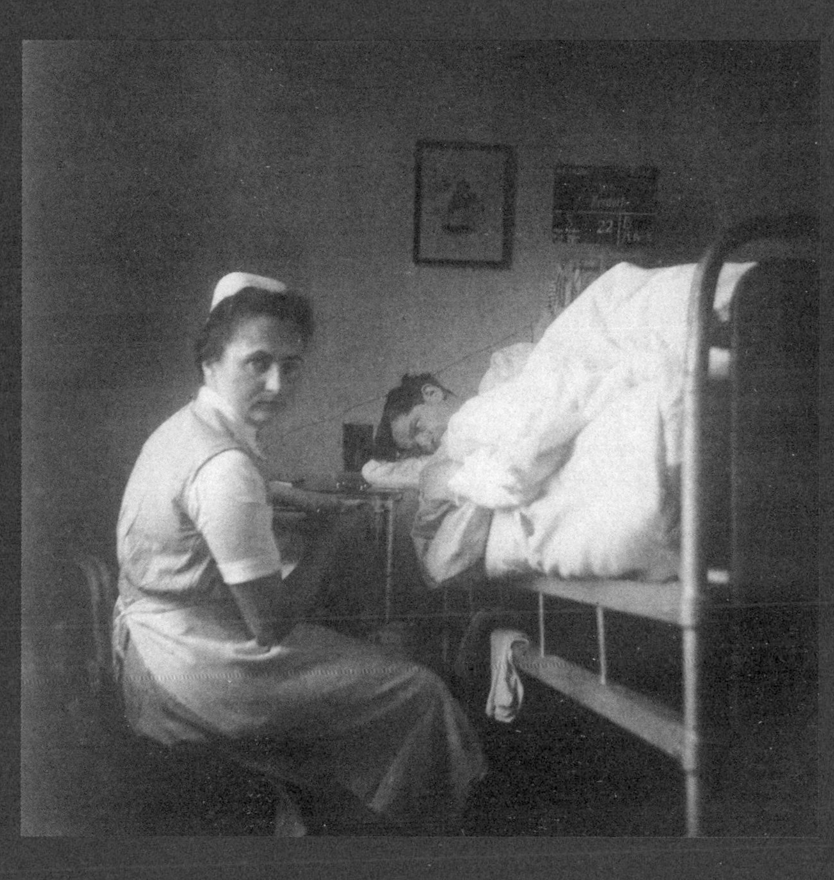

拷打到他们忘记了怎么做异能人！”

“你可以拷打我一整天，”米勒德说，“我永远不会忘了怎么隐形。”

“给他们看看伤痕。”小丑对护士说。

护士横穿到那个一动不动的女人身边，把她的被单向后拉起。她的肚子上到处都是细细的红色伤痕，脖子侧面、下巴底下也有同样的伤痕，每一处伤痕差不多有一支香烟那么长。

“我很难把这个叫作拷打的证据。”米勒德说。

“那么你会管它叫什么？”护士生气地说。

米勒德无视她的问题，他问：“还有更多的伤吗，还是这就是她全部的伤了？”

“远不只这些。”护士说，她拂去被单，把女人的双腿露出来，指着女人膝盖背面、大腿内侧和脚底的伤痕。

米勒德弯腰检查女人的脚：“这是个奇怪的位置，你们不觉得吗？”

“你是什么意思，米勒？”艾玛问。

“嘘，”伊诺克说，“如果他想演夏洛克就让他演吧，我倒挺喜欢的。”

“我们为什么不割伤他身上十个地方？”小丑说，“然后就会知道他觉不觉得这是拷打了！”

米勒德横穿过房间走到低语男人的床边：“我可以检查他吗？”

“我敢肯定他不会反对。”护士说。

米勒德掀起男人腿上的被单，在他其中一只脚底板上有一道伤痕，和“一动不动”女人脚底的一模一样。

护士指着翻滚的女人示意：“如果你在找那个，她也有一个。”

“够了，”折叠人说，“如果这不是拷打，那是什么？”

“探查术，”米勒德说，“这些伤口是精确的外科手术切口，并非旨在施加痛苦，甚至很可能是在麻醉下进行的。幽灵是在寻找某样东西。”

“找什么？”艾玛问，尽管她看起来非常害怕听到答案。

“关于异能人的脚有句老话，”米勒德说，“你们有人记得吗？”

贺瑞斯把它背了出来。“异能人的脚底是他的灵魂之门。”他说，“不过那只是他们跟小孩儿说的，让孩子们在外面玩的时候穿上鞋。”

“也许是，也许不是。”米勒德说。

“别胡扯了！你觉得他们是在找——”

“他们的灵魂，而且找到了。”

小丑大声笑出来：“真是鬼话连篇。只不过因为他们失去了异能，你就觉得他们的第二灵魂被移除了？”

“一定程度上吧。我们知道，如今幽灵对第二灵魂感兴趣已经有好几年了。”

然后我回想起米勒德和我在火车上的对话，于是说：“但你跟我说过，我们是因为有异能灵魂才能进入时光圈的。那么，如果这些人失去他们的灵魂，他们怎么会在这儿？”

“喔，他们并非真的在这里，不是吗？”米勒德说，“我的意思是，他们的精神无疑在别的地方。”

“你现在在抓救命稻草，”艾玛说，“我觉得你已经扯得够远的了，米勒德。”

“再多忍我一会儿就好，”米勒德说，现在他踱着步子，变得兴奋起来，“我猜你们应该没听说过有普通人真的进入过时光圈吧？”

“没听过，因为大家都知道那是不可能的。”伊诺克说。

“那几乎是不可能的，”米勒德说，“并不容易，也不常见，但曾经有人做到过——一次。一个由佩里格林女士的哥哥进行的非法实验，我认为，几年以后他发疯，并组建了分裂团体，后来他们变成了幽灵。”

“那为什么我从没听说过？”伊诺克说。

“因为那个实验极具争议，实验的结果立刻被掩盖了，所以不会有人试图去复制。无论如何，原来是可以把普通人带进时光圈的，但他们必须被迫穿越，而且只有具备伊姆布莱恩能力的人才能做到。但由于普通人没有第二灵魂，他们不能应付时光圈本身的悖论，大脑变成了一锅粥，从进入时光圈的那一刻起，他们就变成流着口水、毫无知觉的植物人，和我们面前的这些人差不多。”

当米勒德的话引起注意，有片刻无人作声。然后艾玛用双手捂住了嘴巴，她轻声说：“哦，见鬼，他是对的。”

“好吧，那么，”小丑说，“如此看来，事情甚至比我们想象中还要糟糕。”

我感觉房间里开始缺氧。

“我不确定自己是不是明白。”贺瑞斯说。

“他说恶魔们偷走了他们的灵魂！”奥莉弗大喊，然后她哭着向布朗温跑去，把脸埋进她的外套里。

“这些异能人并非丧失了他们的异能，”米勒德说，“异能从他们身上被偷走了——和他们的灵魂一起被提取了，然后喂给了‘空心鬼’。这就促使‘空心鬼’充分进化，得以进入时光圈，而这样的进化促使它们最近对异能界展开攻击——为幽灵网罗绑架了更多的异能人，他们可以提取这些人的灵魂，如此可以令更多的‘空心鬼’进化。依此类推，形成恶性循环。”

“那么他们想要的不只是伊姆布莱恩，”艾玛说，“也包括我们——还有我们的灵魂。”

休站在低语男人的床脚，他的最后一只蜜蜂在他周围生气地嗡嗡叫。“多年来所有被绑架的异能儿童……幽灵就是对他们做这事？我本来推测他们只是变成了‘空心鬼’的食物，但这……这比我想象中邪恶得多。”

“还有谁认为幽灵不打算提取伊姆布莱恩的灵魂？”伊诺克问。

他的话令一股寒气从我们身上穿过。小丑转向贺瑞斯说：“你的最好设想现在看起来如何，哥们儿？”

“别戏弄我，”贺瑞斯回答，“我咬人。”

“所有人都出去！”护士命令道，“不管有没有灵魂，这些人生病了。这不是斗嘴的地方。”

我们闷闷不乐地排成一列进入走廊。

“好吧，你们给了我们一场恐怖秀，”艾玛对小丑和折叠人说，“正如预期，我们被吓到了。现在告诉我们，你们想要什么。”

“很简单，”折叠人说，“我们想要你们留下来和我们一起战斗。”

“我们只是要给你们看看这么做对你们自身的利益有多大好处，”小丑说，他拍了拍米勒德的背，“但你们的这位朋友在这点上做得更好，是我们永远比不了的。”

“留在这里为什么而战？”伊诺克说，“伊姆布莱恩们甚至不在伦敦——雷恩女士是这样说的。”

“忘了伦敦吧！伦敦完了！”小丑说，“这里的战斗结束了，我们输了。一旦雷恩从这些被毁的时光圈里救出她能救的每一个异能人，我们就壮大队伍转移到别的地方，别的时光圈。外面一定有更多的幸存者，像我们一样胸中仍燃烧着斗志的异能人。”

“我们将会组建军队，”折叠人说，“真正的军队。”

“至于弄清楚伊姆布莱恩们在哪儿，”小丑说，“没问题，我们会抓一个幽灵，严刑逼供，让他在‘时间地图’上指给我们看。”

“你们有一份‘时间地图’？”米勒德说。

“我们有两份。要知道，异能档案馆在楼下。”

“这确实是好消息，”米勒德说，声音里充满了兴奋。

“要抓住一个幽灵哪有说起来那么容易，”艾玛说，“而且他们撒谎，当然了，他们最擅长的就是撒谎。”

“那我们就抓两个，对比他们的谎言。”小丑说，“他们经常来这里四处查看，所以下次我们看到一个——砰！我们就抓住他！”

“不需要等，”伊诺克说，“雷恩女士不是说了，这座楼里就有幽灵吗？”

“当然，”小丑说，“但他们被冻僵了，死绝了。”

“那并不意味着不能审问他们。”伊诺克说，他咧开嘴，笑容在脸上蔓延。

小丑转向折叠人：“我真的开始喜欢这些怪人了。”

“那你们和我们一起？”折叠人说，“你们留下来战斗？”

“我没那么说，”艾玛说，“给我们一分钟商量一下。”

“有什么好商量的？”小丑说。

“当然，你们尽管慢慢来。”折叠人说，他推着小丑沿走廊前行，“来，我们去做点咖啡。”

“好吧。”小丑不情愿地说。

我们凑在一起商议——自从麻烦开始，大家已经无数次这样做过，只不过这次没有相互斥责，而是有秩序地轮流发言。所有这一切事关重大，大家都心境庄严。

“我认为我们应该战斗，”休说，“既然知道幽灵要对我们做什么，我不能接受自己回到从前，假装一切没发生。战斗是唯一光荣的事。”

“活下来也很光荣，”米勒德说，“我们的同类通过躲藏从二十世纪活了下来，不是通过战斗——所以我们需要的也许只是更好的躲藏方法。”

然后布朗温转向艾玛说：“我想知道你怎么想。”

“是啊，我也想知道艾玛怎么想。”奥莉弗说。

“我也是。”伊诺克说。这让我吃了一惊。

艾玛深吸一口气，然后说：“我为其他的伊姆布莱恩感到难过，幽灵在她们身上犯下了罪，而我们种族的未来也许取决于能否救出她们。但说到底，我的忠心不属于其他那些伊姆布莱恩，也不属于其他异能儿童，它属于救过我命的人——佩里格林女士，而且只属于佩里格林女士一个人。”她停下来点点头——仿佛在检查和确认自己的话是否正确——然后继续说道，“如果鸟从人愿，当她再次变成她自己，我会做任何她需要我做的事。如果她说战斗，我将会战斗。如果她想把我们藏在某个地方的时光圈里，我也会赞同。无论如何，我的信条从没变过：佩里格林女士最清楚该怎么做。”

其他人将她的话考虑一番，最后米勒德说：“非常明智的对策，布卢姆小姐。”

“佩里格林女士最清楚！”奥莉弗欢呼道。

“佩里格林女士最清楚！”休随声附和。

“我不在乎佩里格林女士怎么说，”贺瑞斯说，“我会战斗。”

伊诺克忍住笑：“你？”

“所有人都认为我是个胆小鬼，这是我证明他们错了的机会。”

“别因为几个嘲弄你的笑话把自己的命丢掉，”休说，“谁在乎别人怎么想？”

“不仅是那样，”贺瑞斯说，“记得我在凯恩霍尔姆的时候有过的幻觉吗？我瞥见了伊姆布莱恩们被关押的地方，虽然不能在地图上指出来，但我对此十分确定——当看到它我就会知道。”他用食指轻点了一下前额，“我这里的东西也许正好会为那些家伙省去一大堆麻烦，还能让其他那些伊姆布莱恩得救。”

“如果有人战斗有人留守，”布朗温说，“我将会保护那些留守的人。守护一直是我的使命。”

然后休转向我问道：“你呢，雅各布？”我当即哑口无言。

“是啊，”伊诺克说，“你呢？”

“呃，”我说，“我……”

“我们去散个步吧，”艾玛说着用一只胳膊勾住我的胳膊，“你和我需要聊一聊。”

我们慢慢走下楼梯，彼此一言不发直至到达楼梯底部，来到那道曲面的冰墙前，阿尔瑟娅就是在这里把隧道出口冻了起来。我俩坐在一起，长时间地注视着冰层里，看着被冰困住的一个个轮廓，它们在越来越暗的光线中显得模糊而扭曲，像蓝琥珀中古老的虫卵一样悬浮着。我们坐着，从两人之间积聚的沉默中我能看出这将是一场艰难的对话，一场我们谁也不愿意开始的对话。

终于，艾玛说：“怎么样？”

我说：“我和其他人一样——我想知道你怎么想。”

她大笑起来，就像人们遇到不好笑却尴尬的事时那样，她说：“我不是很确定你真想知道。”

她是对的，但无论如何我还是敦促她说出来：“说吧。”

艾玛把一只手放在我膝盖上，然后又缩了回去。她坐立不安，我胸口发紧。

“我想，你是时候回家了。”她终于说。

我眨了眨眼睛，用了片刻才让自己相信她真的说了那样的话。“我不明白。”我咕哝道。

“你自己说过你被送到这里是有原因的，”她盯着自己的腿很快地说，“那就是帮助佩里格林女士。现在看来，她可以得救了，如果你欠她什么，也已经还了，你永远不会意识到自己帮了我们多大的忙。现在是你回家的时候了。”她的话一股脑儿涌出来，就像它们是她长时间背负的痛苦，终于摆脱掉它们让她松了口气。

“这是我的家。”我说。

“不，它不是。”她坚持道，现在她看向了我，“异能界要灭亡了，雅各布，它是一个遗失的梦。即便以某种方式，借由某种奇迹，我们拿起武器对抗恶势力并且获胜，曾经所拥有的也只剩下了影子、支离破碎的乱局。你有家——它没有被摧毁——你父母还活着，他们爱你，多多少少。”

“我告诉过你，我不想要那些东西，我选择了这个。”

“你作出了承诺，也遵守了它。现在那已经结束了，是你回家的时候了。”

“别再那样说了！”我大喊，“为什么你要把我推开？”

“因为你有真正的家和真正的家人，如果你觉得我们有谁会抛弃那些东西而选择这个世界——从前，有谁会为了我们的时光圈、长寿和异能而放弃哪怕只是体验一下你所拥有的那些——那么你真的活在幻想世界里。想到你可能抛弃所有那一切，我就十分不舒服——为了什么？”

“为了你，你这个白痴！我爱你！”

我不敢相信我说了出来，艾玛也不敢相信，她张大了嘴。“不，”她摇着头说，就像她能把我的话擦掉一样，“不，这不会对任何事有帮助。”

“但这是真的！”我说，“你觉得我为什么留了下来而没有回家？不是因为我爷爷或者什么愚蠢的责任感——不完全是——不是因为我恨我父母或者不喜欢我的家和我们拥有的所有美好。我留下是因为你！”

她沉默了片刻，只是点点头，然后把目光移开。她用手捋过头发，露出我之前没注意到的一条灰白印迹，这让她看起来突然老了许多。“是我自己的错，”她终于说，“我不应该吻你，也许是我让你相信了本不真实的东西。”

她的话刺痛了我，我像自我保护般本能地退缩。“如果你不是认真的，就不要跟我这么说，”我说，“我也许没有很丰富的约会经验，但别把我当成什么面对漂亮女孩儿无能为力的可悲废物。你没让我留下，我留下是因为我想留下——因为我对你的感觉和以往我对任何东西的感觉一样真实。”我让这话在我俩之间的空气里停留了片刻，感受着它的真实性。“你也感觉到了，”我说，“我知道你感觉到了。”

“对不起，”她说，“对不起，那很残忍，我不该那样说。”她用手擦了擦有点湿润的眼睛，她曾经努力让自己像石头一样，但现在假象正在逐渐消失。“你是对的，”她说，“我非常在乎你，这就是为什么我不能看着你丢掉你的生活却换来一场空。”

“我不会的！”

“该死，雅各布，没错，你会的！”她太过愤怒以至于无意间在手里升起一团火——幸好她已经把手从我膝盖上移开了。艾玛双手拍在一起，将火熄灭，然后站了起来，指着冰里说，“看到里面办公桌上那株盆栽植物了吗？”

我看到了，点了点头。

“它现在很绿，被冰封存保鲜，可是内里死亡。冰融的一瞬间，它就会变黄，枯萎如烂泥。”她双眼锁定在我身上，“我就像那株植物。”

“你不是，”我说，“你是……完美的。”

她的脸绷紧了，露出不得不耐下心来的表情，仿佛自己是在向一个顽钝的孩子解释什么。她再次坐下，拉起我的手，放到她光滑的脸颊上。“这个？”她说，“是个谎言，它并非真的是我。如果你能看到我真实的样子，你不会再想要我。”

“我不在乎那个东西……”

“我是一个老女人！”她说，“你以为我们相似，但其实不然。你说你爱的这个人？她实际上是一个老妖婆，一个藏在少女身体里的干瘪老太婆。你是一个年轻男人——一个男孩儿——跟我相比是个婴儿。一直离死亡如此之近，你永远无法明白这是什么感觉，而且也不应该明白，我永远不想让你明白。你仍然有整个人生可以期盼，雅各布，我已经度过了我的。有一天——很快，也许——我会死去，回归尘土。”

她的语气如此冷漠而笃定，我知道她相信自己的话。说出这些话她自己也受到了伤害，就像听到它们我受到伤害一样。但我明白她为什么这样做，她在试图用她的方式救我。

无论如何，这令人痛心，因为在一定程度上，我明白她是对的。如果佩里格林女士康复了，那我就完成了自己的目标：解开了我爷爷的秘密；还清了我家人欠佩里格林女士的人情；过了我一直梦想的非同凡响的生活——或者至少过了一段那样的生活——那时我身上就只剩下对父母应尽的义务。至于艾玛，我一点也不在乎她比我年长，或者和我不同，但她已经打定主意觉得我应该在乎，无法说服她不去那样想。

“也许当这一切都结束，”她说，“我会给你寄一封信而你会回一封给我，也许有一天你能再回来看我。”

一封信。我想起在她房间里找到的那个布满灰尘的盒子，里面装满了爷爷写的信。对她来说我就会是那个吗，大洋彼岸的老男人？一段回忆？我意识到，自己即将以一种从未想过的方式追随爷爷的足迹，在太多方面，我正在过他的人生。很可能有一天，我的防守会松弛过度，我身体衰老、行动缓慢、注意力涣散，会以和他一样的方式死去。而艾玛会没有我继续活下去，没有我们两个当中的任何一个。有一天，也许会有人在她的壁橱里找到我的信件，装在一只盒子里，摆在爷爷的信盒旁边，好奇我们曾经是她的什么人。

“如果你们需要我呢？”我说，“如果‘空心鬼’回来呢？”

她眼里闪着泪光。“我们会想办法应付的。”她说，“听着，我不能再谈论这个了，我真的觉得自己的心脏受不了。我们上楼告诉其他人你的决定好吗？”

我紧抿着嘴，突然被她如此紧逼激怒了。“我没做任何决定，”我说，“是你的决定。”

“雅各布，我刚刚跟你说了——”

“对，你跟我说了，但我还没拿定主意。”

她交叉双臂：“那我可以等。”

“不，”我说完站起身来，“我需要自己待一会儿。”

我撇下她，一个人沿着楼梯向上走去。

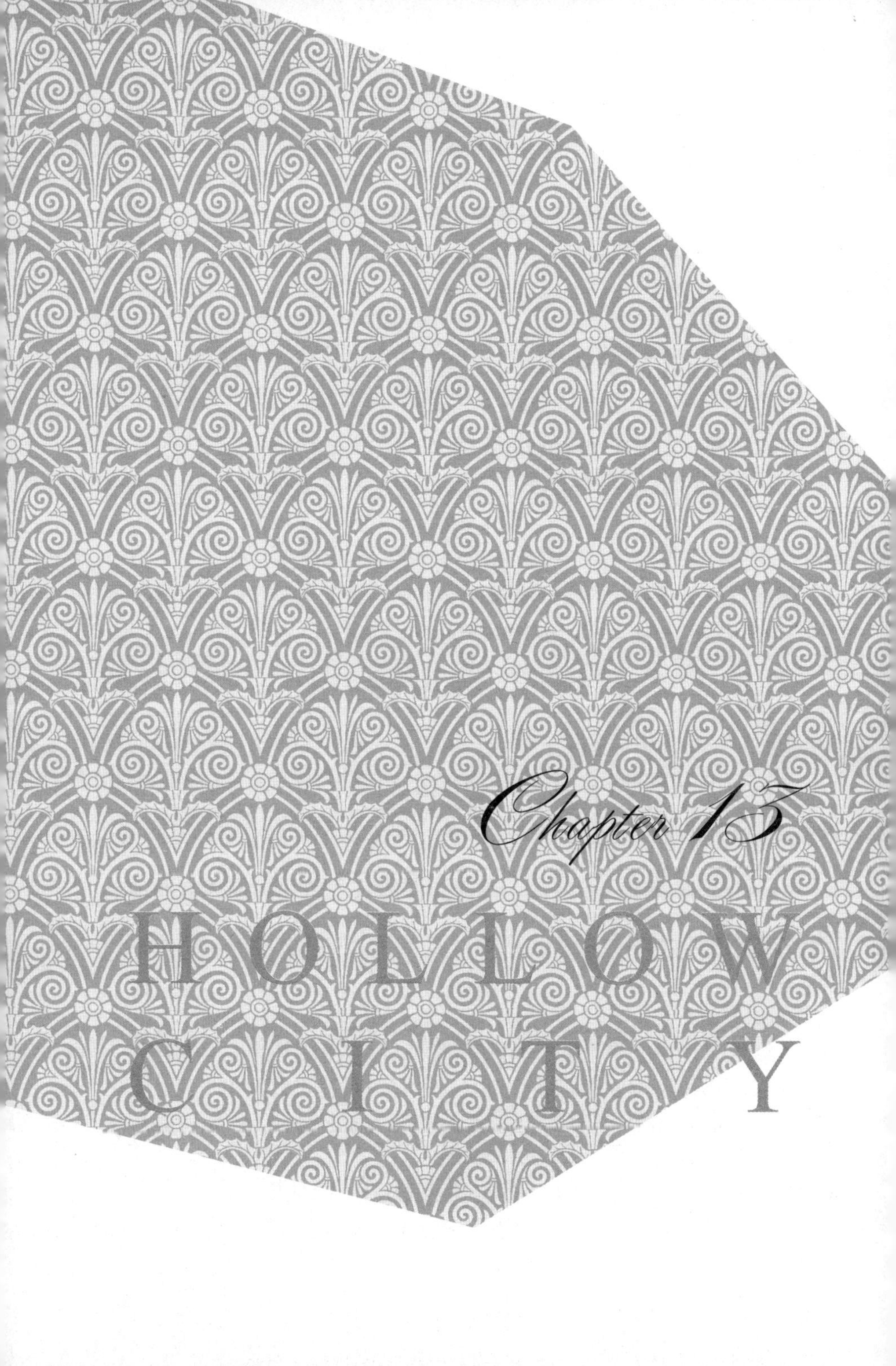

Chapter 13

HOLLOW CITY

我悄悄穿过走廊，在伊姆布莱恩会议室外面站了一会儿，隐约的说话声透过门传出来，但我没有进去。我往护士的房间里偷看，她坐在凳子上打瞌睡，凳子放在“单一灵魂”异能人的床间。我撞开雷恩女士的房门，看到她摇晃着腿上的佩里格林女士，温柔地把手指伸进鸟羽里按摩。我没对任何人说话。

漫步在空荡的走廊和被洗劫的办公室之间，我试图想象家是什么感觉，如果在经历一切之后我选择回去的话。我会跟父母说什么，最有可能的是，我什么也不会告诉他们。无论如何，他们绝不会相信我。我会说我发疯了，给爸爸写了一封充满疯狂故事的信，然后赶上一艘开往大陆的船逃跑了。他们会把它叫作压力反应；把它归因于某种莫须有的错乱，并相应地调整我的药；责备戈兰医生为什么建议我去威尔士。而戈兰医生，当然他们再也不会听到他的声音了。他悄悄溜走了，他们会说，因为他是个骗子，是个我们从不该相信的江湖郎中。而我会回去做那个可怜的、受到创伤、精神失常的富家子弟雅各布。

听起来就像一场监禁。然而，艾玛是我留在异能界首要的动机，如果她不想再要我，我不会缠着她不放自贬身价。我有我的自尊。

既然已经体验过这样的异能人生，我能忍受佛罗里达多久呢？现在的我和曾经平凡的自己相差甚远——或者如果真相是我从未平凡过，现在我知道了——我变了。这至少给了我一些希望：即使在平凡的环境下，我也许仍然可以找到活出非凡人生的方法。

是的，离开是最好的选择，真的是最好的。如果这个世界即将灭亡，无可挽回，那么这里对我来说还剩下什么呢？逃亡、躲藏，直到再没有安全的地方可去，再没有时光圈可以继续维持朋友们虚假的青春。注视着他们死去，抱着艾玛任由她衰老，在我怀里解体。

那会比任何“空心鬼”都更快地要我的命。

所以，是的，我打算离开，挽回我原来的人生中剩下的东西。再见，异能人。再见，异能界。

这是出于好意。

我溜溜达达来到一个地方，那里的房间只有一半被冻了起来，冰就像即将沉没的轮船里的水，上升到距离天花板一半的高度，然后停了下来，办公桌的桌面和灯头像快要体力不支的游泳者一样伸出来。冰窗外，太阳正在下沉，墙上突然涌现出大量的影子，影子在楼梯井里成倍地增加。随着光线消失，冰变得更蓝了，把周围的一切都涂成深海的钴蓝色。

突然想到这很可能是我在异能界的最后一个晚上，我和朋友们的最后一晚——他们是我有过的最好的朋友，我和艾玛的最后一晚。

为什么要独自一人待着？因为我感到悲伤，艾玛伤了我的自尊，我需要生闷气。

这够了。

然而就在我转身要离开房间时，我感觉到了从前心里那个熟悉的刺痛。

一只“空心鬼”。

我停下来，等待另一下疼痛的冲击，我需要更多的信息。疼痛的强度对应“空心鬼”的远近程度，而阵痛的频率对应它的强弱程度。当两个强壮的“空心鬼”追捕我们时，“感觉”是一阵长久持续的痉挛，但现在我要等上好久才能感觉到另一下——几乎有一分钟——当它袭来，却如此微弱，以至于我甚至不确定自己感觉到了它。

我蹑手蹑脚地慢慢走出房间，沿走廊前行。经过下一个门口时，我感觉到了第三下刺痛：现在稍微强烈了一点，但仍然只是一声低语。

我试图小心谨慎地悄悄把门打开，但门被冻住了。我不得不猛拉门，将它晃得咯咯作响，然后用脚去踹，直到门终于突然打开，露出一道门廊和一间屋子。屋子被齐胸高的冰填满。我小心翼翼地向冰靠近，凝视其中，即使光线微弱，我也立刻就看到了那只“空心鬼”。它蹲在地上，被冰一直包裹到墨黑色的眼球那么高，只有头上半部分暴露在冰面之上，身体的其他部分，那些危险的部分，张开的下颌，以及所有牙齿和触须，都被卡在冰面之下。

这家伙眼看就要没生命迹象了，它的心跳慢得几乎停止，大概以每分钟一次的频率跳动着，而每一次微弱的脉搏都让我感受到了与之相应的刺痛。

我站在屋子门口出神地盯着它，感到厌恶。它失去了知觉，动弹不得，毫无抵抗力，完全任人宰割。要爬到冰上把一根冰柱的尖端敲进它的头盖骨很容易——如果别人知道它在这儿，我肯定他们势必会那样做。不过我却停住了：这个生物，它现在对任何人都没有威胁。我接触过的每一个“空心鬼”都在我身上留下了印记，它们腐烂的脸会出现在我梦中。很快我就要回家，在那里我将不再是“空心鬼”屠手雅各布，我不想把这只也一起带走。这与我再无关系。

我从屋子退出来，关上了门。

当我回到会议厅，外面暗了下来，屋里像夜晚一样漆黑。因为雷恩女士不允许点煤气灯，担心被街上的人看见，于是大家在椭圆形的桌子上点了几只蜡烛围聚四周。有些人坐在椅子上，其他人盘腿坐在桌上，一边轻声谈论一边低头凝视着什么。

沉重的门发出咯吱的响声，大家转身看向我。“雷恩女士？”布朗温满含希望地说，边说边在椅子上挺直身体眯着眼睛看。

“只是雅各布而已。”另一个朦胧的轮廓说。

失望的叹气声不约而同地传来，随后布朗温说：“哦，你好，雅各布。”接着注意力又回到桌子上。

我朝他们走去，目光始终锁在艾玛身上。四目相对时，我看到她眼睛里有种没加掩饰没加防备的东西，一种担忧。我猜想，她担心我实际上已经听从她的劝告。然后她双眼变得黯淡，又低下了头。

我一直有点希望艾玛出于对我的同情已经告诉了其他人我要离开，但她当然没那么做——我都还没有告诉她。然而仅从我穿过房间时脸上的表情看，她似乎就知道了我的决定。

显然，其他人一无所知。他们太习惯于有我在场，甚至已经忘了我可以考虑离开。我下定决心，请求大家注意。

“等一下，”一个有浓重口音的声音说，烛光中我看到耍蛇女孩儿和她的巨蟒注视着我，“这个男孩儿刚才对我出生的地方一通胡扯。”她转向桌子旁唯一一张空椅子说，“我家乡的人叫它西姆哈拉德威帕——狮子的居所。”

椅子上传来米勒德的回答：“对不起，但这里就用美术字清楚地写着：锡兰狄布之地，制作这幅地图的异能绘图员可没有胡编乱造的义务！”

然后我靠近一点，看到了他们在争论什么。那是一份“时间地图”，不过这份地图册的开本比我们丢在海里的那份大得多。地图几乎铺满了整张桌子，和立起来的砖块一样厚。“我了解自己的家乡，它叫西姆哈拉德威帕！”耍蛇女孩儿坚持道，巨蟒从她脖子上绕下来，嗖地穿过桌面，把鼻子撞在地图上，指着印度海岸线附近一座泪滴形的岛。然而，在这份地图上，印度被称为马拉巴尔，而那座岛，据我所知是个叫斯里兰卡的地方，上面用美观的手写体写着：锡兰狄布之地。

“争论毫无意义，”米勒德说，“有些地方有很多名字，住在那里的人给它们起不同的名字。现在请让你的蛇退回去，免得它把地图弄皱了。”

耍蛇女孩儿用鼻子哼了下，轻声低语着什么，巨蟒悄悄溜走又盘绕到她脖子上。自始至终，我的目光都无法从地图册上移开。我们丢的那本已经够令人印象深刻了，尽管我只见它被打开过一次，就在那一晚，借着烧毁孤儿院的令人胆战心惊的橙色火光。这一本的规模则完全不同，它不仅比之前那个大上几个数量级，而且华丽到让另外一本看起来像极了用皮革包边的卫生纸。彩色地图在页面上蔓延，页面是由比纸更结实的材料制成的，大概是小牛皮，并且镶了金边。页边的空白处填满了豪华的插图、铭文和一块块的图注。

米勒德注意到我在欣赏它："是不是很令人震撼？也许除了《异能法典》，这个版本的地图册是全异能界最好的书了。它是由很多制图员、艺术家和出版人组成的一支团队花了一生的时间创作的，而且据说珀尔普雷克萨斯·阿诺莫勒斯本人亲自绘制了其中的一些地图。从我还是个男孩儿时起就想亲眼见到它，噢，我太高兴了。"

"真的很了不起。"我说，它的确令人震撼。

"米勒德刚刚在给我们展示他最喜欢的一些部分，"奥莉弗说，"我最喜欢图片！"

"帮他们分散一下注意力，"米勒德解释说，"让等待容易一些。喂，雅各布，过来帮我翻页。"

我决定，与其宣布这个令人伤感的消息，毁了米勒德的开心一刻，倒不如再等一会儿。至少，明早前我哪儿都不会去，而且我想卸下更重的心理负担，再和朋友们一起多享受几分钟的欢乐时光。我缓缓走近米勒德，把手指塞到那页地图下面，它大到要我和米勒德都用上双手才能翻过去。

我们仔细研究地图，我被它吸引住了——特别是那些偏僻且鲜为人知的地方。不用说，欧洲和它境内的很多时光圈都定义明确，但远处的地方就比较粗略了。非洲有大片地区根本就是空白的，未知领域。西伯利亚也是一样，不过俄罗斯远东地区在“时间地图”上有它自己的名字：深远大独地。

“这些地方有时光圈吗？”奥莉弗指着横跨中国大片领土的一块空白问，“那里有异能人吗，像我们一样的？”

“当然有，”米勒德说，“异能是由基因而不是地域决定的。但异能世界有很大的部分根本还没被探索出来。”

“为什么没呢？”

“我猜是因为我们太忙于生存了。”

我突然想到，生存这件事杜绝很多东西，探索未知和坠入爱河也不例外。

我们又翻了几页，搜索着空白的地点。这样的地方有很多，而且都有着新颖奇特的名字。沙之悲伤王国、产自愤怒之地、星宿满布之高地，我对自己默念着那些字眼，欣赏着字体的曲线。

页面的边缘潜藏着骇人的地方，地图上管它们叫荒。斯堪的纳维亚最北部是寒荒；婆罗洲中部，窒荒；阿拉伯半岛的很大一部分，无情荒；巴塔哥尼亚的南端，郁荒。某些地方根本没被描绘出来，比如新西兰和夏威夷。佛罗里达仅仅是美国底部一个向内生长的小结节，几乎看不见。

看着“时间地图”，即使是那些听起来最令人生畏的地方也唤起我心中一种奇怪的渴望。它让我想起很久以前的那些午后，我和爷爷一起研究着《国家地理》杂志上具有历史意义的地图——那些地图是在还远没有飞机和人造卫星的时代绘制的，那时候高分辨率摄影机还不能看到世界的每一个角落和缝隙，如今熟悉的海岸线地形在那个时候是靠猜测绘制。那时候不论冰冷的大海还是可怕的丛林，它们的深度和面积都是从流言、传说还有探险队员们过激的漫谈中拼凑出来的，那些探险队员在探索它们的过程中失去了一半的同伴。

当米勒德漫无边际地讲着地图的历史时，我用手指勾勒着亚洲地区一片无路的广阔沙漠，上面的文字是：带翅生物不落之地。这里是一整个有待发现的世界，而我对其才刚刚窥见一斑。这个想法令我心中充满遗憾，但也有一种可耻的解脱感——毕竟我要再次见到我的家了，还有我父母。这种古老的为了探索而探索的冲动，也许很幼稚。未知中夹杂着浪漫情调，而一个地方一旦被发现、记载并绘入地图，它的魅力就减弱了，不过成了地图册里另一个枯燥无味的真相，丧失了神秘感。所以，也许最好在地图上留一些空白的地点，让这个世界保留一点它的魔力，而不是强迫它泄露每一个秘密。

也许最好不时感到疑惑纳闷。

然后我告诉了他们——再等下去毫无意义。我就那样脱口而出。“我要离开了，”我说，“等这一切结束，我打算回家。”

有一瞬间，众人震惊得一言不发。艾玛与我目光相遇，终于，我看到她眼中含着泪。

然后布朗温从桌子上站起来，伸出双臂拥抱我。“兄弟，”她说，“我们会想你的。”

“我也会想你们，”我说，“无以言表。”

“但为什么？”奥莉弗边说边飘到与我视线齐平的高度，“是我太烦人吗？”

我把手放在她头上，将她按回到地面。“不，不，和你没关系，”我说，“你很棒，奥莉弗。”

艾玛站了出来。“雅各布来这里帮我们，”她说，“但他从前的生活还在那儿等着他，他不得不回去。”

孩子们似乎明白了，没人生气，多数人似乎都真诚地为我高兴。

雷恩女士匆忙把脑袋探进屋里为我们做快速的消息更新——一切都进行得妙极了，她说，佩里格林女士在康复的路上一切安好，到早上她就会准备就绪了。雷恩女士说完就又离开了。

“感谢诸神。”贺瑞斯说。

“感谢众鸟。”休说。

“感谢诸神和众鸟，”布朗温说，“所有森林中的所有树上的所有鸟。”

“也感谢雅各布，”米勒德说，“没有他我们走不了这么远。”

“我们甚至不可能离开海岛，”布朗温说，“你为我们做了太多，雅各布。”

大家都过来拥抱我，每一个人，一个接着一个。然后他们逐渐离开，只剩下了艾玛，她最后一个拥抱我——一个长长的苦乐参半的拥抱，感觉太像道别。

“请求你离开是我做过最艰难的事，”她说，“我很高兴你改变了想法，我觉得自己没有勇气再次提出请求了。”

“我讨厌这样，”我说，“我希望有一个世界让我们能安宁地在一起。”

“我知道，”她说，“我知道，我知道。”

“我希望……”我开始说。

“停。”她说。

不管怎样，我还是说了：“我希望你能跟我回家。”

她移开了目光：“你知道如果那样做我身上会发生什么。”

“我知道。”

艾玛不喜欢长时间的道别，我能感觉到她下定决心，努力不让痛苦表露出来。“那么，”她一本正经地说，“流程如下：当佩里格林女士变成人，她会带你回去，穿过嘉年华，进入地下，当你通过转换点，你将会回到‘现在’。那之后，你觉得能应付吗？”

“我想是的，”我说，“我会给我父母打电话，或者去警察局什么的。我肯定现在英国的每个警区都有我的脸部特写公告，我了解我爸爸。”我稍微笑了笑，因为如果不笑的话，我可能已经开始哭了。

“那就行了。”她说。

“那就行了。”我说。

我们看着彼此，没太做好放手的准备，也不确定还能做什么。我本能地想要亲吻她，却阻止了自己——她不再允许我那样做了。

“你走吧，”她说，“如果再也收不到我们的来信，那么，有一天你可以讲讲我们的故事。你可以把我们的事告诉你的孩子们，或者是孙子们。我们不会被完全遗忘。”

然后我便知道，从现在开始，我们彼此间说的每个字都是伤害，都会被此刻的痛苦包裹并烙上它的印记。我现在需要离开她的身边，不然伤痛永远不会停止。于是我悲伤地点点头，再次拥抱了她一下，然后退到一个角落里去睡觉，因为我非常、非常疲惫。

过了一会儿，其他人拖着床垫和毛毯进到屋里，在我周围做了一个安乐窝，我们在一起抱团取暖以抵御入侵的寒意。但当其他人开始睡下时，我发现自己尽管筋疲力尽却无法入眠，于是起身在房间里踱了一会儿，远远地注视着孩子们。

自从我们的旅程开始，我感受到了太多——喜悦、担忧、希望、恐惧——但直到现在，我从未曾感到孤独。布朗温曾叫我兄弟，但那听起来不再对劲，我顶多是他们的远房表亲。艾玛是对的：我永远不能理解。他们如此年长，看过的太多了，而我来自另一个世界，现在是回去的时候了。

终于，伴着我们下面的楼层和头顶阁楼里的冰嘎吱嘎吱噼啪作响的声音，我睡着了。整栋楼充满了冰。

那夜，奇怪又紧迫的梦伴随着我。

我又在家里了，做着所有过去常做的事。大口吃着一个速食汉堡——粗粮面包做成的又大又油腻的汉堡；坐在瑞奇那辆福特维多利亚皇冠的副驾驶上，低劣的收音机发出刺耳的声响；和我父母在杂货店，沿着过度明亮的长过道滑动，艾玛在那儿，把双手放进海产柜台的冰里降温，融化的水流得到处都是，她没认出我。

然后我置身于自己十二岁生日派对的游乐场，正拿着一把玩具枪开火。一具具爆裂的尸体，一只只充血的气球。

雅各布你在哪儿？

然后是学校。老师正在黑板上写字，但那些字母没有意义。然后大家都站了起来，匆忙往外跑——有什么不对劲。一个很响的噪音高高低低地起伏着，每个人都站着不动，探头看向天空。

空袭。

雅各布雅各布你在哪儿？

有人把一只手搭在我肩膀上，是一个老人，一个没有眼睛的人，他来偷我的眼睛。不是一个人——是一个东西——一只怪物。

现在我奔跑着，追赶我原来的狗。多年以前她离开了我，走失的时候还拴着狗绳，当她试图把一只松鼠赶上树时，狗绳缠绕在一根树枝上，她把自己勒死了。我们花了两周的时间在附近的地区喊着她的名字四处寻找，三周以后发现了她。我不禁为往事抽噎。

现在汽笛声震耳欲聋。我奔跑，一辆车在旁边停下把我接上车。我父母在车里，着装正式，他们不看我。车门锁上了。我们的车行驶着，外面热到令人窒息，但车里开着暖气，车窗紧闭。收音机声音很大，却被调到两个电台之间，发出错乱的杂音。

妈妈我们去哪儿？

她没回答。

爸爸为什么我们在这里停下？

然后我们下了车，走起路，我又能呼吸了。漂亮的绿地，有新割的青草的气味。人们穿着黑衣，在地上的一个坑洞周围聚集。

平台上放着一口打开的棺材。我向内探视，棺材里是空的，但有一块油渍在棺底慢慢蔓延，将白色的缎子染黑。快！合上棺盖！黑色的焦油泡从裂缝和沟槽中冒出，滴落到草里渗进泥土。

雅各布你在哪儿说话呀！

墓碑上写着：亚伯拉罕·埃兹拉·波特曼。我跌进他敞开的墓穴里，黑暗向上旋转着将我吞没，我不断地下落，就像在一个无底洞，然后置身于地下的某个地方，孤身一人，在上百条相互连接的隧道中游走。我游游荡荡，那里很冷，冷到令我害怕皮肤会结冰、骨头会碎裂，黑暗中随处都有黄色的眼睛在注视我。

我跟随着他的声音。*雅各布，到这儿来，别怕。*

隧道倾斜向上，尽头有光，一个年轻人站在隧道口，平静地读着一本书。他看起来和我一模一样，或者几乎和我一样，也许他就是我，我想，但接着他说话了，那是我爷爷的声音：*我要给你看点东西。*

霎时间我在黑暗中惊醒，我知道自己在做梦，但不知身在何处，只知我不已不在床上了，也没和其他人一起待在会议室里。我到了别的地方，身处的房间一片漆黑，脚下是冰，我的胃翻滚着……

雅各布到这儿来你在哪儿？

一个声音从外面沿着走廊传来——一个真实的声音，并非来自梦里。

然后我再次置身梦中，正在一个拳击台的围绳外面。画面中，

在雾霭和灯光下，我爷爷与一只“空心鬼”公开对抗。

他们绕着彼此兜圈子。爷爷很年轻，双脚敏捷，光着膀子，手里握着一把刀。“空心鬼”驼背扭曲，它的触须在空中挥舞，黑色的液体从张开的下颌滴落到垫子上。它突然用一根触须抽打过去，爷爷闪身躲开。

*不要对抗疼痛，这是关键，*爷爷说，*它在告诉你什么。欢迎它，让它和你说话。疼痛说：你好，我正是你；我因“空心鬼”而生，但我也是你。*

“空心鬼”再次抽打他，爷爷预料到了，在攻击到来前就腾挪出了空间。然后“空心鬼”第三次发起进攻，爷爷用刀猛击，“空心鬼”黑色的须尖被切断了，落在垫子上震颤着。

*它们是愚蠢的生物，极易受影响。跟它们说话，雅各布。*爷爷开始说话，但说的不是英语，也不是波兰语，不是我在梦境之外听到过的任何一种语言。那声音就像是某种粗嘎的出气声，不是从嗓子或嘴里发出的。

那生物停止移动，站在原地摇摆，看起来被催眠了。爷爷把刀放低，朝它缓缓逼近，嘴里仍然说着他那令人恐惧而费解的语言。他离得越近，那生物就变得越温顺，最后跌跪在垫子上。我以为它就要闭上眼睛睡觉了，这时“空心鬼”突然挣脱了爷爷投在它身上的咒语，用所有的触须迅猛攻击并将爷爷刺穿。当他倒下时，我跳过围绳向他跑去，“空心鬼”悄悄溜走了。爷爷平躺在垫子上，我跪在他身旁，一只手放在他脸上，他对我低声说着什么，嘴唇上冒着血沫，于是我俯身靠近倾听。*你比我强大，雅各布，*他说，*你比*

任何时候的我都强大。

我能感受到他的心跳变慢，莫名其妙地听到了它，直到每次跳动开始间隔整整几秒的时间，然后是几十秒，然后……

雅各布你在哪儿?

我再次惊醒。现在屋里有了光，到早上了，刚好是蓝色的黎明。我跪在冰上，身在那间被冰填得半满的屋中，我的手不在爷爷脸上而是放在被困的“空心鬼”头顶，触摸着它那迟缓的爬行动物脑。它睁着眼睛看着我，而我也正回看着它。*我看见你了。*

“雅各布！你在干吗？我一直在到处找你！”

是艾玛，她发狂般地站在外面的走廊里。“你在干吗？”她又说了一遍——她看不到“空心鬼”，不知道它在那儿。

我把手从它头上拿开，悄悄远离了它。“我不知道，”我说，“我想我刚才在梦游。”

“没关系，”她说，“快来——佩里格林女士就要变身了！”

所有孩子和所有从杂耍场上来的奇人都挤在那间小屋里，面色苍白、神情紧张，围着两个伊姆布莱恩，紧靠墙壁在地上蹲了一大圈儿，就像密室斗鸡的赌徒一样。艾玛和我溜进他们中间挤在一个角落里，眼睛紧紧盯住这正在上演的奇观。屋子里乱糟糟的：雷恩女士和佩里格林女士坐了一整夜的摇椅倾倒在一边；摆着小玻璃瓶和烧杯的桌子被粗暴地推倒在墙边；阿尔瑟娅站在桌面上抓着一支网杆，随时准备挥杆。

雷恩女士和佩里格林女士位于地面中央。雷恩女士双膝着地，把佩里格林女士压在地板上，她手上戴着厚厚的猎鹰手套，一边冒着汗一边用古老的异能语反复吟诵。佩里格林女士粗声尖鸣，挥舞一对利爪。但无论佩里格林女士如何猛烈地摆动，雷恩女士始终不放手。

在这个夜晚的某一刻，雷恩女士温和的按摩变成了一场类似不同物种专业摔跤比赛和驱魔仪式结合的表演。佩里格林女士的鸟性如此彻底地支配着她，拒绝离开，以至于必须用一场斗争来驱逐。两个伊姆布莱恩都受了轻伤：佩里格林女士的羽毛散落得到处是，而雷恩女士一侧脸上有一道竖的长血印子。那是一番令人不安的景象，孩子们当中有很多人看得目瞪口呆。雷恩女士正用力压在地上的那只鸟狂暴而野蛮，几乎令我们认不出。看起来，这场暴力表演要以佩里格林女士完全恢复到从前而告终有点不可思议，但阿尔瑟娅始终对我们保持微笑，鼓励地冲我们点头，仿佛在说，*快了，只要再往地上压一压就好*！

作为如此虚弱的老妇人，雷恩女士可真是给佩里格林女士好一顿狠揍。但之后那只鸟用喙猛戳雷恩女士，雷恩女士手上一滑，佩里格林女士大振双翅，差点儿从她手里逃脱。孩子们见状大叫着倒抽冷气。但雷恩女士身手敏捷，她一跃而起，设法抓住了佩里格林女士的一条腿，再次将她扑通一声拽在地板上。这令孩子们更大声地吸气——大家不习惯看到我们的伊姆布莱恩受如此对待，实际上布朗温不得不阻止休冲进战斗中保护她。

两个伊姆布莱恩现在看起来都极度疲惫，但佩里格林女士更甚，我能看出她的体力正在衰减，她的人性似乎就要战胜鸟性了。

“加油，雷恩女士！”布朗温大叫。

“你可以的，雷恩女士！”贺瑞斯呼唤道，“把她带回我们身边！”

“拜托！”阿尔瑟娅说，“我们需要绝对的安静。”

过了很长一段时间，佩里格林女士停止了挣扎，双翅张开躺在地上，喘着粗气，长满羽毛的胸口起伏着。雷恩女士把手从鸟身上拿开，一屁股坐在地上。

“就要变身了，”她说，“当变身发生时，我不想你们任何人冲过来抓她。你们的伊姆布莱恩很可能将会非常困惑，而我想要她头一个看到的是我的脸，听到的是我的声音，我需要向她解释发生了什么。”然后她双手交叉在胸前，喃喃地说，“回到我们身边，阿尔玛。来吧，姐妹，回到我们身边。”

阿尔瑟娅从桌子上走下来捡起一条床单，把它展开举在在佩里格林女士身前，将她从众人的视线中遮挡起来。当伊姆布莱恩从鸟变成人时，她们是一丝不挂的，这会给她一些私人空间。

我们屏住呼吸，在焦虑中等待，这时候一连串奇怪的响声从床单后面传来：排气的声音、一个像是有人猛烈拍了一下手的声音——然后雷恩女士跳了起来，摇摇晃晃地后退一步。

她看起来受到了惊吓——张着嘴巴，阿尔瑟娅也是。然后雷恩女士说：“不，这不可能。”阿尔瑟娅一个踉跄，好像要昏倒一样，任床单滑落。我们看到地上有一个人形的躯体，但不是一个女人的。

他全身赤裸，蜷缩成一团，背对着我们。他开始苏醒，舒展身体，最后站了起来。

“那是佩里格林女士吗？”奥莉弗说，“她的样子很古怪。”

显然，那不是她，我们面前的人和佩里格林女士没有任何相似之处。他是一个发育不良的小个子男人，膝关节粗大，秃顶，鼻子像用过的橡皮；他完全赤裸，从头到脚都糊满了半透明的凝胶。雷恩女士目瞪口呆地看着他，为了让自己站稳伸手乱抓着什么，这时其他人又惊又气，都开始大喊：“你是谁？你是谁？你对佩里格林女士做了什么？”

慢慢地，慢慢地，男人把双手抬到他脸边，揉了揉眼睛。然后，他第一次睁开了眼睛。

他空洞的瞳孔是白色的。

我听到有人尖叫起来。

然后，男人非常镇定地说：“我的名字是寇尔，现在你们都是我的俘虏了。”

“俘虏！”折叠人大笑着说，“他什么意思，我们是俘虏？”

艾玛对雷恩女士大喊：“佩里格林女士在哪儿？这个男人是谁？你对佩里格林女士做了什么？”

雷恩女士看起来失去了说话的能力。

当困惑转变成震惊和气愤，我们用一连串的问题向小个子男人开炮。他站在屋子中央，用略显无聊的表情忍受着那些问题，双手庄重地交叠，盖在私处。

“如果你们真正允许我说话，我将会解释这一切。”他说。

“佩里格林女士在哪儿？！”艾玛再次大喊，愤怒地颤抖着。

“别担心，”寇尔说，“她很安全，被我们关押着呢。几天以前我们绑架了她，在你们的岛上。”

“那么我们从潜艇里救出的鸟，”我说，“那是……”

“那是我。”寇尔说。

“不可能！”雷恩女士说，她终于又能说话了，“幽灵不能变成鸟！”

“确实，一般说来是不能。但阿尔玛是我姐姐，要知道，尽管我不够幸运，没能继承到一星半点操控时间的天赋，却同样拥有她最没用的特性——变成一只凶猛小猎鸟的能力。我对她的冒充很出色，你们不觉得吗？”他微鞠了一躬，“现在，能麻烦你们给我条裤子吗？这样实在有些尴尬。”

他的请求被无视了。与此同时，我的脑袋晕乎乎的，记起佩里格林女士曾经提到过她有两个弟弟——实际上，我看过他们的照片，当时他们都一起受埃弗塞特女士照顾。然后我回想我们和这只被认为是佩里格林女士的鸟一起度过的日子，所有我们经历的、看到的一幕幕。被戈兰扔进海里的笼子，那里面关的是真正的佩里格林女士，而我们“营救”的这个是她弟弟。最近佩里格林女士所做的残忍之事现在看来更讲得通了——那根本不是佩里格林女士——

但我心里仍然剩下一百万个疑问。

“从始至终，“我说，“为什么你一直保持鸟身？只是为了监视我们？”

“我对你们幼稚的争吵进行了漫长的观察，这无疑有极大的吸引力，我很希望你们能在一件未完成的事上帮到我。你们在乡下杀死我的手下，给我留下了深刻的印象，你们证明了自己很有策略。自然，之后我的手下可以在任何时候冲进来抓住你们，但我认为最好多留你们一会儿，看看你们的聪明才智是否能带我们找到那个一直设法避开我们的伊姆布莱恩。”接着，他转向雷恩女士，咧开嘴大笑起来，“你好，巴伦西亚加，又见到你真是太好了。”

雷恩女士哀叹了一声，用一只手给自己扇风。

“你们这帮白痴、笨蛋、低能儿！”小丑大喊，“你们把他们直接带到我们这儿来了！”

“作为一个不错的意外收获，”寇尔说，“我们还造访了你的小动物园！我们离开后，我的手下很快就去串门了。用那只长颈鹇和那只拳师犬的头做成标本，挂在我的壁炉台上方看起来会很华丽。”

“你这个恶魔！”雷恩女士尖叫道，她双腿站不住，向后倾靠在桌子上。

“噢，我的鸟啊！”布朗温睁大眼睛惊呼，“菲奥娜和克莱尔！”

“你们很快就会再见到她们的，”寇尔说，“她们很安全，我的人正奉命看着她们。”

一切都开始有了一种可怕的感觉。寇尔知道乔装成佩里格林女士，他就会被雷恩女士的小动物园接纳，而当她不在家，不能绑架她的寇尔就鼓动我们追着她，向伦敦进发。在很多方面，我们从最开始就被操控了——从我们选择离开海岛，我选择和他们一起走的那一刻开始。甚至连在森林里的第一个夜晚，他选择让布朗温读那个关于石头巨人的故事，都是一次操控。他想要我们找到雷恩女士的时光圈，并且让我们以为是自己破解了它的秘密。

我们当中那些没吓呆的人气得口吐白沫。有些人大喊着应该杀死寇尔，忙着搜寻尖锐的物体好去杀了他，而那些保持理智的人则试图拉住他们。自始至终，寇尔都镇定地站着，等待这场轩然大波逐渐平息。

“恕我直言，”他说，“如果我是你们，我不会动任何杀人的念头。你们可以杀我，当然，没人能阻止你们。但如果等我的手下到达时我平安无事，事情对你们来说会容易得多。”他假装看了一下手腕上并不存在的手表。“啊，是的，”他说，“他们现在应该到这儿了——是的，大约正好是现在——包围了这座楼，封堵了可以想到的每个出口，包括屋顶。补充一句，他们有五十六个人，而且毋庸置疑个个全副武装，比全副武装更甚。你们可曾见过一把迷你枪能对一个儿童尺寸的人身做什么？”他直视着奥莉弗说，“它会把你变成喂猫的肉，亲爱的。”

“你在吓唬人！”伊诺克说，“外面没人！”

“我向你保证，有人。自从我们离开你们那座令人沮丧的小岛，他们就一直密切监视着我，在巴伦西亚加向我们表明身份的那一刻，我给他们发了信号。那是超过十二个小时以前的事了——这么长的时间用来召集兵力绰绰有余。”

“让我去核实一下。”雷恩女士说，她离开小屋向伊姆布莱恩会议室走去。虽然那里的窗户大部分都被冰遮住看不到外面，有些却焊进了小型的望远镜筒，那上面附带着镜子，可以让我们看到下面的街道。

在我们等待她回来时，小丑和耍蛇女孩儿争论什么才是折磨寇尔的最好方法。

“照我说，我们先把他的脚趾甲拔掉，”小丑说，“然后再把热的拨火棒插进他眼睛里。”

“在我的家乡，”耍蛇女孩儿说，“对通敌罪的刑罚是全身涂满蜂蜜，绑在一艘敞舱船上，让船漂进一个充满污浊死水的池塘，苍蝇会把人活活吃掉。”

寇尔站在原地，向两侧来来回回地扭动脖子，无聊地伸展着胳膊。“抱歉，”他说，“保持鸟身那么久，都快抽筋了。”

“你觉得我们在开玩笑？”小丑说。

“我觉得你们是业余的，”寇尔说，“如果你们找到一些年幼的竹笋，我可以给你们看看真正恶毒的手段。不过同样能令人愉快的是，我真的劝你们把冰融掉，因为那将为咱们省去极大的麻烦。我这么说是为了你们，是出于对你们安危的真挚关心。”

“是啊，没错，”艾玛说，“当你偷那些异能人的灵魂时，你的关心在哪儿呢？”

“啊，是的，我们的三位先锋。他们的牺牲是必要的——都是为了进步，亲爱的们。你们要知道，我们正在尝试做的事，是让异能物种得到改善。”

“真是笑话，”她说，“你们只不过是权利饥渴的施虐狂！”

“我知道你们都备受呵护，没受过什么教育，”寇尔说，“但你们的伊姆布莱恩没教过你们有关我们这些人的历史么？我们异能人曾经就像是漫步在地球上的神！巨人——君王——这个世界理所当然的统治者！但是千百年来，我们遭受了可怕的衰落——我们如此大程度地和普通人通婚，导致我们纯正的异能血统几乎被稀释一光。现在看看我们，都退化成什么样儿了！我们藏在这些时间停滞的地方，害怕那些本该由我们统治的人，被这个好事者联盟——这些女人，永久地抑制在儿童时代！你们没看到她们把我们削弱到了何种地步吗？你们不觉得羞愧吗？你们对我们应有的权力有任何了解吗？你们感觉不到血管中巨人的血液吗？”他说着越来越不淡定，涨红了脸，“我们不是在试图摧毁异能界——我们在试图拯救它！”

“是那样吗？”小丑说，然后走向寇尔，正对着他的脸吐了口唾沫，“呃，你拯救的方法很变态。”

寇尔用手背擦掉唾沫：“我早知道跟你们讲道理毫无意义，伊姆布莱恩们一百年以来一直在向你们灌输谎言，给你们洗脑。我想，最好还是拿走你们的灵魂再重新开始。”

雷恩女士回来了。“他说的是实话，”她说，“外面一定有五十个士兵，都带着武器。”

“啊，啊，啊，”布朗温哀叹道，“我们要怎么办？”

“放弃，”寇尔说，“安静地离去。”

“他们有多少人在外面无关紧要，”阿尔瑟娅说，“他们永远无法穿过我所有的冰。”

冰！我差点儿忘了，我们身处一座冰垒之中！

“没错！”寇尔爽朗地说，“她说的完全正确，他们进不来。所以有一个又快又没有痛苦的方法，那就是你现在自愿把冰融掉，或者有一种长久、顽固、缓慢、无聊、可悲的方法，也就是围困。那样的话，我的手下会站在外面把守几个星期甚至几个月；与此同时，我们留在这里面，静静地饿死。也许当你们绝望和饿到极点的时候会放弃，或者开始自相残杀。无论如何，如果我的手下不得不等那么久，当他们进来时，会把你们每一个人折磨致死，他们必然会那么做。而如果我们必须走那条缓慢、无聊、可悲的路子，那么拜托，为了孩子们，给我拿条裤子来。”

“阿尔瑟娅，给这个人拿条该死的裤子来！”雷恩女士说，“但在任何情况下，都不要把冰融掉！”

“是的，夫人。”阿尔瑟娅回答，说完便走了出去。

“听着，”雷恩女士转向寇尔说，“我们将会这么做：你告诉你的手下，允许我们安全地从这里出去，不然我们就杀了你。如果不得不杀你，我向你保证我们会的，而且会把你臭烘烘的尸体从冰洞里扔出去，一块一块地扔。我肯定你的手下不会很喜欢那样，这时我们就会有很长的时间来策划下一步的行动。”

寇尔耸耸肩说：“呃，好吧。”

“真的？”雷恩女士问。

“我以为我能吓到你们，”他说，“但你说的没错，我宁愿不被杀死。所以带我到其中一个冰洞去，我会按你的要求做，向我的手下喊话。”

阿尔瑟娅带着一条裤子回到屋里，把它扔向寇尔。寇尔穿上裤子。雷恩女士委派布朗温、小丑和折叠人看守寇尔，用破碎的冰柱把他们武装了起来。他们用冰柱尖儿瞄准寇尔的后背；与此同时，我们向走廊里行进。但当大家穿过通向伊姆布莱恩会议室的那间又小又黑的办公室，行至瓶颈路段时，一切都变糟了。有人绊在一张床垫上跌倒了，然后我听到黑暗中爆发出一场混战。艾玛及时点起一团火，看到寇尔正拽着阿尔瑟娅的头发把她从我们身边拖走，她又踢又蹬、四肢乱动。此时寇尔举起一根尖锐的冰柱指着她的喉咙大喊：“别过来，不然我就用这个刺穿她的颈动脉！”

我们跟着寇尔，和他保持一段安全距离。他把猛摆乱踢的阿尔瑟娅拖进会议厅，然后拖到椭圆形的桌子上，掐住她的脖子，把冰柱举在离她眼睛一英寸的地方大喊：“这些是我的要求！”

不过还没等他继续说下去，阿尔瑟娅就一巴掌打在他手里的冰柱上，冰柱飞了起来，尖端朝下落在“时间地图”的页面上。当寇尔的嘴巴仍然是一个惊讶的“O”时，阿尔瑟娅的手抓住了他裤子的前面，于是“O”变宽了，变成震惊的扭曲表情。

“现在！”艾玛大喝一声，然后她、我和布朗温穿过木门朝他们冲去。但当我们奔跑时，那间大屋子的长度似乎拉长了，不一会儿阿尔瑟娅和寇尔之间就开始了又一轮的战斗：寇尔放开阿尔瑟娅，摔倒在桌子上，他伸开双臂想要抓住冰柱。阿尔瑟娅和他一起摔了下去但没放手——现在她两只手都抱着他的大腿——一层冰在寇尔的下半身迅速延展，使他腰部以下动弹不得，也把阿尔瑟娅的一双手冻在了他腿上。他用一根手指勾在冰柱上，然后整只手都握上去，一边因吃力和痛苦发出呻吟，一边猛地把冰柱从地图上拔了下来，接着他扭转上半身，直到冰柱的尖端静止在阿尔瑟娅后背上方。他对着她尖叫，让她停下、放开他并且把冰融掉，不然他就把冰柱插进她的身体。

现在我们离他们只有几码的距离，但布朗温抓住艾玛和我，阻止我俩上前。寇尔尖叫道："停！停下！"他的脸痛苦地扭曲着，冰层迅速上升到他胸口又越过了他的肩膀。几秒后，他的胳膊和手也会被冰封了起来。

阿尔瑟娅没有停下。

然后寇尔照他说的做了——他把冰柱刺进了阿尔瑟娅的后背。她在震惊中绷紧了身体，然后呻吟起来。雷恩女士朝他们跑去，拼命叫着阿尔瑟娅的名字，这时候已经蔓延了寇尔多半个身体的冰层开始非常迅速地消退。等雷恩女士到他们跟前，他身上的冰几乎消失得一干二净了。接着，各处的冰也都开始融化——和阿尔瑟娅的生命一样，正在快速地消逝和萎缩——阁楼里的冰滴落，穿过天花板如雨一般落了下来，正如阿尔瑟娅自己的鲜血顺着她的身体流淌。现在她在雷恩女士怀里，身体松弛，就要走了。

桌子上的布朗温一只手掐着寇尔的喉咙，另一只手将他的武器捏成了碎沫。我们能听到下面几层楼里的冰也正在融化，然后从窗户流出。我们冲到窗口向外看，能看到水从低层的窗户涌进街道，街上穿着灰色城市迷彩服的士兵们紧抓着路灯杆和消防栓以防被冰浪冲走。

然后我们听到了他们的靴子重重地踩在下层楼梯上的声音，屋顶上也传来下楼的脚步声，没过多久他们就带着枪一边大喊一边闯了进来。有些人头上戴着夜视镜，所有人都举着武器——便携式机关枪、激光瞄准手枪、格斗刀。他们用了三个人才把布朗温从寇尔身上撬开，寇尔透过自己被捏得半碎的气管呼哧呼哧地喘息："把他们带走，不要手软！"

雷恩女士大喊着，求我们顺从："按他们说的做，不然他们会伤害你们！"但她不肯放开阿尔瑟娅的身体，于是他们拿她做示范，将阿尔瑟娅强行拉开，把雷恩女士踢倒在地上，为了吓唬我们，其中一个士兵用他的自动手枪朝天花板开火。当我看到艾玛正打算用双手燃起一团火球时，我抓住她的胳膊求她不要那样——"别，请别，他们会杀了你！"——然后一把步枪的枪托猛地撞在我胸前，我倒抽一口气摔在地上，双手被其中一个士兵束缚在身后。

我听到他们正在清点我们的人数，寇尔报出我们的名字，确保即使是米勒德也没被遗漏——因为到现在，他和我们一起度过了之前的三天，当然认识我们所有人，知道我们的一切。

我被拉了起来，士兵们推着大家穿过门进入走廊。艾玛跌跌撞撞地走在我旁边，头发上沾着血迹。我小声说："拜托，就按他们说的做。"尽管她没理会，我知道她听到了。她脸上尽是愤怒、害怕和震惊——我想也有遗憾，为刚刚从我身上被夺走的一切。

楼梯井里，下行的楼层和楼梯变成了一条白水河、一个倾泻汹涌的漩涡，上行是唯一的出路。我们被推上楼梯、穿过一扇门，进入强烈的日光中——到屋顶了。所有人都湿透冻僵了，吓得默不作声。

除了艾玛。“你们带我们去哪儿？”她问道。

寇尔直接朝她走来，对着她的脸咧嘴一笑，此时一个士兵在她身后握住她被铐起来的双手。“一个非常特别的地方，”寇尔说，“在那里你们的异能灵魂每一滴都不会被浪费掉。”

她畏缩了一下。寇尔大笑，他转过身，一边把胳膊伸展过头顶，一边打了个哈欠。一对奇怪而粗大的隆起从他的肩胛骨处凸了出来，就像是发育不全的翅膀的根茎：这个变态男人与一个伊姆布莱恩有点亲缘关系的唯一表面线索。

喊叫的声音从另一座楼的楼顶传来，那里有更多的士兵。他们正在屋顶之间放下一座可以折叠的桥。

“死了的女孩儿怎么办？”其中一个士兵问。

“真是遗憾，太浪费了，”寇尔说着用舌头发出咂咂声，“我本该会喜欢享用她的灵魂的。异能灵魂单独吃起来没什么味道，”他对我们说道，“它的天然稠度是有点黏糊糊的膏状，真的，但是和少许加料的蛋黄酱搅拌在一起，再抹到白肉上，就很美味了。”

然后他大笑起来，声音非常响，笑了很久。

当他们把我们一个接一个地带走，走在宽阔的折叠桥上时，我心里感到一阵熟悉的刺痛——微弱但变得越来越强，缓慢却变得越来越快——那只“空心鬼”现在解冻了，正慢慢苏醒过来。

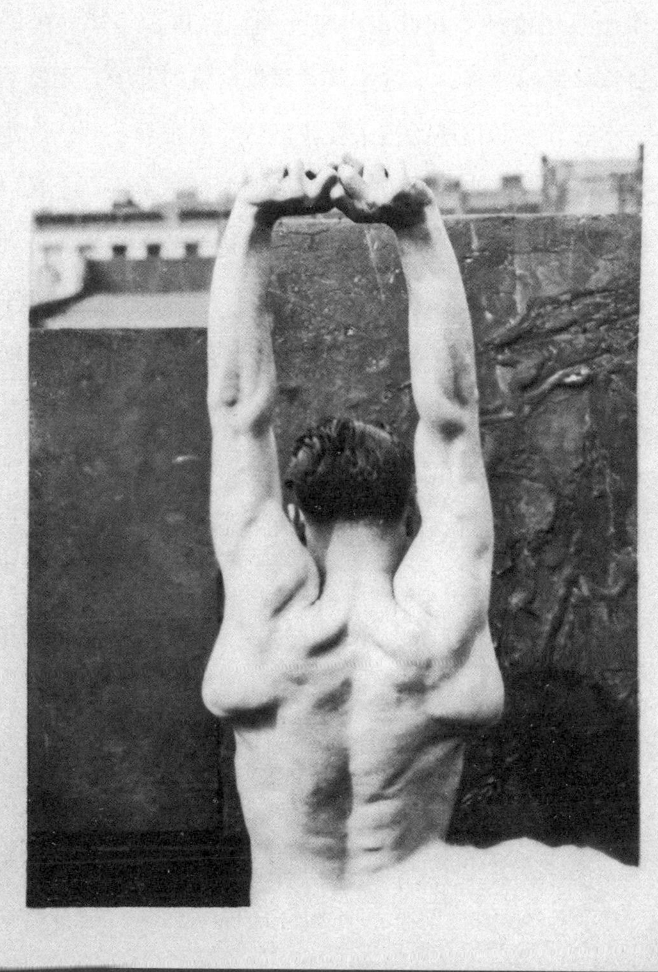

十个士兵用枪押着我们走出时光圈，经过嘉年华的帐篷、杂耍场和目瞪口呆的游客；走过一条条藏着老鼠的巷子，走过巷子里的货摊，小贩和衣衫褴褛的孩子在我们身后凝视着我们；走进乔装室，经过那堆被我们脱掉并丢弃的衣服，向地下走去。士兵们用枪口顶着我们往前走，冲我们大吼要我们保持安静（尽管几分钟里没人说过一个字）、保持低头、保持队形，不然就用手枪抽打我们。

寇尔不再和我们一起——他留下和更大的士兵分队去做“肃清”，我想意思就是在时光圈里搜寻藏起来和被落下的人。我们最后一次看到他时，他正在穿一双新式靴子和一件军队夹克，他告诉我们他完全看腻了我们的脸，不过会和我们在“另一面”见，管它是什么意思。

我们通过转换点，再次穿越到未来——但不是我认得的那个版本的隧道。眼下的轨道和枕木都是金属的，隧道里的灯光也有所不同，不是红色的白炽灯，而是一闪一闪发着微弱绿光的荧光灯管。然后我们从隧道出来走上站台，我明白了为什么：我们不再置身十九世纪，甚至也不在二十世纪。栖身于此的难民群现在不见了，车站几乎荒废。我们之前下的环形楼梯也不见了，被自动扶梯取代。站台上方挂着LED滚动屏幕——距下趟列车：2分钟。墙上的海报宣传的是我之前在夏天看过的电影，就在爷爷去世前。

我们离开了1940年，回到了“现在”。

有几个孩子留意到了，脸上出惊讶和害怕的神情，但对于他们当中的大部分人来说，比起我们的突然被俘，意外的现代之旅没什么好惊讶的——他们担心的是灵魂被提取，而不是长白发和老年斑。

士兵们把我们赶到站台中央等待列车。沉重的脚步声喀哒喀哒朝我们走来，我冒险回头看了一眼，只见一个警察正走过来，在他身后，还有三个正步下自动扶梯。

“嘿！”伊诺克大喊，“警察，这里！”

一个士兵在伊诺克肚子上打了一拳，他弯下腰。

“这里一切都好吗？”离得最近的警察问。

“他们抓了我们做俘虏！”布朗温说，“他们并不真的是军人，他们是——”

然后她肚子上也挨了一拳，尽管看起来并没伤到她。让她停下不再多说的是那个警察本身，他摘下镜面太阳眼镜，露了出光秃秃的白眼睛。布朗温退却了。

“一点忠告，”警察说，“你们不会得到帮助的，到处都有我们的人。接受这点，一切就都会容易些。”

普通人开始挤满车站，士兵们从各个方向朝我们逼近，藏着他们的武器。

一趟车嘶嘶地进站，里面载满了人。电动门嗖地打开，过剩的乘客溢了出来。士兵们把我们推向最近的车厢，几个警察走在前面，驱散里面剩下的一些乘客。“去找别的车厢！”他们吼道，“出去！”乘客们发了几句牢骚但顺从了。然而我们身后的站台上有更多的人正在试图挤进车厢，其中几个之前一直围着我们的士兵不得不离开去阻止他们。接下来的混乱刚刚好——车门试图关闭，但警察强行让它们开着直到警报声响起；士兵们猛推我们向前，但太过用力致使伊诺克绊倒了，结果他后面的孩子在一串连锁反应里接连绊倒；折叠人由于手腕太瘦已经摆脱了手铐的束缚，他决定趁乱逃走，拔腿就跑。

枪声响起，然后是第二声，折叠人跌跌撞撞双脚分开倒在地上。人群恐慌地蜂拥逃散，人们尖叫着慌忙逃窜躲避枪声，本来只不过有点混乱的场面恶化成一团糟。

然后他们连推带踢地赶我们上车，我旁边的艾玛拒绝上车，这让推她的士兵靠近了。然后我看到她戴着手铐的双手燃烧起橙色的火光，她向后伸出手抓住了他。士兵瘫倒在地上，尖叫着，他的迷彩服上烫穿了一个手的形状。然后推着我的士兵举起他的枪柄，眼看就要砸到艾玛脖子上，这时我心里的本能被触发了，我用肩膀撞向他的后背。

他栽了个跟头。

艾玛烫软了她的金属手铐，手铐变成一团变形的红热金属从她手上滑落。现在我的士兵把枪转向我，怒吼着，但没等他开火，艾玛就从他身后靠近，把双手拍在他脸上，滚烫的手指像热黄油一样烫穿了他的脸颊。他扔下枪，倒在地上拼命尖叫着。

这一切都发生得非常之快，只用了短短几秒钟。

然后又有两名士兵向我们走来。现在其余人几乎都在火车上了——除了布朗温和盲兄弟，兄弟二人从未戴上手铐只不过互相挽着胳膊站着。看到我们就要被枪打死，布朗温做了一件我绝对想象不到她在其他任何情况下会做的事：她重重地扇了哥哥一巴掌，然后拉起弟弟，粗暴地把他从哥哥身边拽开。

连接被切断的一瞬间，他们发出响亮的尖叫，巨大的叫声引起一阵疾风。它像龙卷风一样飞快地从车站呼啸而过——把艾玛和我向后吹去，吹碎了士兵们的眼镜，盖过了我耳朵能觉察到的大部分频率，于是我听到的就只有尖锐、高声调的咿咿咿咿咿咿咿——

我看到列车所有车窗全部打破，LED屏幕裂成了尖刀一样的碎片，沿屋顶安装的玻璃灯管爆炸，我们陷入片刻纯粹的黑暗之中，然后红色应急照明灯疯狂地闪烁。

我被风击倒，仰面摔在地上，双耳鸣响着。有什么东西拉起我的领子把我往后拽，远离了列车，而我都不太记得要怎么用胳膊和腿反抗。在耳鸣声下，我能听出有声音发疯似的喊着："走，快走！"

我感觉到一个又凉又湿的东西紧靠着自己的脖子，就这样被拖进了一个电话亭。艾玛也在，她蜷缩在角落里，精神恍惚。

"把你的腿拉上来。"我听到一个熟悉的声音说，一个毛茸茸的矮家伙从我身后快步走来，他长着扁鼻子和双下巴。

是那只狗，阿迪森。

我把双腿拉进电话亭，虽然回过些神来可以动，却不能说话。

在那可憎的闪烁红光中，我看到的最后一幕是雷恩女士被猛推进车厢，车门啪地关闭，我所有的朋友都和她一起在车厢里、在枪口的威胁下畏缩着，被列车破碎的车窗框了起来，一群白眼人包围着他们。

然后列车轰鸣着离开，开进黑暗里，不见了。

我惊醒，发现一条舌头正在舔我的脸。

是那只狗。

电话亭的门被拉上了，我们三个挤在里面。

“你昏过去了。”狗说。

“他们走了。”我说。

“是的，但我们不能留在这儿，他们会回来找你们。我们必须得离开。”

“我觉得我目前还站不起来。”

狗的鼻子上有一处伤口，一只耳朵的一大块不见了。无论他做了什么才来到这里，他同样也经历了千辛万苦。

我感到腿被挠了一下，但太累了，累到没心思去查看。我的头像块大石头一样沉重。

“别再睡着了。”狗说，然后他转向艾玛开始舔她的脸。

我又被挠了一下，这次我转移身体的重心伸手去摸。

是电话，我的电话在震动。我不敢相信——电池差不多没电了，信号几乎不存在。屏幕上显示：爸爸（177个未接来电）。

如果不是太困倦，我大概不会接的——随时都可能有个拿枪的人过来把我们解决掉，这不是和爸爸交谈的好时机。但我头脑不够清醒，不论何时，只要电话一响，我原来那股巴甫洛夫条件反射式的冲动就是拿起它。

我按下接听键：“喂？”

一阵哽咽的哭声从另一端传来，然后说：“雅各布？是你吗？”

“是我。”

我听起来一定很糟糕，声音微弱而刺耳。

“噢，我的上帝啊，噢，我的上帝的啊！”我爸爸说。他没预料到我会接电话，也许他已经放弃，以为我死了，现在他打电话给我是出于某种反射性的伤痛本能，他控制不了，“我以……你去了……发生了什么……你在哪儿，儿子？”

“我没事，”我说，“我活着，在伦敦。”

我不知道为什么我跟他说了最后那部分，我猜是觉得自己欠他一些真相。

然后听起来像是他把头从听筒旁移开对别人大喊：“是雅各布！他在伦敦！”，然后回到和我的对话中，“我们以为你死了”。

“我知道，我是说，我不惊讶。很抱歉用那样的方式离开，我希望我没太吓到你们。”

“你都把我们吓死了，雅各布。”父亲叹了口气，这一声长长的颤音同时包含了宽慰、不相信和恼怒，“你妈妈和我也在伦敦。警察在岛上找不到你，之后……无论如何，那无关紧要，只管告诉我们你在哪里就好，我们会来接你！”

艾玛苏醒了，睁开眼睛看着我，她睡眼惺忪，好像沉浸在自己内心深处的某个地方，穿过几英里外的大脑和身体凝视着我。阿迪森说："好，非常好，现在和我们待在一起。"然后取而代之开始舔她的手。

我对着电话里说："我实在不能来，爸爸，我不能把你牵扯进来。"

"噢，天哪，我就知道。你在吸毒，不是吗？听着，不管你和谁混在一起，我们可以帮忙。我们不用把警察牵扯进来，我们只不过想要你回来。"

接下来的一瞬间我脑中一片黑暗，当我再次回过神来，感到肚子里一阵钻心的痛，痛得不由自主丢掉了电话。

阿迪森猛地抬起头看着我："什么情况？"

这时我看到一根又长又黑的触须压在电话亭玻璃外面，很快又有第二根压了过来，然后是第三根。

是"空心鬼"，解冻的"空心鬼"，它跟着我们过来了。

狗看不见它，但他很容易地从我脸上读出来："是它们当中的一个，对吗？"

我用口型默示，*对*，阿迪森缩进角落里。

"雅各布？"爸爸微小的声音从电话里传来，"雅各布，你在吗？"

触须开始缠绕电话亭，将我们包围。我不知要怎么办，只知道我不得不做点什么，于是我挪动双脚，把双手放在墙上，挣扎着站了起来。

然后我和它面对面了。触须从它豁开的刃状嘴巴里伸出来扇动，它黑色的眼睛正渗出越来越多的黑色液体，在玻璃外几英寸的地方凝视着我。“空心鬼”从喉咙中发出低声咆哮令我内心翻江倒海，我有点希望这个野兽干脆把我杀了做个了结，这样所有的痛苦和恐惧就都能结束了。

狗对着艾玛大喊：“醒醒！我们需要你，女孩儿！生火！”

但艾玛既不能说话也站不起来。我们在地下车站孤立无援，车站里只有两个穿着雨衣的女人，她们一边后退，一边捏着鼻子抵抗“空心鬼”熏天的恶臭。

然后整个电话亭开始左摇右摆，我听到把它固定在地上的螺栓嘎吱作响，折断了。“空心鬼”慢慢地把我们抬离地面——六英寸，然后一英尺，然后两英尺——结果又狠狠地摔回地面，电话亭的窗户被震得粉碎，玻璃碴儿像雨点般落在我们身上。

然后“空心鬼”和我之间就什么也没有了，没有一英寸的距离，没有玻璃窗。它的触须扭进电话亭里，缠绕住我的胳膊、腰，然后缠住我的脖子，越勒越紧、越勒越紧，直到我无法呼吸。

那时候我知道自己死了。因为死了，我不能做任何事，我停止抗争，放松每一块肌肉，闭上眼睛，屈从于肚子里烟火般的爆破带来的伤痛。

然后奇怪的事情发生了：伤痛不再有，疼痛转换成了别的什么。我进入其中，它将我包裹，在它起伏的表面下我发现了安静温和的东西。

一声低语。

我再次睁开眼睛。现在“空心鬼”看似冻僵了，正盯着我，我也盯着它，并不畏惧。由于缺氧，我的视野里布满了黑点，但我感觉不到疼痛。

“空心鬼”紧缠着我的触须放松了，几分钟内我第一次呼吸，平静而深长地呼吸。然后我在自己体内找到的低语声从肚子向上移动，穿出喉咙，经过嘴唇，发出一个听起来不像语言的声音，但我天生就明白它的意思。

后，

退。

“空心鬼”把触须缩了回去，全部缩回嘴里塞得满满的，关上了下颌。它微微低下头——一个几乎是投降的姿势。

然后它坐下了。

艾玛和阿迪森在地上抬头看着我，讶异于突如其来的平静。

“刚才发生了什么？”狗问。

“没什么好怕的。”我说。

“它走了吗？”

“没，但它现在不会伤害我们了。”

他没问我怎么知道，只是点点头——我的语调令他放心。

我打开电话亭的门，扶艾玛站起来。“你能走路吗？”我问她。她一只胳膊搂住我的腰，把身体靠在我身上，我们一起走了一步。“我不打算离开，”我说，“不管你喜不喜欢。”

她对着我耳朵轻声说：“我爱你，雅各布。”

“我也爱你。”我轻声回应她。

我弯腰捡起电话：“爸爸？”

“刚才是什么声音？你和谁在一起？”

“我在呢，我没事。”

“不，你有事。你只管待在现在的位置就好。”

“爸爸，我不得不离开了。对不起。”

“等等，别挂。”他说，“你意识混乱，雅克。”

“不是的。我和爷爷一样，我拥有他所拥有的。”

电话另一端停顿了一下，然后：“请你回家。”

我深吸一口气。要说的太多却没有时间，我不得不说：

“我希望有一天我能回家，但首先有些事情需要我做。我只想要你们知道我爱你和妈妈，我这么做并不想伤害你们。”

“我们也爱你，雅克，如果是毒品，或者不管是什么，我们不在乎，我们会让你重新恢复正常的。就像我说过的，你意识混乱。”

“不，爸爸。我是异能人。”

然后我挂断了电话，说着自己都不知道会懂的语言，命令“空心鬼”站起来。

它像影子一样顺从地站了起来。

关于照片

和第一本书《怪屋女孩》一样，《空城》里所有的照片都是真实、古老的收藏品，除少数几张经过了后期数码处理外，大都保留了原始面貌。它们都是花费多年、煞费苦心收集得来的：跳蚤市场、古老纸张展，而多半则发现于远比我有建树的照片收藏家的存档中，好心的他们愿意贡献出部分自己最奇异的珍贵收藏，以帮助我创作本书。

以下照片由它们的主人大方出借以供使用：

页码	照片	收藏者
文前P6	雅各布	罗丝雷恩・莱博维茨
	艾玛	穆里尔・穆泰
	亚伯拉罕	罗伯特・杰克逊
	布朗温	罗伯特・杰克逊
文前P7	米勒德	罗伯特・杰克逊
	奥莉弗	叶斐姆・托夫比斯
	贺瑞斯	罗伯特・杰克逊
	伊诺克	戴维・巴斯

文前P8	休	罗伯特·杰克逊
	克莱尔	戴维·巴斯
	（佩里格林女士	兰萨姆·里格斯）
	菲奥娜	约翰·范·诺特
文前P9	埃弗塞特女士	艾琳·沃特尔斯
文前P12	划艇的异能儿童	罗伯特·杰克逊
P221	不想上火车的女孩	约翰·范·诺特
P236	哭泣的婴儿	约翰·范·诺特
P259	异能兄弟	约翰·范·诺特
P301	山姆	约翰·范·诺特
P322	镜中的米勒德	约翰·范·诺特
P332	守望的男孩	约翰·范·诺特

鸣 谢

在《怪屋女孩》的"作者感言"中，我感谢了我的编辑詹森·瑞库拉克所付出的"超乎寻常"的耐心。如今，在花了双倍的时间完成第二本书后，恐怕我需要感谢他真正传奇般的，不，应该是圣徒般的耐心；真的，他有着极大的耐心！我希望等待是值得的，我将永远感激他帮我找到了方向。

感谢克沃尔克图书的团队——布雷特、戴维、妮科尔、莫妮卡、凯瑟琳、道奇、埃里克、约翰、玛丽·艾伦，还有布莱尔——他们同时都是出版业最明智、最具创造力的人。同样要感谢兰萨姆出版服务公司的每一个人，感谢我的海外出版商想方设法将我虚构的古怪词藻得体地翻译成其他语言（还要感谢你们偶尔在自己的国家做东款待一个面色苍白、稍显困惑的高个子美国作家；很抱歉搞乱你们的客房）。

感谢我的代理人约迪·瑞莫尔阅读了这本书大量的草稿，总是给出令书变得更好的意见，感谢她（几乎）总是出于善意而非恶意地使用她的一级黑带。

衷心感谢我的照片收藏家朋友们，他们在这本书的创作中帮了我的大忙。罗伯特·E.杰克逊、彼得·J.柯亨、史蒂夫·班诺斯、迈克尔·菲尔利、史黛西·沃尔德曼、约翰·范·诺特、戴维·巴斯、叶斐姆·托夫比斯、还有法比安·布鲁法特——没有你们我无法完成它。

感谢多年来磨练和鼓励我的老师们：唐纳德·罗根、佩里·伦茨、P.F.克鲁治、乔纳森·塔兹韦尔、金·麦克马伦、琳达·雅诺夫、菲利普·艾斯纳、温迪·麦克劳德、道·梅尔、杰德·丹嫩鲍姆、妮娜·福煦、路易斯·海德、还有约翰·金塞拉，以及其他很多老师。

最要感谢的是塔赫瑞，她用不可胜数的方式点亮了我的人生。我爱你，阿兹扎姆。